U0109629

古典文獻研究輯刊

三　編

潘美月・杜潔祥　主編

第 **4** 冊

兩晉南北朝《爾雅》著述佚籍輯考（中）

王書輝　著

國家圖書館出版品預行編目資料

兩晉南北朝《爾雅》著述佚籍輯考（中）／王書輝著 — 初版
— 台北縣永和市：花木蘭文化出版社，2006〔民 95〕

目 6+190 面；19×26 公分（古典文獻研究輯刊 三編；第 4 冊）
ISBN：978-986-7128-68-3（精裝）
ISBN：986-7128-68-0（精裝）
1. 爾雅－目錄
802.11021　　　　　　　　　　　　　　　　　95015566

ISBN 986712868-0

9 789867 128683

古典文獻研究輯刊　　　　　　ISBN：978-986-7128-68-3
三　編　第四　冊　　　　　　ISBN：986-7128-68-0

兩晉南北朝《爾雅》著述佚籍輯考（中）

作　　者　王書輝
主　　編　潘美月　杜潔祥
企劃出版　北京大學文化資源研究中心
出　　版　花木蘭文化出版社
發 行 所　花木蘭文化出版社
發 行 人　高小娟
聯絡地址　台北縣永和市中正路五九五號七樓之三
　　　　　電話：02-2923-1455／傳眞：02-2923-1452
電子信箱　sut81518@ms59.hinet.net
初　　版　2006 年 9 月
定　　價　三編 30 冊（精裝）新台幣 46,500 元　　　版權所有‧請勿翻印

兩晉南北朝《爾雅》著述佚籍輯考（中）

王書輝　著

目 錄

下　冊

第三節　各家輯錄郭璞《爾雅音義》、《爾雅注》佚文而本書刪除之佚文

〈釋詁〉

1. 1-43 從，申，神，加，弼，崇，重也。

重，巨中反。

案：馬國翰據《毛詩釋文》輯錄本條。今檢《毛詩音義》未見此音。「重」屬澄母，「巨」屬群母，音隔絕遠。馬氏所輯，不知所據。

2. 1-52 瘽，病也。

瘽，里同。

案：馬國翰據邢《疏》輯錄本條。邢昺《爾雅疏》云：「瘽、里音義同」，是瘽、里二字音義相同之意，馬氏誤將「音義」二字解為郭璞《音義》，遂誤輯本條。

3. 1-56 戩，福也。

戩，音箭。

案：葉蕙心據《釋文》輯錄本條。《釋文》「戩」下云「孫音箭」，然則此音當係孫炎音。

4. 1-82 覭髳，茀離也。

茀，亡羊反。

案：葉蕙心據《釋文》輯錄本條。今檢《釋文》「茀」下未引郭音，葉氏所輯，不詳所據。

5. 1-90 嗟，咨，蹉也。　郭注：今河北人云蹉歎。音兔置。

蹉，音兔置之置。

案：黃奭據郭璞注輯錄本條。陸德明《經典釋文‧爾雅音義》「蹉」下又出「置」，注云：「音嗟」，是陸氏所見郭璞注明有「音兔置」三字之證。宋本《爾雅》、邵晉涵《正義》、郝懿行《義疏》引郭注均有「音兔置」三字。邵晉涵云：

> 監本作「音兔置之置」，宋本無「之置」二字。……「之置」二字係後人
> 所增，今從宋本。〔註731〕

又阮元云：

〔註731〕邵晉涵《爾雅正義》，《皇清經解》，卷505，頁19上。

注疏本作「音兔罝之罝」，係淺人增改。〔註732〕

然則黃奭所輯多「之罝」二字，當係據後人誤改之本。今本郭注尙存「音兔罝」三字，毋須再行輯錄。

〈釋言〉

6. 2-4 還，復，返也。

皆迴返也。還音旋。

案：嚴可均、董桂新二本及邵晉涵《正義》、郝懿行《義疏》在《爾雅》此訓之下均有注「皆迴返也」四字；王樹枏除此四字外，又有「還音旋」三字，云：

> 毛本有此注。「皆迴返也」四字，仿宋本、雪牕本皆脫，元本、閩本、監本亦無此注，而有「還音旋」三字。〔註733〕

宋本《爾雅》此訓無注。邢昺《疏》云：「釋曰：皆迴返也。《春秋》書『師還』，又曰『至河乃復』之類是也。」是「皆迴返也」四字係邢《疏》語而誤入郭注。阮元云：

> 元本經下載音切「還音旋」，閩本、監本誤爲注，毛本遂剜改作「皆迴返也」，似郭氏舊有此注矣。考此本、雪牕本、陳本、鍾本、郎本、葛本皆無也。〔註734〕

阮氏云毛本剜改郭注，則此四字應非郭注可知。元本此訓下有「還音旋」三字，當亦後世音切誤入郭注。陸德明《經典釋文·爾雅音義》出「還」，注云：「音旋。」

7. 2-38 劑，翦，齊也。　郭注：南方人呼翦刀爲劑刀。

今南方人呼翦刀爲劑刀。

案：慧琳《一切經音義》卷九十五〈正誣論第四卷〉「劑此」注云：「《尒雅》云：『劑，齊也』，今南方人呼剪刀爲劑刀。」王樹枏據慧琳語補一「今」字；周祖謨亦云：「慧琳《音義》卷九十五引此注『南方人』上有『今』字。」〔註735〕惟慧琳並未明言所引係誰氏之注，似不宜貿然輯錄。

8. 2-76 挾，藏也。　郭注：今江東通言挾。

今江東通言挾，謂懷意也。

案：玄應《一切經音義》卷十五〈僧祇律第十五卷〉「挾先」注引「《爾雅》：『挾，藏也』，注云：『今江東通言也，謂懷意也。』」王樹枏據玄應所引，在今本

〔註732〕阮元《爾雅挍勘記》，《皇清經解》，卷1031，頁27上。
〔註733〕王樹枏《爾雅郭注佚存補訂》，卷3，頁1下。
〔註734〕阮元《爾雅挍勘記》，《皇清經解》，卷1032，頁1下。
〔註735〕周祖謨《爾雅校箋》，頁200。

郭注「挾」下補「謂懷意也」四字。惟玄應並未明言所引係誰氏之注，似不宜貿然輯錄。

9. 2-202 晦，冥也。

　　冥昧也。

　　案：王樹枏據慧琳〈寶星經二卷〉、〈釋門系錄〉、〈五恐怖世經〉《音義》引郭注《爾雅》輯錄本條。其實慧琳所引係節錄 2-93「冥，幼也」條郭注「幼稚者冥昧」，王氏以慧琳所引爲此訓之注，說不可從。

〈釋訓〉

10. 3-1 明明，斤斤，察也。

　　斤斤，音靳。

　　案：馬國翰據《後漢書·吳漢傳》章懷太子注輯錄本條。《後漢書·吳漢傳》云：「及在朝廷，斤斤謹質，形於體貌」，李賢注云：「《爾雅》曰：『明明，斤斤，察也。』李巡曰：『斤斤，精詳之察也。』孫炎曰：『重愼之察也。』斤音靳。」「斤音靳」三字未云是郭璞音，馬氏輯錄本條，恐非。

11. 3-31 綽綽，爰爰，緩也。　　郭注：皆寬緩也。悠悠、偁偁、丕丕、簡簡、存存、懋懋、庸庸、綽綽，盡重語。

　　悠悠、偁偁、丕丕、簡簡、存存、懋懋、庸庸、綽綽重語者，言此數字單言之，其義亦同；但古人有重語者，故復言之。

　　案：馬國翰據邢昺《疏》輯錄本條。「言此」以下四句應爲邢昺語，非郭注佚文。

〈釋宮〉

12. 5-6 鏝謂之杇。　　郭注：泥鏝。

　　泥鏝，言用泥以鏝也。

　　案：葉蕙心據《左氏·襄公三十一年傳·正義》輯錄本條。今檢《左傳正義》無「言用泥以鏝也」句。邵晉涵云：

　　　　《左傳疏》引李巡云：「鏝一名杇，塗工作具也。」郭云「泥鏝」，言用泥
　　　　以鏝也。〔註736〕

葉氏當係誤引邵氏語爲郭注。

〔註736〕邵晉涵《爾雅正義》，《皇清經解》，卷509，頁5下。

13. 5-6 椹謂之榩。

榩，音虔。

案：黃奭據《御覽》輯錄本條。《太平御覽》卷七百六十二〈器物部七·椹〔案：應作「椹」，下同。〕〉引《爾雅》曰：「椹謂之榩」，下引郭璞曰：「椹木質也。」注下有「榩音虔」三字。《御覽》所引《爾雅》注下之音實難斷定是否為郭璞所注。此音宜先刪去，並存疑之。

陸德明《經典釋文·爾雅音義》出「榩」，注云：「音虔，本亦作虔。《詩》云：『方斲是虔。』」按《詩·商頌·殷武》：「方斲是虔」，鄭《箋》云：「椹謂之虔」，即《爾雅》此訓。《說文》無「榩」字。《廣韻》「榩」、「虔」二字同音「渠焉切」（群紐仙韻）。

14. 5-11 柚謂之棁。　郭注：即櫨也。

即櫨也，棁與節同。

案：《文選》卷十一王逸〈魯靈光殿賦〉：「雲棁藻梲，龍桷雕鏤」，李善注云：「《爾雅》曰：『柚謂之節』，郭璞曰：『節，櫨也。』棁與節同。」王樹枏將「棁與節同」輯入今本郭注「即櫨也」之下，云：「『棁與節同』四字蓋亦郭注原文，而今本脫之，據補。」〔註737〕其說不可從。按〈賦〉文作「棁」，李善引《爾雅》此訓釋之，但李氏所見《爾雅》字作「節」，遂注云「棁與節同」。此乃李善注語，非郭注佚文。

15. 5-11 棟謂之桴。　郭注：屋檼。

棟，屋檼也。檼即屋脊。

案：王樹枏云：

慧苑《華嚴經音義》卷上引郭注《爾雅》曰：「棟，屋檼也，檼即脊也。」
卷下亦引《爾雅》：「棟，屋檼也，檼即屋脊。」案「檼即屋脊」四字當為
郭注原文而今本刪之，據補。〔註738〕

其說恐非。慧琳《一切經音義》卷二十一引慧苑〈新譯大方廣佛花嚴經音義〉卷上〈經卷第五〉「棟宇」注引郭璞注《迩雅》曰：「棟，屋檼也。」下又云：「檼，於靳反，檼即脊也。」此語及音當係慧苑所注，非郭璞注佚文。

16. 5-22 瓵瓵謂之甓。　郭注：瓿甊也，今江東呼瓵甓。

甓，蒲歷切。

案：黃奭據《御覽》輯錄本條。《太平御覽》卷七百六十七〈雜物部二·瓿〉引

〔註737〕王樹枏《爾雅郭注佚存補訂》，卷6，頁14上。
〔註738〕王樹枏《爾雅郭注佚存補訂》，卷6，頁14上。

《爾雅》曰：「瓴謂之甓」，下有注云：「甎也，今江東呼甓。甓音蒲歷切。」按《御覽》所引，雖與今本郭注近似，惟並未明云何氏之注，注下之音亦難斷定是否爲郭璞所注。此音宜先刪去，並存疑之。

〈釋器〉

17. 6-2 甌瓿謂之瓵。　郭注：瓿甊，小甖。長沙謂之瓵。

瓵，音移。

案：黃奭據《御覽》輯錄本條。《太平御覽》卷七百五十八〈器物部三・甕〉引《爾雅》曰：「甌瓿謂之瓵」，下有注云：「瓿，小甖也，長沙曰瓵。瓵音也。」按《御覽》所引，雖與今本郭注近似，惟並未明云何氏之注，注下之音亦難斷定是否爲郭璞所注。此音宜先刪去，並存疑之。鄭樵《爾雅注》亦注「音移」。

18. 6-5 繴謂之罿。罿，罬也。　郭注：今之翻車也，有兩轅，中施罥以捕鳥。

今翻車也，有兩轅，中施羅捕鳥。

案：黃奭據《太平御覽》卷八百三十二輯錄本條。今檢《御覽》所引與今本郭注僅文字略異，實爲《御覽》徵引郭注時，略加改易而已，無須視爲佚文。黃輯可刪去。

19. 6-10 黼領謂之襮。　郭注：繡刺黼文以褗領。

襮，音博。

案：黃奭據《御覽》輯錄本條。《太平御覽》卷六百八十九〈服章部六・衣〉引《爾雅》曰：「黼領謂之襮」，下有注云：「繡刺黼文以褗領也。襮，音博之。」按《御覽》所引，雖與今本郭注相同，惟並未明云何氏之注，注下之音亦難斷定是否爲郭璞所注。此音宜先刪去，並存疑之。

20. 6-10 袕謂之褮。　郭注：衣開孔也。

袕，音穴。褮，音營。

案：黃奭據《御覽》輯錄本條。《太平御覽》卷六百八十九〈服章部六・衣〉引《爾雅》曰：「袕謂之褮」，下有注云：「衣開孔也。孔袕音穴，褮音褮〔案：應作「營」。〕。」按《御覽》所引，雖與今本郭注相同，惟並未明云何氏之注，注下之音亦難斷定是否爲郭璞所注。此音宜先刪去，並存疑之。

21. 6-11 鑣謂之钀。

钀，許揭切，又魚列切。

案：黃奭據《御覽》輯錄本條。《太平御覽》卷三百五十八〈兵部八十九・鑣〉引《爾雅》曰：「鑣謂之鑣」，下引郭璞曰：「勒也。」注下有「許揭切，又魚列切」二音。今檢陸德明《經典釋文・爾雅音義》出「鑣」，注引郭璞音作「魚謁反」（疑紐月韻），《御覽》所引「許揭」（曉紐薛韻）、「魚列」（疑紐薛韻）二音俱與郭璞音不合，可證《御覽》所引音應非郭璞所注。

〈釋樂〉

22. 7-7 大簫謂之沂。　郭注：簫，以竹為之，長尺四寸，圍三寸，一孔上出，寸三分，名翹，橫吹之。小者尺二寸。《廣雅》云八孔。

簫，以竹為之，長尺四寸，圍三寸，一孔上出，一寸三分，一名翹，橫吹之。小者尺二寸。《廣雅》云八孔。

案：邵晉涵《正義》引郭注「名翹」上有「一」字，云：

> 諸本俱作「名翹橫吹之」，義不可曉。《通鑑註》引郭註刪「名翹」二字，唯《宋書・樂志》作「沂一名翹」，蓋諸本脫去「一」字也。《通典》作「名曰翹」，是翹為沂之別名。〔註739〕

王樹枏據邵氏之說，亦在「名翹」上補一「一」字，說不可從。郭云「名翹」，係指簫「一孔上出」之處，非謂「簫一名翹」。郝懿行云：

> 郭又云「名翹橫吹之」者，《通典》引蔡邕《月令章句》云：「簫六孔，有距，橫吹之。」《御覽》引《世本注》云：「簫，吹孔有觜如酸棗。」然則或言觜，或言距，或言翹，皆指吹孔之上出者而言也。〔註740〕

說較可信。周祖謨亦云：

> 案邵說非是。翹乃高出之義，謂上出之吹孔，非「沂一名翹」也。……王樹枏於「名翹」上補「一」字，亦為《宋書・樂志》所誤。〔註741〕

23. 7-8 大塤謂之嘂。　郭注：塤，燒土為之，大如鵝子，銳上平底，形如稱錘，六孔。小者如雞子。

即塤也，銳上平底，形象秤錘。大者如鵝子，聲合黃鍾、大呂也；小者如雞子，聲合太簇、夾鍾也。皆六孔，與簫聲諧，故曰塤簫相應。

案：《太平御覽》卷五百八十一〈樂部十九・塤〉引《爾雅・釋樂》曰：「大塤謂之嘂，即塤也。銳上平底，形象秤錘。大者如鵝子，聲合黃鍾、大呂也；小者如

〔註739〕邵晉涵《爾雅正義》，《皇清經解》，卷511，頁4下。
〔註740〕郝懿行《爾雅義疏》，《爾雅廣雅方言釋名清疏四種合刊》，頁182下。
〔註741〕周祖謨《爾雅校箋》，頁249。

雞子，聲合太簇、夾鍾也。皆六孔，與篪聲相諧，故曰壎篪相應。」黃奭輯入郭璞《音義》，「秭鍾」作「秭錘」，末二句作「與篪聲諧，故曰壎篪相應」，注云：

> 案「大壎謂之嘂」下脫「郭璞曰」三字，此與今本郭注不同，疑是《音義》
> 之文。

又王樹柟雖未輯錄，但云：

> 凡《御覽》所引《爾雅注》多本郭璞，若舍人、孫炎等皆直舉其名。此所
> 引與今本詳略不同，蓋經後人刪節者。〔註742〕

是王氏亦以《御覽》所引爲郭璞注。惟《御覽》所引此注並未明言何氏之注，似不宜貿然輯錄。

黃奭所輯《爾雅眾家注》亦輯引本條；臧鏞堂云：

> 案《御覽》但引《爾雅》曰，不詳誰氏。今以「其中謂之仲」注考之，則
> 此亦舍人義也。〔註743〕

馬國翰亦從臧氏之說，將本條佚文輯爲犍爲舍人注。

24. 7-13 徒鼓磬謂之寋。

　　皆五音別名，其義未詳。

　　案：葉蕙心據陸德明《經典釋文・爾雅音義》輯錄本條。《釋文》出「寋」，注云：「上重敏經迭柳，郭云：『皆五音別名，其義未詳。』諸家或有音訓，亦可爲義，上下皆類此。」按陸氏所引，係〈釋樂〉「宮謂之重，商謂之敏，角謂之經，徵謂之迭，羽謂之柳」條郭注，葉氏誤輯爲郭璞《音義》文，當刪去。

〈釋天〉

25. 8-1 穹，蒼蒼，天也。　　郭注：天形穹隆，其色蒼蒼，因名云。

　　天形穹隆，其色蒼蒼，因以名云。

　　案：《太平御覽》卷一〈天部一・天部上〉引《爾雅》注「因」下有「以」字，今本郭注無此字，王樹柟據《御覽》引補。按《御覽》此引《爾雅》自「穹蒼蒼天也」至「冬爲上天」，注文雖與今本郭注近同，惟並未明云何氏之注，似不宜貿然輯錄。今先刪去，並存疑之。

26. 8-3 春爲發生，夏爲長嬴，秋爲收成，冬爲安寧。　　郭注：此亦四時之別

〔註742〕王樹柟《爾雅郭注佚存補訂》，卷8，頁4上。
〔註743〕臧鏞堂《爾雅漢注》，頁78。臧氏所云「其中謂之仲」注，係指《御覽》卷五百八十〈樂部十八・篪〉引《尒雅》曰：「大篪謂之產，中者曰仲，小者曰药」，下引犍爲舍人曰：「仲，其聲適仲呂也。小者形聲細小曰筊也。」

號，《尸子》皆以為太平祥風。

此亦四時之別號，《尸子》皆以爲太平祥風**名**。〔注〕

案：《太平御覽》卷二十六〈時序部十一・冬上〉引《爾雅》曰：「冬爲安寧」，下有注云：「四時之別名，《尸子》以爲太平祥風名。」王樹枏據《御覽》所引，在今本郭注「祥風」下補一「名」字。按《御覽》所引，雖與今本郭注近同，惟並未明云何氏之注，似不宜貿然輯錄。今先刪去，並存疑之。

邢昺《爾雅疏》引《尸子・仁意》篇述太平之事云：

> 燭於玉燭，飲於醴泉，暢於永風。春爲青陽，夏爲朱明，秋爲白藏，冬爲玄英。四氣和爲正光，此之謂玉燭。甘雨時降，萬物以嘉，高者不少，下者不多，此之謂醴泉。其風春爲發生，夏爲長嬴，秋爲方盛，冬爲安靜，四氣和爲通正，此之謂永風。〔註744〕

27. 8-7 大歲在子曰困敦。

敦，音頓。

案：黃奭據郝懿行《爾雅義疏》輯錄本條。郝氏云：「按敦音頓，亦通作頓」，〔註745〕未云是郭氏音，黃氏當係誤輯。

又案：葉蕙心據《釋文》輯錄本條。《釋文》出「困敦」，注音「都鈍反」，未見郭音。葉氏所輯，不詳所據。

28. 8-8 載，歲也。夏曰歲。　郭注：取歲星行一次。

一終名歲，又取歲星行一次也。

案：黃奭據《一切經音義》卷十四輯錄本條，注云：「今本郭注無『一終名歲』四字。」今檢黃氏所輯，出自玄應《音義》卷十四〈四分律第十二卷〉「百臘」注引《爾雅注》，未云是誰氏之注。孔穎達《毛詩・大雅・雲漢・正義》、《左氏・昭公七年傳・正義》並引孫炎曰：「四時一終曰歲，取歲星行一次也。」然則玄應所引，或是孫炎注。黃奭逕據玄應《音義》所引輯入郭璞《音義》，似猶可商。王樹枏雖未輯錄，但云：「『一終名歲』當亦郭注，而今本刪之。」〔註746〕其說亦非。

29. 8-15 蠮螉謂之雩。　郭注：俗名為美人虹，江東呼雩。音苓。

雩，音苓。

〔註744〕汪繼培輯本《尸子》「四氣和爲正光」句作「四時和正光照」。（《尸子》，《子書二十八種》，卷上，頁6上。）

〔註745〕郝懿行《爾雅義疏》，《爾雅廣雅方言釋名清疏四種合刊》，頁189上。

〔註746〕王樹枏《爾雅郭注佚存補訂》，卷8，頁12下。

案：黃奭據郝懿行《爾雅義疏》輯錄本條。今檢宋本《爾雅》、郝懿行《義疏》引郭注均有「音芳」二字，既非佚文，毋須再行輯錄。

30. 8-19 暴雨謂之涷。　　郭注：今江東呼夏月暴雨為涷雨。〈離騷〉云「令飄風兮先驅，使涷雨兮灑塵」是也。涷音東西之東。

　　涷，音東。

　　案：陸德明《經典釋文・爾雅音義》出「涷」，〔註747〕注云：「郭音東。」董、馬、黃、葉本均據《釋文》輯錄本條；黃奭又據郝懿行《爾雅義疏》輯錄「涷音東西之東」六字。今檢宋本《爾雅》、郝懿行《義疏》引郭注均有「涷音東西之東」六字，《釋文》引郭音「東」，當即本此注。既非佚文，毋須再行輯錄。希麟《續一切經音義》卷四〈大乘本生心地觀經卷第二〉「瀑漲」注引《爾雅》本條郭註末亦有「涷音東」三字。

31. 8-19 濟謂之霽。　　郭注：今南陽人呼雨止為霽，音薺。

　　霽，音薺。

　　案：黃奭據郝懿行《爾雅義疏》輯錄本條。今檢宋本《爾雅》此訓注末即有「音薺」二字，既非佚文，毋須再行輯錄。盧文弨云：

　　　　宋刻郭注本有「音薺」二字，俗本多刪。〔註748〕

32. 8-35 冬祭曰蒸。　　郭注：進品物也。

　　蒸，進也，進品物也。

　　案：《初學記》卷十三〈禮部上・祭祀第二〉引《爾雅》「冬祭曰烝」句注云：「烝，進也，進品物。」王樹枏據補「蒸進也」三字，云：

　　　　案「春祭曰祠、夏祭曰礿、秋祭曰嘗、冬祭曰蒸」四句，郭注全與孫炎同。

　　　　孫注有「蒸，進也」三字，郭亦當如之。〔註749〕

按《初學記》所引，雖與今本郭注近同，惟並未明云何氏之注，似不宜貿然輯錄。今先刪去，並存疑之。

〔註747〕《釋文》「涷」，盧文弨改作「涷」，云：「案宋本注末有『涷音東西之東』六字，葛本同。」（《經典釋文攷證・爾雅音義中攷證》，頁9上。）阮元《爾雅釋文校勘記》云：「盧本改作『涷』是也。」（《皇清經解》，卷1037，頁9下。）惟阮氏《爾雅校勘記》又云：「《五經文字》水部涷見《爾雅》。……考《說文》有涷無涷，今人呼夏月暴雨為冷雨，涷雨猶冷雨也，當從《釋文》。張參隸此字於水部，蓋非。」（《皇清經解》，卷1033，頁30上。）說又不同。「涷」字見《說文》水部。

〔註748〕盧文弨《經典釋文攷證・爾雅音義中攷證》，頁9上。

〔註749〕王樹枏《爾雅郭注佚存補訂》，卷9，頁6下～7上。

33. 8-38 祭風曰磔。　郭注：今俗當大道中磔狗，云以止風，此其象。

　　今俗當大道中磔狗，云以止風，此其**遺象也**。

　　案：《初學記》卷十三〈禮部上・祭祀第二〉引《爾雅》「祭風曰磔」句注云：「今俗當大道磔狗，此其遺像。」又《太平御覽》卷五百二十五〈禮儀部四・祭禮中〉引《爾雅》「祭風曰磔」句注云：「今俗當大道中磔狗，云止風，此其象也。」王樹枏據《初學記》及《御覽》所引，在郭注中補「遺也」二字。按二書所引，雖與今本郭注近同，惟並未明云何氏之注，似不宜貿然輯錄。今先刪去，並存疑之。

34. 8-40 既伯既禱，馬祭也。　郭注：伯，祭馬祖也。將用馬力，必先祭其先。

　　伯，祭馬祖也。將用馬力，必先祭其先**祖也**。

　　案：《太平御覽》卷五百二十五〈禮儀部四・祭禮中〉引《爾雅》「既伯既禱，馬祭也」句注云：「伯，祭馬祖也。將用馬力，必先祭其先祖也。」王樹枏據《御覽》所引，在郭注「祭其先」之下補「祖也」二字。按《御覽》所引，雖與今本郭注近同，惟並未明云何氏之注，似不宜貿然輯錄。今先刪去，並存疑之。《初學記》卷十三〈禮部上・祭祀第二〉引《爾雅》注作「伯，馬祖也。將用馬力，必先祭其祖。」文句略異。

35. 8-42 商曰肜。　郭注：《書》曰：「高宗肜日。」

　　音融。《書》曰：「高宗肜日。」

　　案：《太平御覽》卷五百二十五〈禮儀部四・祭禮中〉引《爾雅》「商曰肜」句注云：「融音。《書》曰：『高宗肜日。』」王樹枏據《御覽》所引，在郭注《書》曰之上補「音蝸」二字。按《御覽》此引《爾雅》自「春祭曰祠」至「夏曰復胙」，其下注文雖與今本郭注近同，惟並未明云何氏之注，似不宜貿然輯錄。今先刪去，並存疑之。

36. 8-44 宵田為獠。　郭注：《管子》曰：「獠獵畢弋。」今江東亦呼獵為獠，音遼。或曰即今夜獵載鑪照也。

　　獠，音遼，夜獵也。又力召、力弔二反。

　　案：馬國翰據《釋文》輯錄本條；（「獠」原作「燎」，今依《釋文》改正。）黃奭輯同，「反」下又輯錄「或作燎，宵田也」六字。黃奭又據郝懿行《義疏》輯錄「獠音遼」三字，董桂新輯同。今檢宋本《爾雅》、郝懿行《義疏》引郭注均有「音遼」二字。〔註750〕《釋文》出「獠」，注云：「郭音遼，夜獵也。又力召、力弔二反。或

〔註750〕盧文弨云：「案郭注『亦呼獵為獠』下，宋本及舊單注本皆有『音遼』二字，注疏本多刪。」（《經典釋文攷證・爾雅音義中攷證》，頁9下。）

－322－

作燎，宵田也。」陸氏引郭「音遼，夜獵也」，即節引郭璞注語，既非佚文，毋須再行輯錄。「又力召、力弔二反，或作燎，宵田也」數句，係陸德明語，馬、黃二氏均誤輯。

〈釋地〉

37. 9-5 江南曰揚州。　郭注：自江南至海。

　　自江至南海也。

　　案：黃奭據徐彥《公羊‧莊公十年‧疏》輯錄本條。黃氏注云：「與今本郭注異，蓋『至南』二字誤倒。」《太平御覽》卷一百五十七〈州郡部三‧敘州〉引《爾雅》注作「自江至南海也」，亦與徐彥引同。惟陸德明《經典釋文‧爾雅音義》引郭云：「自江南至海」，又與今本郭注同。郝懿行云：

　　　蓋「至南」二字誤倒，當以今本爲是。〔註751〕

又周祖謨云：

　　　唐寫本作「自江至南海」。《公羊傳》莊公十年疏及《御覽》卷一百五十七
　　　引與唐寫本同。案：《尚書‧禹貢》云：「淮海惟揚州。」《公羊》疏引鄭
　　　注云：「揚州界自淮而南，至海以東也。」《爾雅》郭注言江，不言淮，是
　　　以江爲界，由江而南至海爲揚州也。文例與下言徐州自濟東至海相同。唐
　　　寫本及《公羊》疏引作「至南海」蓋傳寫之誤。〔註752〕

郝、周二氏均以徐彥所引「至南」二字誤倒，而以今本郭注爲是；邵晉涵則以爲徐彥所引亦有理可說，云：

　　　《公羊疏》引孫氏、郭氏曰：「自江至南海也」，是郭註本孫炎。今本作「南
　　　至海」，而《公羊疏》引作「至南海」，疑傳寫之誤。然《史記‧尉佗傳》
　　　云：「秦以并天下略定揚越」，張晏註：「揚州之南越也。」顏師古《漢書
　　　註》：「本揚州之分，故曰揚粵，置桂林、南海、象郡。」《晉書‧地理志》
　　　以交州、廣州爲〈禹貢〉揚州之域，是五嶺以南至海本〈禹貢〉揚州之地，
　　　殷制與〈禹貢〉同，則《公羊疏》引註作「南海」，不爲無據。〔註753〕

按黃氏所輯，實係郭注異文，毋須另行輯錄。

38. 9-15 吳越之間有具區。　郭注：今吳縣南太湖，即震澤是也。

　　今吳縣南大湖也。中有包山，山下有洞庭，穴道潛行水底，去無所不通，

〔註751〕郝懿行《爾雅義疏》，《爾雅廣雅方言釋名清疏四種合刊》，頁204上。
〔註752〕周祖謨《爾雅校箋》，頁272。
〔註753〕邵晉涵《爾雅正義》，《皇清經解》，卷513，頁2下。

號為地脉，即震澤是也。

案：《後漢書·郡國志四·揚州·吳郡》：「震澤在西，後名具區澤」，劉昭注云：「《爾雅》十藪：『吳越之閒有具區。』郭璞曰：『縣南太湖也。中有包山，山下有洞庭，穴道潛行水底，去無所不通，號為地脉。』」王樹枏以劉昭所引為郭注原文，據補「也」字及「中有包山」以下二十四字。今檢劉昭所引，實出自郭璞《山海經注》。〈海內東經〉：「湘水出舜葬東南陬，西環之，入洞庭下」，郭璞注云：「洞庭，地穴也，在長沙巴陵。今吳縣南太湖中有包山，下有洞庭，穴道潛行水底，云無所不通，號為地脈。」王氏誤輯《山海經注》語為《爾雅注》佚文，當刪去。

39. 9-22 梁莫大於溴梁。

梁，即橋也。或曰：梁，石橋也。

案：黃奭據《太平御覽》卷七十三引郭注輯錄本條。《御覽》卷七十三〈地部三十八·橋〉引「《爾雅》曰：『梁莫大於溴梁』，郭璞注：『梁即橋也。』」又引「或曰：『梁，石橋也。』『石杠謂之徛』，亦曰石橋也。」是「或曰梁石橋也」六字非郭注可知。又《初學記》卷七〈地部下·橋第七〉引「《爾雅》云：『梁莫大於溴梁』，郭璞注：『梁即橋也。』」王樹枏云：

> 〈釋宮〉：「隄謂之梁」，注云：「即橋也，或曰石絕水者為梁。」蓋《初學記》、《御覽》以彼注之文移於此。〔註754〕

其說甚是。此注既已見於今本郭璞《爾雅注》，毋須再行輯錄。

40. 9-35 其名謂之蟨。　郭注：《呂氏春秋》曰：「北方有獸，其名為蟨，鼠前而兔後，趨則頓，走則顛。」然則邛邛岠虛亦宜鼠後而兔前，前高不得取甘草，故須蟨食之。今鴈門廣武縣夏屋山中有獸，形如兔而大，相負共行，土俗名之為蟨鼠。音厥。

蟨，音厥。

案：董桂新、馬國翰、黃奭均據陸德明《經典釋文·爾雅音義》輯錄本條。盧文弨云：

> 案注中「名之為蟨鼠」下，宋本及舊本單注本皆有「音厥」二字，《文選注》廿三引郭亦有，俗本多刪去。〔註755〕

〔註754〕 王樹枏《爾雅郭注佚存補訂》，卷10，頁5下～6上。

〔註755〕 盧文弨《經典釋文攷證·爾雅音義中攷證》，頁10下。又王樹枏云：「仿宋本、雪牕本有『音厥』二字，明注疏本刪。《文選》阮嗣宗〈詠懷詩〉注引郭璞曰『蟨音厥』，《釋文》亦云『蟨，郭音厥』。」（《爾雅郭注佚存補訂》，卷10，頁9上。）

今檢宋本《爾雅》此訓注末有「音厥」二字，既非佚文，毋須再行輯錄。

〈釋丘〉

41. 10-1 三成為崑崙丘。　　郭注：崑崙山三重，故以名云。

　　崑崙山三重，形如累三盃。

　　案：《太平御覽》卷五十三〈地部十八・丘〉引《爾雅》曰：「三成為崑崙丘」，下有注云：「崑崙山三重，形如累三盃。」黃奭全據《御覽》輯錄；王樹柟則將「形如累三盃」五字輯入今本郭注「故以名云」句之上，云：

> 《御覽》引〈釋丘〉一篇，注皆與郭同，則此「形如累三盃」五字當亦郭
> 注原文，而今本脫之，據補。〔註756〕

又劉玉麐亦云：

> 《御覽》卷五十三引《爾雅》註云：「昆侖山三重，形如累三盂〔案：應作
> 「盃」。〕。」玉案：《後漢書》引孫註云：「陶邱形如累兩盃。」此蓋用孫
> 註，易兩為三，今本脫去。〔註757〕

按《御覽》此引《爾雅》自「丘一成為敦丘」至「天下有名丘五」，其下注文雖與今本郭注近似，惟並未明云何氏之注，似不宜貿然輯錄。今先刪去，並存疑之。

42. 10-2 如乘者乘丘。　　郭注：形似車乘也。或云乘謂稻田塍埒。

　　乘，繩證反，又市陵反。

　　案：馬國翰據陸德明《經典釋文・爾雅音義》輯錄本條；黃奭亦據輯「市陵反」。《釋文》出「如乘」，注云：「本又作乘。繩證反，注『車乘』同。李、郭皆云『形如車乘』。又市陵反，或云如稻田塍埒。下文並放此。」今本郭注云：「形似車乘也」，正與《釋文》引李、郭語近同。尋陸氏文意，「繩證」、「市陵」二音應係陸氏之音，非郭璞所注，馬、黃二氏均誤輯。

43. 10-6 水潦所還，埒丘。　　郭注：謂丘邊有界埒，水繞環之。

　　還，音環。

　　案：鮑刻本《太平御覽》卷五十三〈地部十八・丘〉引《爾雅》「水潦所還曰埒丘」，下引注與今本郭注同，注首有「還音環」三字；《四部叢刊三編》本《御覽》作「官音」。王樹柟據鮑刻本《御覽》所引，將「還音環」三字輯入今本郭注「謂丘」句之上。按《御覽》所引注文雖與今本郭注相同，惟並未明云何氏之注，注前之音

〔註756〕王樹柟《爾雅郭注佚存補訂》，卷10，頁14上。
〔註757〕劉玉麐《爾雅校議》，卷上，頁32。

未必即是郭璞所注，似不宜貿然輯錄。今先刪去，並存疑之。黃奭將此音輯入《眾家注》，說較可取。

44. 10-15 宛中，宛丘。　郭注：宛謂中央隆高。

　　宛丘謂中央隆峻，狀如一丘矣。為丘之宛中，中央高峻。

　　案：嚴可均據孔穎達《毛詩・陳風・宛丘・正義》輯錄本條；黃奭亦同據《毛詩正義》輯錄「宛邱謂中央隆峻，狀如一邱矣。」按〈釋丘〉：「丘背有丘為負丘」，郭璞注云：「此解宛丘中央隆峻，狀如負一丘於背上。」可知孔穎達《正義》所引，當即「丘背有丘為負丘」條注文，非「宛中宛丘」條郭注佚文。嚴、黃二氏據《毛詩正義》輯錄本條，並非。王樹枏在「丘背有丘為負丘」條郭注下云：

　　　　《詩・宛丘・正義》引〈釋丘〉：「宛中，宛丘」，郭璞曰：「宛丘謂中央隆
　　　　峻，狀如一丘矣。」所引有脫奪。〔註758〕

其說可從。又嚴氏輯「為丘之宛中，中央高峻」九字係孔穎達語，非郭璞注。

45. 10-18 如畝，畝丘。　郭注：丘有壟界如田畝。

　　郭以為田畝之壟也。邱形有界埒似之，因名云。

　　案：黃奭據邢昺《爾雅疏》輯錄本條。此語係邢昺釋郭注之語，非郭注佚文，黃氏誤輯。

〈釋山〉

46. 11-11 巒，山墮。　郭注：謂山形長狹者。

　　隋，同果反。

　　案：黃奭據《詩・周頌・般・釋文》輯錄本條。陸德明《經典釋文・毛詩音義・周頌・般》出「隋山」，注云：「吐果反，注同。郭云：『山狹而長也。』又同果反。字又作墮。」依文意可知「同果反」亦為陸德明所注，非郭璞之音，黃氏當係誤輯。

〈釋水〉

47. 12-6 潬，沙出。　郭注：今江東呼水中沙堆為潬。音但。

　　今江東呼水中沙堆為潬，音但。洛陽北河中有中潬城是也。

　　案：玄應《一切經音義》卷十〈寶髻菩薩經論〉「洲潬」注引「《爾雅》：『潬，沙出』，郭璞曰：『今江東呼水內沙堆為單〔案：應作「潬」。〕。』洛陽北河中有中潬池〔案：應作「城」。〕是也。」黃奭在今本郭注「為潬」之下據補「洛陽北河中有

〔註758〕王樹枏《爾雅郭注佚存補訂》，卷10，頁17下。

潭池是也」十字；王樹枏亦在「音但」之下據補「洛陽北河中有中潭城是也」十一字，云：

> 明注疏本「江東」作「河中」，又刪「音但」二字。竊疑「河中」二字，涉「河中有中潭城」句而誤，此刪節之有迹可尋者。〔註759〕

按《元和郡縣志》卷六〈河南道・河南府・河陽縣〉：「中潭城，東魏孝靜帝元象元年築之。」元象元年（538）距郭璞卒年（324）已逾二百餘年，可證「洛陽北河中有中潭城是也」句，非郭璞所注，黃、王二氏並誤輯。周祖謨云：

> 「洛陽」以下當爲玄應文。王樹枏以此爲郭注原文，非是。〔註760〕

又案：玄應《音義》卷十一〈正法念經第十卷〉「洲潭」注引「《爾雅》：『潭，沙出』，郭璞曰：『今江東呼水中沙堆爲潭。』謂水中央地也。」又卷十九〈佛本行集經第四十二卷〉「潭上」注引「《爾雅》：『潭，沙出』，郭璞曰：『今江東呼水沙堆爲潭。』謂水中央地也。」「水中央地」句當亦玄應所注。

48. 12-6 潭，沙出。　　郭注：今江東呼水中沙堆為潭。音但。

潭，音但。

案：黃奭據郝懿行《爾雅義疏》輯錄本條。今檢宋本《爾雅》此訓注末即有「音但」二字，既非佚文，毋須再行輯錄。

49. 12-27 絜。

絜，苦八反。

案：馬國翰據陸德明《經典釋文・爾雅音義》輯錄本條。《釋文》出「絜」，注云：「戶結反，孫、郭並云『水多約絜』；又苦八反，李云：『河水多山石之苦，故曰絜。絜，苦也。』」今本郭注云：「水多約絜」，正與《釋文》引孫、郭語同。尋陸氏文意，「苦八」一音應係陸氏所注，馬氏當係誤輯。

〈釋草〉

50. 13-1 藿，山韭。茖，山蔥。蒚，山䪥。蒚，山蒜。　　郭注：今山中多有此菜，皆如人家所種者。茖蔥細莖大葉。

〈南山經〉：「招搖之山有草焉，其狀如韭」，郭注：「璨曰韭，《爾雅》云藿山多有之。

案：《山海經・南山經》：「招搖之山……有草焉，其狀如韭」，郭璞注云：「璨曰

〔註759〕王樹枏《爾雅郭注佚存補訂》，卷11，頁14上。
〔註760〕周祖謨《爾雅校箋》，頁299。

韭，音九。《爾雅》云雚山亦多之。」黃奭據〈南山經〉郭璞此注輯引本條。邵晉涵云：

> 雚誤爲霍，又以爲山名，非也。〔註761〕

按〈南山經〉注係郭璞引璨語，郭璞未必即讀「雚山」爲句。今先刪去本條，並存疑之。

51. 13-2 薜，山蘄。　郭注：《廣雅》曰：「山蘄，當歸。」當歸今似蘄而麤大。

蘄音巨巾反。

　　案：黃奭據《御覽》輯錄本條。《太平御覽》卷九百八十九〈藥部六・當歸〉引《爾雅》曰：「薜山蘄」，下有注云：「《廣雅》曰：『山芹，當歸。』今似芹而麤大。」注下有「蘄音巨中〔案：應作「巾」。〕切」五字。按《御覽》所引，雖與今本郭注近似，惟並未明云何氏之注，注下之音亦難斷定是否爲郭璞所注。此音宜先刪去，並存疑之。

52. 13-8 蒿，菣。　郭注：今人呼青蒿，香中炙啖者爲菣。

菣，慤刃切。

　　案：黃奭、王樹枏並據《御覽》輯錄本條，王氏又輯入今本郭注「爲菣」之下，「切」作「反」。《太平御覽》卷九百九十七〈百卉部四・蒿〉引《爾雅》曰：「蒿，菣也」，下引郭璞注曰：「今人採青蒿，香中炙啗者爲菣也。」注下有「菣，慤刃切」四字。《御覽》所引《爾雅》注下之音實難斷定是否爲郭璞所注。此音宜先刪去，並存疑之。

53. 13-20 蘦，綬。　郭注：小草，有雜色，似綬。

蘦，五歷切。

　　案：黃奭據《御覽》輯錄本條。《太平御覽》卷九百九十八〈百卉部五・綬〉引《爾雅》曰：「蘦，綬」，下有注云：「小草，有雜色，似綬。」注下有「蘦，五歷切」四字。按《御覽》所引，雖與今本郭注相同，惟並未明云何氏之注。今檢陸德明《經典釋文・爾雅音義》出「蘦」，注云：「五歷反，郭音五革反。」「五歷」（疑紐錫韻）與「五革」（疑紐麥韻）韻部不同，然則《御覽》所引此音，係據陸德明《釋文》，非郭璞所注。黃奭當係誤輯。

〔註761〕邵晉涵《爾雅正義》，《皇清經解》，卷 517，頁 2 上。郝懿行《山海經箋疏》云：「霍當爲雚字之譌。」（《山海經箋疏》，卷 1，頁 1 上。）《爾雅義疏》亦云：「霍雚蓋以形近而誤。」（《爾雅義疏》，《爾雅廣雅方言釋名清疏四種合刊》，頁 234 上。）

54. 13-21 粢，稷。　郭注：今江東人呼粟為粢。

粢，一名稷。稷，粟也。今江東呼粟為稷也。

案：玄應《一切經音義》卷十〈地持論第三卷〉「黍稷」注引「《爾雅》：『粢，稷也』，注云：『粢，一名稷。稷，粟也。今江東呼粟為稷也。』」玄應所引未云是何氏所注，惟黃奭仍據以輯錄，注云：「今本郭注止有『今江東人呼粟為粢』八字。」按孔穎達《左氏・桓公二年傳・正義》引「〈釋草〉云：『粢，稷』，舍人曰：『粢，一名稷。稷，粟也。』郭璞云：『今江東人呼粟為粢。』」是玄應所引，係合舍人注與郭注為說。黃奭據玄應所引輯錄，恐非。

55. 13-38 莕，接余。其葉苻。　郭注：叢生水中，葉圓在莖端，長短隨水深淺，江東食之，亦呼為莕。音杏。

莕，音杏。

案：《太平御覽》卷九百八十〈菜茹部五・苻〉引《爾雅》曰：「莕，接余。其葉苻」，下有注云：「叢生水中，葉圓在莖端，長短隨流水深淺，江東人食之。音杏也。」黃奭據《御覽》所引輯錄本條。今檢宋本《爾雅》、邵晉涵《正義》、郝懿行《義疏》引此訓注末均有「音杏」二字，既非佚文，毋須再行輯錄。

56. 13-42 葍，薑。　郭注：大葉，白華，根如指，正白，可啖。

葍，方服切。薑，音富。

案：黃奭據《御覽》輯錄本條。《太平御覽》卷九百九十八〈百卉部五・葍〉引《爾雅》：「葍，薑」，下引注文「啖」作「啗」，餘同今本郭注，注末又有「葍，方服切；薑，音富」七字。按《御覽》所引，雖與今本郭注近同，惟並未明云何氏之注，注下之音亦難斷定是否為郭璞所注。陸德明《經典釋文・爾雅音義》「葍」音「方服反」，「薑」音「富」，然則《御覽》所引二音或即陸氏之音。

57. 13-46 葴，寒漿。　郭注：今酸漿草，江東呼曰苦葴。音針。

葴，音針。

案：《太平御覽》卷九百九十八〈百卉部五・酢漿〉引《爾雅》曰：「葴，寒漿」，下有注云：「今酸漿草，江東呼曰苦葴。音針。」黃奭據《御覽》所引輯錄本條。今檢宋本《爾雅》、郝懿行《義疏》引此訓注末並有「音針」二字，既非佚文，毋須再行輯錄。

58. 13-47 薜苔，英茪。　郭注：英明也，葉黃銳，赤華，實如山茱萸。或曰蔆也，關西謂之薜苔。音皆。

薢，音皆，一音古買反。

案：馬國翰、黃奭、葉蕙心均據陸德明《經典釋文・爾雅音義》輯錄本條。今檢宋本《爾雅》此訓注末有「音皆」二字，既非佚文，毋須再行輯錄。又「一音古買反」五字應係陸德明所注，非郭璞音切。

59. 13-50 芍，鳧茈。　郭注：生下田，苗似龍須而細，根如指頭，黑色，可食。

生下田**中**，苗似龍須而細，根如指頭，黑色，可食。**芍音胡了反。**

案：《後漢書・劉玄傳》李賢注引「《爾雅》曰：『芍，鳧茈』，郭璞曰：『生下田中，苗似龍鬚而細，根如指頭，黑色，可食。』芍音胡了反。」王樹枏據李賢注補一「中」字及音。邢昺《爾雅疏》引郭注亦有「中」字。按「中」字疑衍，〈釋草〉13-169「購，蔏蔞」注亦作「生下田」，無「中」字。周祖謨云：

> 《後漢書・劉玄傳》注引「田」下有「中」字，誤。《玉燭寶典》卷十一
> 引與今本同。下文「購蔏蔞」注亦云「生下田」。〔註762〕

又「胡了」一音當係李賢所注。陸德明《釋文》音「戶了反」，與「胡了」音同，音上無「郭」字。

60. 13-56 薔，虞蓼。　郭注：虞蓼，澤蓼。

薔，音色，所力切。

案：鮑刻本《太平御覽》卷九百七十九〈菜茹部四・蓼〉引《爾雅》曰：「薔，虞蓼」，下有注云：「虞蓼，澤蓼也。薔，音色，所力切。」《四部叢刊三編》本《御覽》作「薔，音即，帥力切」。黃奭據鮑刻本《御覽》所引輯錄本條。按《御覽》所引，雖與今本郭注相同，惟並未明云何氏之注，注下之音亦難斷定是否爲郭璞所注。王樹枏云：

> 「薔音色」三字當亦郭注而今本刪之，以不明言郭注，故不遽補入，愼之
> 也。〔註763〕

今從王氏之說，刪去本條。

61. 13-58 虋，赤苗。　郭注：今之赤粱粟。　芑，白苗。　郭注：今之白粱粟。皆好穀。

虋，音門。芑，音起。

〔註762〕周祖謨《爾雅校箋》，頁313。
〔註763〕王樹枏《爾雅郭注佚存補訂》，卷12，頁15下。

案：黃奭據《御覽》輯錄本條；王樹柟雖未輯錄，仍主張本條為郭注佚文。〔註764〕《太平御覽》卷八百四十〈百穀部四・粟〉引《爾雅》曰：「虋，赤苗；芑〔案：應作「芑」。〕，白苗」，下有注云：「虋，赤粱粟也；芑，白粱粟也。虋音門，芑音起。」按《御覽》所引，雖與今本郭注近似，惟並未明云何氏之注，注下之音亦難斷定是否為郭璞所注。陸德明《經典釋文・毛詩音義・大雅・生民》出「虋」，注云：「音門，赤苗也。」又出「芑」，注云：「音起，白苗也。」《御覽》之音與陸氏正同。

62. 13-60 菡，蕍茅。　郭注：菡華有赤者為蕍，蕍菡一種耳，亦猶菱苕華黃白異名。

蕍，巨營切。

案：黃奭據《御覽》輯錄本條。《太平御覽》卷九百九十八〈百卉部五・菡〉引《爾雅》曰：「菡，蕍茅」，下有注云：「菡華有赤者為蕍，菡一種耳，亦如蔆苕華黃白異名也。蕍，巨營切。」按《御覽》所引，雖與今本郭注近似，惟並未明云何氏之注，注下之音亦難斷定是否為郭璞所注。陸德明《經典釋文・爾雅音義》「蕍」音「巨營反，又詳袞反」，《御覽》之音與陸氏正同。又周春云：「蕍，巨營翻，音瓊。」下注云：「《太平御覽》引郭氏《音義》同。」〔註765〕是周氏亦以「巨營」一音為郭璞《音義》佚文。今暫刪去，並存疑之。

63. 13-70 離南，活莌。　郭注：草生江南，高丈許，大葉，莖中有瓤，正白，零陵人祖曰貫之為樹。

莌，音脫。

案：黃奭據《御覽》輯錄本條；王樹柟雖未輯錄，仍主張本條為郭注佚文。〔註766〕《太平御覽》卷九百九十一〈藥部八・離南〉引《爾雅》曰：「離南，活莌也」，下有注云：「草生江南，高丈許，大葉，莖中有瓤，正白。莌音脫。」又卷一千〈百卉部七・離南〉引《爾雅》曰：「離南，活莌也」，下有注云：「草生江南，高丈許，大葉，莖中者有瓤，正自，零陵人祖曰貫之為樹。莌音莌。」按《御覽》兩引《爾雅》本條注文，雖與今本郭注近同，惟並未明云何氏之注，注下之音亦難斷定是否為郭璞所注。今暫刪去，並存疑之。

〔註764〕王樹柟云：「《御覽》所引與《詩釋文》同，其音六字當亦郭注原文。」（《爾雅郭注佚存補訂》，卷12，頁16上。）

〔註765〕周春《十三經音略》，卷11，頁5下。

〔註766〕王樹柟云：「『莌音脫』三字當亦郭注。」（《爾雅郭注佚存補訂》，卷12，頁19下。）

64. 13-71 須，薃葔。　　郭注：未詳。

須未聞。江東呼蕪菁為菘，菘、須音相近故也。須即蕪菁也。

案：黃奭、王樹枏並據《御覽》輯錄本條，王本「須」均作「蘋」，「呼」作「評」。黃氏注云：「案有『須未聞』三字，則爲郭注無疑。」王本亦輯爲郭注佚文。〔註767〕今檢《齊民要術》卷三〈蔓菁第十八〉引「《爾雅》曰：『蘋，薃葔』，注：『江東呼爲蕪菁，或爲菘，菘、蘋音相近，蘋則蕪菁。』」又《太平御覽》卷九百七十九〈菜茹部四·蕪菁〉引《爾雅》曰：「須，薃葔也」，下有注云：「須未聞。江東呼蕪菁爲菘，菘、須音相近故也。須即蕪菁也。」二書所引《爾雅注》文近似，且均未明云何氏所注，似不宜貿然輯錄。臧鏞堂《爾雅漢注》據《齊民要術》輯作「注曰」云云；邵晉涵《正義》、郝懿行《義疏》亦分別以《御覽》、《齊民要術》所引爲舊注之文；李曾白承邵、郝二氏之說，以爲《齊民要術》與《御覽》所引者，「皆舊注之足徵者。郭氏偶未檢及，呂爲未詳。」〔註768〕說皆可從。

65. 13-73 茜，蔓于。　　郭注：草生水中，一名軒于，江東呼茜。音猶。

茜，音猶。

案：黃奭據郝懿行《義疏》輯錄本條。今檢宋本《爾雅》此訓注末即有「音猶」二字，既非佚文，毋須再行輯錄。

66. 13-73 茜，蔓于。

蔓作曼，通。音萬。

案：馬國翰據陸德明《經典釋文·爾雅音義》輯錄本條。今檢《釋文》出「蔓」，注云：「或作曼，通。音萬。」上無「郭」字，可知此語應係陸德明語，馬氏誤輯。

67. 13-76 出隧，蘧蔬。　　郭注：蘧蔬似土菌，生菰草中，今江東啖之，甜滑。音氈氈毦。

〔註767〕王樹枏云：「『未詳』二字舊在『蘋薃葔』之下，不知此乃『蘢天蕎』下注文，自『蘋薃葔』之注脫，後人遂以『未詳』二字統二句而言之。……《御覽》凡引《爾雅注》，其不言者皆郭璞注也。《齊民要術》三卷……所引與《御覽》略同。《說文》艸部：『蘋，薃葔也』，《繫傳》云：『《爾雅》有之，注云未聞。』據此足證『蘋薃葔』之注爲『未聞』，非『未詳』矣。《詩·谷風·釋文》引郭璞曰：『薃，今菘菜也』，蓋約注言之。謹據《御覽》補訂。」（《爾雅郭注佚存補訂》，卷12，頁20。）周祖謨亦贊同王說，云：「《齊民要術》卷三『蔓菁』條云……『江東呼爲蕪菁』云云當出自郭璞注。《御覽》卷九百七十九引……與《齊民要術》所引略同。今本『須薃葔』下無此注，而別有『未詳』二字，恐傳寫有誤。王樹枏謂『未詳』二字乃『蘢天蕎』下注文，自『蘋薃葔』之注脫，後人遂以『未詳』二字統二句而言之。其說是也。」（《爾雅校箋》，頁316。）

〔註768〕李曾白《尒疋舊注攷證》，卷下，頁5下。

蘆蔬音同觳觬。

案：黃奭據郭注輯錄本條。今檢宋本《爾雅》、郝懿行《義疏》此訓注末均有「音觳觳觬」等字，邵晉涵《正義》作「音同觳觬」，既非佚文，毋須再行輯錄。陸德明《經典釋文·爾雅音義》出「觳」，是陸氏所見本郭注亦作「音觳觳觬」。阮元云：「注疏本『觳』作『同』，係臆改。」〔註769〕

68. 13-79 蘮蒘，竊衣。

俗名鬼麥者也。

案：邢昺《爾雅疏》引郭璞注末有此六字，黃奭據以輯錄本條。其實此六字應爲邢氏之語，非郭璞注，黃氏誤輯。

69. 13-84 薦，鹿藿。其實莥。　郭注：今鹿豆也，葉似大豆，根黃而香，蔓延生。

莥，音紐。

案：黃奭、王樹柟並據《御覽》輯錄本條。《太平御覽》卷九百九十四〈百卉部一·鹿豆〉引《爾雅》曰：「薦，鹿藿也；其實莥」，下引郭璞曰：「今鹿豆也，葉似大豆，根黃而香，蔓延生。」注下有「莥音紐也」四字。（「莥」原均作「葅」，今逕改。）《御覽》所引《爾雅》注下之音實難斷定是否爲郭璞所注。此音宜先刪去，並存疑之。

　　《廣韻》「莥」、「紐」二字同音「女久切」（娘紐有韻），與《釋文》陸德明音切語全同。劉玉麐云：「《御覽》卷九百九十四引此註末云『莥音狃』。」〔註770〕按《廣韻》「狃」與「紐」音亦同。

70. 13-85 蔿，侯莎。其實媞。

媞，大兮切。

案：黃奭據《御覽》輯錄本條；王樹柟雖未輯錄，仍主張本條爲郭注佚文。〔註771〕《太平御覽》卷九百九十七〈百卉部四·莎〉引《爾雅》曰：「蔿，侯莎；其實媞」，下引注與今本郭注同，末有「媞，大分〔案：應作「兮」。〕切」四字。按《御覽》所引，雖與今本郭注相同，惟並未明云何氏之注，注下之音亦難斷定是否爲郭璞所注。此音宜先刪去，並存疑之。

〔註769〕阮元《爾雅校勘記》，《皇清經解》，卷1035，頁12上。

〔註770〕劉玉麐《爾雅校議》，卷下，頁6下。

〔註771〕王樹柟云：「《御覽》九百九十七卷〈百卉部〉引《爾雅注》與郭同，而末有『媞大分切』四字，當亦郭注原文。」（《爾雅郭注佚存補訂》，卷12，頁23下。）

71. 13-86 莞，苻䕝。其上蒚。　　郭注：今西方人呼蒲為莞蒲，蒚謂其頭臺首也。今江東謂之苻䕝。西方亦名蒲中莖為蒚，用之為席。音羽翩。

蒚，音翩。

蒚，音羽翩。

案：黃奭據《御覽》輯錄「蒚，音翩」三字，又據郝懿行《義疏》輯錄「蒚，音羽翩」四字。《太平御覽》卷九百九十九〈百卉部六·蒲〉引《爾雅》曰：「莞，苻䕝；其上蒚」，下有注云：「今西方人呼蒲為莧〔案：應作「莞」。〕蒲，蒚謂其頭臺首也。今江東謂之芙䕝。西方亦名蒲中莖為蒚，謂之為席。蒚音翩。」按《御覽》所引，雖與今本郭注近同，惟並未明云何氏之注。又宋本《爾雅》此訓注末即有「音羽翩」三字，既非佚文，毋須再行輯錄。陸德明《經典釋文·爾雅音義》出「蒚」，注引「郭音翩」。

72. 13-87 其葉蕸。

蕸，或作葭，眾家並無此句，唯郭有。然就郭本中或復脫此一句，亦並闕讀。

案：黃奭據《釋文》輯錄本條。陸德明《經典釋文·爾雅音義》出「其葉蕸」，注云：「字或作葭，音遐，又音加。眾家並無此句，唯郭有，然就郭本中或復脫此一句，亦並闕讀。」此係陸氏校語，非郭璞佚文，當刪。又參見第五章第二節沈旋《集注爾雅》13-87「荷，芙蕖。其莖茄，其葉蕸，其本蔤，其華菡萏，其實蓮，其根藕，其中的，的中薏」條案語。

73. 13-87 的中薏。　　郭注：中心苦。

薏，音億。

案：黃奭據《御覽》輯錄本條；王樹枏雖未輯錄，仍主張本條為郭注佚文。〔註772〕《太平御覽》卷九百九十九〈百卉部六·芙蕖〉引《爾雅》曰：「……的中薏」，下有注云：「中心苦者也。薏音億。」按《御覽》所引，雖與今本郭注近同，惟並未明云何氏之注，注下之音亦難斷定是否為郭璞所注。此音宜先刪去，並存疑之。

74. 13-118 茛，蓳草。　　郭注：即烏頭也，江東呼為蓳。音靳。

蓳，音靳。

案：黃奭據郝懿行《義疏》輯錄本條。今檢宋本《爾雅》此訓注末即有「音靳」二字，既非佚文，毋須再行輯錄。

〔註772〕王樹枏云：「〈百卉部〉引有『薏音億』三字，蓋亦原注。」（《爾雅郭注佚存補訂》，卷12，頁25下。）

75. 13-120 菺，戎葵。　　郭注：今蜀葵也。似葵，華如木槿華。

今蜀葵也。似葵，華如木槿華。**戎蜀蓋其所自出也，因以名之。**

案：王樹柟據蘇頌《圖經》輯錄「戎蜀」以下十二字於今本郭注之下。唐愼微《證類本草》卷二十七〈菜部上品‧冬葵子〉引蘇頌《圖經》云：

> 凡葵有數種：有蜀葵，《爾雅》所謂「菺（古田切），戎葵」者是也，郭璞云：「似葵，華如槿華。」戎蜀蓋其所自出，因以名之。

按「戎蜀」云云，當係蘇頌之語，非郭璞注佚文。邵晉涵云：

> 戎葵今謂之蜀葵，戎蜀皆言其大也。〈釋詁〉云：「戎，大也」；〈釋畜〉云：「雞大者蜀」，是蜀亦爲大。而說本草者便謂此草從蜀中來，鑿矣。〔註773〕

76. 13-121 蘧，狗毒。　　郭注：樊光云：「俗語苦如蘧。」

樊光云：「俗語苦如蘧。」**一名狗毒。**

案：王樹柟據《御覽》輯錄「一名狗毒」四字於今本郭注之下。今檢《四部叢刊三編》本《太平御覽》卷九百九十五〈百卉部二‧狗毒〉引《爾雅》「蘧，狗毒」句注云：「樊光云：『俗語若如蘧。』」未見「一名狗毒」四字；鮑刻本《御覽》始有，然則「一名狗毒」四字或係後人所加，非郭注佚文。

77. 13-132 蔠葵，蘩露。　　郭注：承露也，大莖小葉，華紫黃色。

蔠，音終。

案：黃奭據《御覽》輯錄本條。《太平御覽》卷九百九十八〈百卉部五‧承露〉引《爾雅》曰：「蔠葵蘩露」，下引郭璞注末有「蔠音終」三字。《御覽》所引《爾雅》注下之音實難斷定是否爲郭璞所注。此音宜先刪去，並存疑之。陸德明《經典釋文‧爾雅音義》出「終」，云：「本亦作蔠，同。」王樹柟云：

> 陸所據郭本作「終」，其作「蔠」者或本也，據《釋文》則「蔠音終」三字非郭注原文。〔註774〕

78. 13-133 菋，荎藸。　　郭注：五味也。蔓生，子叢在莖頭。

菋遟除三音。

案：黃奭據《御覽》輯錄本條；王樹柟雖未輯錄，仍主張本條爲郭注佚文。〔註

〔註773〕邵晉涵《爾雅正義》，《皇清經解》，卷517，頁29下。郝懿行亦云：「蜀葵，似葵而高大。戎蜀皆大之名，非自戎蜀來也。或名吳葵、胡葵，胡吳亦皆謂大也。」（《爾雅義疏》，《爾雅廣雅方言釋名清疏四種合刊》，頁255上。）

〔註774〕王樹柟《爾雅郭注佚存補訂》，卷13，頁9下。

〔註775〕王樹柟云：「末五字當亦郭注。」（《爾雅郭注佚存補訂》，卷13，頁10上。）

775〕《太平御覽》卷九百九十〈藥部七・五味〉引《爾雅》曰：「菋，荎豬」，下有注云：「五味也。蔓生，子蕘在莖頭也。未遲除三音。」按《御覽》所引，雖與今本郭注近同，惟並未明云何氏之注，注下之音亦難斷定是否爲郭璞所注。此音宜先刪去，並存疑之。

79. 13-144 菳薁，顆凍。　郭注：款凍也。紫赤華，生水中。

凍，音東。

案：黃奭、王樹枏並據《御覽》輯錄本條，王氏又輯入今本郭注「水中」之下。《太平御覽》卷九百九十二〈藥部九・款多〉引《爾雅》曰：「菳薁，顆凍也」，下有注曰：「款多，生水，紫赤。凍音東。」按《御覽》所引，並未明云何氏之注，注下之音亦難斷定是否爲郭璞所注。此音宜刪。

80. 13-147 黃華蔈，白華茇。　郭注：荂華色異，名亦不同。音沛。

茇，音沛。

案：黃奭據《御覽》輯錄本條。今檢宋本《爾雅》、郝懿行《義疏》此訓注末即有「音沛」二字，既非佚文，毋須再行輯錄。陸德明《經典釋文・爾雅音義》「茇」下亦引「郭音沛」，見本章第二節 13-147「黃華蔈，白華茇」條案語。

81. 13-151 仲，無笐。　郭注：亦竹類，未詳。

笐，音航。

案：黃奭據《御覽》輯錄本條；王樹枏雖未輯錄，仍主張本條爲郭注佚文。〔註776〕《太平御覽》卷九百六十三〈竹部二・仲竹〉引《爾雅》曰：「仲，無笐」，下有注云：「亦竹類，未詳。音航。」按《御覽》所引，雖與今本郭注相同，惟並未明云何氏之注，注下之音亦難斷定是否爲郭璞所注。此音宜先刪去，並存疑之。

82. 13-157 芐，地黃。　郭注：一名地髓，江東呼芐。音怙。

芐，音怙。

案：黃奭據郝懿行《爾雅義疏》輯錄本條。今檢宋本《爾雅》此訓注末即有「音怙」二字，既非佚文，毋須再行輯錄。陸德明《經典釋文・爾雅音義》「髓」下又出「怙」，是陸氏所見郭注有「音怙」二字。唐愼微《證類本草》卷六〈草部上品之上・乾地黃〉引掌禹錫引「《爾雅》云：『芐，地黃』，注云：『一名地髓，江東呼芐。音怙。』」所引《爾雅注》亦有「音怙」二字。

83. 13-170 蒭，勃蒭。　郭注：一名石芸，《本草》云。

〔註776〕王樹枏云：「案『音航』二字當亦郭注。」（《爾雅郭注佚存補訂》，卷 13，頁 14 上。）

莂，音列。

案：黃奭據《御覽》輯錄本條；王樹枏亦將「音列」二字輯入今本郭注「《本草》云」之下。《太平御覽》卷九百九十三〈藥部十・石芸〉引《爾雅》曰：「莂，勃莂也」，下引郭璞注曰：「一名石共〔案：應作「芸」。〕。」注下有「音列」二字。《御覽》所引《爾雅》注下之音實難斷定是否為郭璞所注。此音宜先刪去，並存疑之。

84. 13-171 葽繞，棘菀。　郭注：今遠志也。似麻黃赤華，葉銳而黃，其上謂之小草，《廣雅》云。

棘菀，音棘冤。

案：黃奭據《御覽》輯錄本條。《太平御覽》卷九百八十九〈藥部六・遠志〉引《爾雅》云：「葽繞，棘菀」，下有注云：「今遠志也。似麻黃赤華，葉說而黃，其上為之小草。棘菀音棘冤。」按《御覽》所引，雖與今本郭注近同，惟並未明云何氏之注，注下之音亦難斷定是否為郭璞所注。此音宜先刪去，並存疑之。陸德明《經典釋文・爾雅音義》出「棘」，注云：「居力反，字或作蕀，同。」

85. 13-173 蕭，荻。　郭注：即蒿。

荻，音狄。

案：黃奭據《御覽》輯錄本條；王樹枏雖未輯錄，仍主張本條為郭注佚文。〔註777〕《太平御覽》卷九百九十七〈百卉部四・蕭〉引《爾雅》曰：「蕭，荻」，下有注云：「即高，音狄。」按《御覽》所引，雖與今本郭注近同，惟並未明云何氏之注，注下之音亦難斷定是否為郭璞所注。此音宜先刪去，並存疑之。

陸德明《經典釋文・爾雅音義》出「萩」，注云「音秋」；唐石經、宋本《爾雅》字亦作「萩」。《說文》艸部：「萩，蕭也。」無「荻」字，是《御覽》引「荻」、「狄」二字為「萩」、「秋」二字之誤。王引之辨說甚詳，今略不引。〔註778〕

86. 13-184 芙，薊。其實荂。　郭注：芙與薊莖頭皆有蓊臺名荂，荂即其實。音俘。

荂，音俘。

案：黃奭據郝懿行《爾雅義疏》輯錄本條；葉蕙心亦據陸德明《釋文》輯錄「音俘」二字。今檢宋本《爾雅》、邵晉涵《正義》、郝懿行《義疏》此訓注末均有「音

〔註777〕王樹枏云：「《御覽》蓋據誤本作『荻』。《釋文》云『萩音秋』，是陸所據本作『秋』也。『萩音秋』三字當亦郭注。」（《爾雅郭注佚存補訂》，卷13，頁19上。）
〔註778〕參見王引之《經義述聞・爾雅釋草・蕭萩》，《皇清經解》，卷1207上，頁4下～5上。

俘」二字，既非佚文，毋須再行輯錄。《釋文》出「荂」，注云：「香于、芳于二反，下同。注音俘，同。」是陸氏所見郭璞注亦有此音。

87. 13-187 蒹，薕。　　郭注：似萑而細，高數尺，江東呼為薕蘠。音廉。

薕，音廉。

案：黃奭據郝懿行《爾雅義疏》輯錄本條。今檢宋本《爾雅》、邵晉涵《正義》、郝懿行《義疏》此訓注末均有「音廉」二字，既非佚文，毋須再行輯錄。

88. 13-187 菼，薍。　　郭注：似葦而小，實中，江東呼為烏蘆。音丘。

似葦而小，實中，江東評為烏蘆，**取其苗為帚**。蘆音丘。

案：《禮記·玉藻》：「膳於君有葷桃茢，於大夫去茢，於士去葷，皆造於膳宰」，鄭玄注：「葷桃茢，辟凶邪也。大夫用葷桃，士桃而已。葷，薑及辛菜也。茢，菼帚也。」陸德明《經典釋文·禮記音義》出「菼」，注云：「吐敢反。郭璞云『烏蘆』也。取其苗為帚。」王樹枏據《釋文》輯「取其苗為帚」五字於郭注，說不可從。陸氏此語係解釋鄭注「菼帚」之義。《周禮·夏官·戎右》：「贊牛耳，桃、茢」，鄭玄注：「茢，苕帚，所以掃不祥。」與《禮記注》義正同。陸云「取其苗為帚」，即取菼之苗為帚之意。

89. 13-187 菼，薍。　　郭注：似葦而小，實中，江東呼為烏蘆。音丘。

蘆，音丘。

案：馬國翰、葉蕙心並據陸德明《經典釋文·爾雅音義》輯錄本條，葉本「丘」作「邱」。今檢宋本《爾雅》、邵晉涵《正義》、郝懿行《義疏》此訓注末均有「音丘」二字，既非佚文，毋須再行輯錄。

90. 13-187 其萌虇。　　郭注：今江東呼蘆筍為虇，然則萑葦之類其初生者皆名虇。音繾綣。

虇，音繾綣。

案：黃奭據郭璞注輯錄本條。今檢宋本《爾雅》、邵晉涵《正義》、郝懿行《義疏》此訓注末均有「音繾綣」三字，既非佚文，毋須再行輯錄。

91. 13-188 蕍，芛，葟，華，榮。　　郭注：〈釋言〉云：「華，皇也。」今俗呼草木華初生者為芛，音獮豬。蕍猶敷蕍，亦華之貌，所未聞。

芛，音獮豬。

案：黃奭據郭璞注輯錄本條。今檢宋本《爾雅》、邵晉涵《正義》、郝懿行《義疏》此訓注末均有「音獮豬」三字，既非佚文，毋須再行輯錄。

92. 13-190 茩，茮。　　郭注：今江東呼藕紹緒，如指空中可啖者為芡茮，即此類。

江東呼藕根亦作茮。

案：《廣韻》巧韻「蔽」字凡二見：一音「下巧切」，釋云：「草根，亦竹筍也。或作茮。」一音「古巧切」，釋云：「郭璞云：『江東呼藕根。』亦作茮。」黃奭據輯「江東」以下八字。按黃奭所輯，「亦作茮」三字應是《廣韻》語，「江東呼藕根」五字與今本郭注首句略異，實係郭注異文，毋須另行輯錄。陸德明《經典釋文‧爾雅音義》出「茮」，注云：「字又作茮。」盧文弨改「茮」作「蔽」，云：

> 蔽，舊作茮。案《廣雅》：「蔽、茮、茮，根也。」段云此分茩茮茮根為二條，誤。此茮字當作蔽，《廣韻》：「蔽，草根，亦竹筍也，或作茮」，又引
> 郭云：「江東呼藕根。」〔註779〕

其說可證。

93. 13-193 華，荂也。　　郭注：今江東呼華為荂。音敷。

荂，音敷。

案：黃奭據郝懿行《爾雅義疏》輯錄本條。今檢宋本《爾雅》、邵晉涵《正義》、郝懿行《義疏》此訓注末均有「音敷」二字，既非佚文，毋須再行輯錄。又葉蕙心據《釋文》輯錄本條。今檢《釋文》「華荂」下未引郭音，葉氏所據應與黃氏同。

〈釋木〉

94. 14-6 梅，枏。　　郭注：似杏，實酢。

枏，大木，葉似桑。今作楠，音南。《爾雅》以為枏。

案：《山海經‧南次二經》：「虖勺之山，其上多梓枏」，郭璞注云：「枏，大木，葉似桑。今作楠，音南。《爾雅》以爲枏。」黃奭據〈南山經〉郭璞此注輯引本條；王樹枏亦在今本郭注「實酢」下補「亦大木，葉如桑也」七字。按《說文》木部：「梅，枏也，可食。」段玉裁云：

> 〈召南〉之梅，今之酸果也；〈秦〉〈陳〉之梅，今之楠樹也。楠樹，見於《爾雅》者也；酸果之梅，不見於《爾雅》者也。樊光釋《爾雅》曰：「荊州曰梅，楊州曰枏，益州曰赤梗」；孫炎釋《爾雅》曰：「荊州曰梅，楊州曰枏」；陸璣《疏草木》曰：「梅樹，皮葉似豫樟」，皆謂楠樹也。枏亦名梅，後世取梅爲酸果之名，而梅之本義廢矣，郭釋《爾雅》乃云「似杏，

〔註779〕盧文弨《經典釋文攷證‧爾雅音義下攷證》，頁4上。

實酢」，《篇》、《韵》襲之，轉謂酸果有柟名，此誤之甚者也。〔註780〕然則《爾雅》此訓，樊光、孫炎均訓爲大木之柟，郭璞《山海經注》亦同，惟《爾雅》此訓則取酸果之義，與諸說不同。黃奭所輯，出自郭璞《山海經注》，義雖可取，惟無法證明其爲郭璞《爾雅音義》或《爾雅注》之佚文，當刪去。

95. 14-7 柀，煔。　郭注：煔似松，生江南，可以為船及棺材，作柱埋之不腐。

　　煔似松，生江南，可以爲船及棺材，作柱**又耐埤**，埋之不腐。

　　案：徐鍇《說文解字繫傳》卷十一木部「柀」字注引「《爾雅》：『柀，櫠』，注曰：『生江南，可作船，又耐埤。』」王樹柟據補「又耐埤」三字於今本郭注「作柱」之下，云：「與今本互有詳略，今據補訂。」〔註781〕按「又耐埤」即郭注「作柱埋之不腐」之意，王氏所輯宜先刪去，並存疑之。

96. 14-8 櫠，椵。　郭注：柚屬也。子大如盂，皮厚二三寸，中似枳，食之少味。

　　柚屬也。子大如盂，皮厚二三寸，中似枳**棋**，食之少味。〔注〕

　　案：《四部叢刊正編》景印明鈔本《齊民要術》卷十「椵」引「《爾雅》曰：『櫠，椵也』，郭璞注曰：『柚屬也。子大如盂，皮厚二三寸，中似枳，供食之，少味。』」繆啓愉《齊民要術校釋》引同。《要術》所引郭注衍一「供」字。嚴可均在今本郭注「枳」下補「實」字，邵晉涵亦云：

　　　　《齊民要術》引郭註作「中似枳實」，今本無「實」字。〔註782〕

又王樹柟在「枳」下補「棋」字，周祖謨亦云：

　　　　《齊民要術》卷十引「中似枳」作「中似枳棋」，今本脫「棋」字，當據
　　　　補。〔註783〕

按諸說均可疑。繆啓愉云：

　　　　郭璞注同《要術》，惟無"供"字，《太平御覽》卷973"椵"引郭注亦無，
　　　　有費解，《要術》衍。而清邵晉涵《爾雅正義》引作"實"，則"枳實"

〔註780〕段玉裁《說文解字注》，第6篇上，頁2下。「〈召南〉之梅」，指〈召南・摽有梅〉；「〈秦〉〈陳〉之梅」，指〈秦風・終南〉：「終南何有？有條有梅。」又〈陳風・墓門〉：「墓門有梅，有鴞萃止。」

〔註781〕王樹柟《爾雅郭注佚存補訂》，卷14，頁3上。邵晉涵亦云：「《說文繫傳》引《爾雅註》……與今本互有詳略。」（《爾雅正義》，《皇清經解》，卷518，頁3上。）

〔註782〕邵晉涵《爾雅正義》，《皇清經解》，卷518，頁3上。

〔註783〕周祖謨《爾雅校箋》，頁328。

連文，或係以意改。〔註784〕

又「梖」字或係「供」字之譌。

97. 14-9 杻，檍。　郭注：似棣，細葉，葉新生可飼牛，材中車輞。關西呼杻子，一名土橿。

　　檍，似桑。

　　案：黃奭、葉蕙心並據《文選注》輯錄本條。《文選》卷四張衡〈南都賦〉：「其木則樅松楔櫻，檀栯杻橿；楓柙櫨欀，帝女之桑；楈枒栟櫚，柍柘檍檀」，李善注引郭璞《山海經注》曰：「杻似桑而細葉。」又引「《爾雅》曰：『杻，檍』，郭璞曰：『似桑。』」按李善所引郭璞《山海經注》及《爾雅注》「桑」字均係「棣」字之譌。《山海經・西山經》：「英山，其上多杻橿」，郭璞注云：「杻似棣而細葉，一名土橿，音紐」，與今本郭注正同。李善注或係因上文「帝女之桑」而譌，黃、葉二氏又據誤本輯錄，當刪去。

98. 14-10 楙，木瓜。　郭注：實如小瓜，酢可食。

　　楙，音茂。

　　案：黃奭、王樹柟並據《御覽》輯錄本條，王氏又輯入今本郭注「可食」之下。《太平御覽》卷九百七十三〈果部十・木瓜〉引《爾雅》曰：「楙，木瓜」，下引郭氏注曰：「實如小瓜，酢可食。」注下有「楙音茂也」四字。《御覽》所引《爾雅》注下之音實難斷定是否為郭璞所注。此音宜先刪去，並存疑之。陸德明《經典釋文・爾雅音義》出「楙」，注云：「音茂。」

99. 14-11 椋，即來。　郭注：今椋材中車輞。

　　椋有髓，熊折而乳之。又曰今椋材中車輞。

　　案：黃奭、王樹柟並據《御覽》輯錄本條。黃本「折」作「析」，注云：「案今『椋材』六字見今本郭注，《御覽》作『又曰』，則上八字是郭注可知。」王本無「又曰」二字，云：「此所引當俱是郭注，觀『又曰』二字可知。」〔註785〕按黃、王二氏之說均無據。《太平御覽》卷九百六十一〈木部十・椋〉引《爾雅》曰：「椋，即來」，下有注云：「椋有髓，熊折而乳之。又曰今椋材中車輞。」所引明是二家之注，「椋有髓」以下八字注者不詳；「又曰」云云即是郭璞注。嚴可均、葉蕙心及邵晉涵《正義》、郝懿行《義疏》均以「椋有髓，熊折而乳之」為舊注；臧鏞堂《爾雅漢注》在「椋有髓」句上冠「注曰」二字，亦不以此語為郭璞所注，說均可從。李曾白云：

〔註784〕繆啓愉《齊民要術校釋》，頁584。
〔註785〕王樹柟《爾雅郭注佚存補訂》，卷14，頁4下。

《太平御覽》九百六十一引《尒疋》舊注云：「椋有髓，熊折而乳之」，與郭注「今椋材中車輞」文義俱異。〔註786〕

100. 14-12 栵，栭。　郭注：樹似槲樕而庫小，子如細栗，可食。今江東亦呼為栭栗。

栵栭，今江東呼為栭栗，楚呼為茅栗也。

案：《廣韻》薛韻「栵」字注云：「細栗，《爾雅》云『栵，栭』，今江東呼爲栭栗，楚呼爲茅栗也。」黃奭據《廣韻》輯錄本條，注云：「案末六字今本郭注無。」惟《廣韻》所引是否即爲郭注，似猶可商。今暫刪去，並存疑之。

101. 14-31 欇，虎櫐。　郭注：今虎豆，纏蔓林樹而生，莢有毛刺。今江東呼為欇欇。音涉。

欇，音涉。

案：黃奭據陸德明《經典釋文‧爾雅音義》及《御覽》輯錄本條；馬國翰亦據《釋文》輯錄「欇音涉，本又作聶，又作欒，並同」十二字。今檢宋本《爾雅》、郝懿行《義疏》引郭注均有「音涉」二字，既非佚文，毋須再行輯錄。《齊民要術》卷十「藤」引《爾雅》曰：「欇，虎櫐」，郭璞云：「今虎豆也，纏蔓林樹而生，莢有毛刺。江東呼爲欇欇。音涉。」《太平御覽》卷九百九十五〈百卉部二‧藤〉引《爾雅》曰：「攝，虎櫐」，下有注云：「今虎豆也，纏蔓林樹而生，莢有尾刺。今江東呼之爲獵攝。攝音涉也。」所引亦均有「音涉」二字。又馬國翰輯「本又」云云，係陸德明語，馬氏誤輯。

102. 14-36 楓，欇欇。　郭注：楓樹似白楊，葉員而岐，有脂而香，今之楓香是。

天風則搖，故曰欇欇。

案：黃奭據《御覽》輯錄本條。《太平御覽》卷九百五十七〈木部六‧楓〉引《爾雅》曰：「楓，攝攝」，下有注云：「之葉反。天風則鳴，故曰攝攝。樹似白楊，葉圓而岐，有脂而香，今之楓香是。」按《御覽》所引「樹似」以下云云，雖與今本郭注近同，惟並未明云何氏之注。黃氏所輯，宜先刪去，並存疑之。《史記‧司馬相如列傳》：「華氾檘櫨」，司馬貞《索隱》引犍爲舍人曰：「楓爲樹厚葉弱莖，大風則鳴，故曰攝。」〔註787〕然則《御覽》所引「天風」以下八字，應即舍人注。王樹枏雖未

〔註786〕李曾白《尒疋舊注攷證》，卷下，頁7上。
〔註787〕點校本《史記》「攝」作「楓」。

輯錄，仍主張此語及「之葉反」三字爲郭注佚文。〔註788〕

103. 14-44 蹶洩，苦棗。　郭注：子味苦。

　　蹶，音劇。

　　案：黃奭據《御覽》輯錄本條。《太平御覽》卷九百六十五〈果部二・棗〉引《爾雅》曰：「蹶泄，苦棗」，下引郭璞注曰：「子味苦也。」注末有「蹶音歲也」四字。《御覽》所引《爾雅》注下之音實難斷定是否爲郭璞所注。此音宜先刪去，並存疑之。

104. 14-44 還味，棯棗。　郭注：還味，短味。

　　棯，音荏。還，音旋。

　　案：黃奭據《御覽》輯錄本條；王樹柟亦在今本郭注「短味」之下補一「也」字及「棯音荏，還音旋」六字。《太平御覽》卷九百六十五〈果部二・棗〉引《爾雅》曰：「還味，棯棗」，下引郭璞注曰：「還味，短味也。」注末有「棯音荏，還音旋」六字。《御覽》所引《爾雅》注下之音實難斷定是否爲郭璞所注。此音宜先刪去，並存疑之。

105. 14-45 櫬，梧。　郭注：今梧桐。

　　今梧桐。**皮青者曰梧桐。**

　　案：王樹柟據《齊民要術》輯錄「皮青者曰梧桐」六字。《齊民要術》卷五〈種槐柳楸梓梧柞第五十〉引「《爾雅》曰：『榮，桐木』，注云：『即梧桐也。』又曰：『櫬，梧』，注云：『今梧桐。』」下云：「是知榮、桐、櫬、梧，皆梧桐也。桐葉花而不實者曰白桐，實而皮青者曰梧桐。按今人以其皮青，號曰青桐也。」是「皮青者曰梧桐」六字係賈思勰語，王氏誤輯。

106. 14-49 劉，劉杙。　郭注：劉子生山中，實如梨，酢甜，核堅。出交趾。

　　杙，音弋。

　　案：黃奭據《御覽》輯錄本條；王樹柟雖未輯錄，仍主張本條爲郭注佚文。〔註789〕《太平御覽》卷九百七十三〈果部十・劉〉引《爾雅》曰：「劉，劉杙也」，下有注云：「劉子生山中，實如梨，酢甜，核堅。出交趾。杙音弋。」按《御覽》所引，雖與今本郭注相同，惟並未明云何氏之注，注下之音亦難斷定是否爲郭璞所注。此音宜先刪去，並存疑之。陸德明《經典釋文・爾雅音義》出「杙」（宋本《釋文》誤

〔註788〕王樹柟云：「『之葉反』十一字當爲郭注原文，而今本刪之。」（《爾雅郭注佚存補訂》，卷14，頁11下。）
〔註789〕王樹柟云：「《御覽》九百七十三卷〈果部〉引《爾雅注》……末有『杙音弋』三字，當亦郭注而今本脫之。」（《爾雅郭注佚存補訂》，卷14，頁16下。）

从「戈」旁），注云：「音弋。」

107. 14-60 梨，山樆。　　郭注：即今梨樹。

樆，音離。

　　案：黃奭據《御覽》輯錄本條；王樹枏雖未輯錄，仍主張本條爲郭注佚文。〔註790〕《太平御覽》卷九百六十九〈果部六‧梨〉引《爾雅》曰：「梨，山樆」，下有注云：「即金梨樹。樆音離。」按《御覽》所引，雖與今本郭注近同，惟並未明云何氏之注，注下之音亦難斷定是否爲郭璞所注。此音宜先刪去，並存疑之。陸德明《經典釋文‧爾雅音義》出「樆」，注云：「音離。」

108. 14-61 女桑，桋桑。　　郭注：今俗呼桑樹小而條長者為女桑樹。

桋，音題，又音夷。

　　案：黃奭、王樹枏並據《御覽》輯錄本條，王樹枏又輯入今本郭注「女桑樹」之下。《太平御覽》卷九百五十五〈木部四‧桑〉引《爾雅》曰：「女桑，桋桑」，下引郭璞注曰：「谷〔案：應作「俗」，鮑刻本字即作「俗」。〕呼小桑長條者爲女桑樹。」注末有「桋音恨〔案：鮑刻本「恨」作「題」。〕，又音夷」六字。《御覽》所引《爾雅》注下之音實難斷定是否爲郭璞所注。此音宜先刪去，並存疑之。

109. 14-65 櫠樸，心。　　郭注：槲，櫠別名。

櫠，別名槲。

　　案：徐鍇《說文解字繫傳》卷十一木部「櫠」字注引「《爾雅》：『櫠樸，心』，注曰：『櫠，別名槲。』」黃奭據《繫傳》所引輯錄本條，云：「《說文繫傳》引與今本異。」〔註791〕按《繫傳》所引注語，當係傳抄偶誤，非郭注別有異文如是。黃輯當刪去。郝懿行云：

> 《詩》：「林有樸櫠」，《正義》引孫炎曰：「樸櫠一名心。」某氏曰：「樸櫠，槲櫠也，有心能溼，江河閒以作柱。」……郭注「槲櫠別名」，葢本某氏注。《說文繫傳》引作「槲別名櫠」，非也。〔註792〕

110. 14-74 椒樧醜，莍。　　郭注：莍萸子聚生成房貌。今江東亦呼莍樧，似茱萸而小，赤色。

〔註790〕王樹枏云：「『樆音離』三字蓋亦郭注，而今本脫之。」（《爾雅郭注佚存補訂》，卷14，頁20。）

〔註791〕邵晉涵亦云：「《說文繫傳》引郭註作『櫠別名槲』，與今本異。」（《爾雅正義》，《皇清經解》，卷518，頁17上。）

〔註792〕郝懿行《爾雅義疏》，《爾雅廣雅方言釋名清疏四種合刊》，頁279上。

茱萸名荣萸。

案：黃奭據《御覽》輯錄本條。《太平御覽》卷九百五十八〈木部七·椒〉引《爾雅》曰：「椒樧醜，莍」，下有注云：「莍蓃〔案：應作「萸」，下同，鮑刻本字即作「萸」。〕子聚生成房貌。今江東亦呼茱椒〔案：鮑刻本作「莍樧」。〕，似茱萸而小，赤色。莍蓃音求搜。〔案：鮑刻本末句作「茱萸名荣萸」。〕」按《御覽》所引，雖與今本郭注近同，惟並未明云何氏之注，似不宜貿然輯錄。

〈釋蟲〉

111. 15-3 蠨蛸，入耳。　郭注：蚰蜒。

蛸，音演。

案：黃奭據《御覽》輯錄本條；王樹枏雖未輯錄，仍主張本條為郭注佚文。〔註793〕《太平御覽》卷九百四十九〈蟲豸部六·蚰蜒〉引《爾雅》曰：「蠨蛸，入耳」，下有注云：「蚰蜒也。蛸音衍。」按《御覽》所引，雖與今本郭注近同，惟並未明云何氏之注，注下之音亦難斷定是否為郭璞所注。此音宜先刪去，並存疑之。黃奭出處標注誤作「《御覽》九百九十四」。

112. 15-4 蝒，馬蜩。　郭注：蜩中最大者為馬蟬。

蝒，音緜。

案：黃奭據《御覽》輯錄本條；王樹枏雖未輯錄，仍主張本條為郭注佚文。〔註794〕《太平御覽》卷九百四十四〈蟲豸部一·蟬〉引《爾雅》曰：「蝒，馬蜩」，下有注云：「蜩中最大者為馬蟬。」又引：「蜺，寒蜩」，下有注云：「寒螿也。似蟬而小，青赤。〈月令〉曰：『寒蟬鳴。』蝒，音綿。」按《御覽》所引，雖與今本郭注相同，惟並未明云何氏之注，注下之音亦難斷定是否為郭璞所注。此音宜先刪去，並存疑之。陸德明《經典釋文·爾雅音義》出「蝒」，注云：「音緜。」

113. 15-4 蜓蚞，螇螰。　郭注：即蟪蛄也。一名蟪蛄，齊人呼螇螰。

挺木奚鹿四音。

案：黃奭據《御覽》輯錄本條；王樹枏雖未輯錄，仍主張本條為郭注佚文。〔註

〔註793〕王樹枏云：「『蛸音演』三字當亦郭注。」（《爾雅郭注佚存補訂》，卷15，頁2上。）

〔註794〕王樹枏云：「《御覽》九百四十四卷〈蟲豸部〉引《爾雅》曰：『蝒，馬蜩』，『蜩中最大者為馬蟬』，而『蜺，寒蜩』注下有『蝒音緜』三字，蓋此注誤移於下，當亦郭注之脫者。」（《爾雅郭注佚存補訂》，卷15，頁2下～3上。）

〔註795〕王樹枏云：「《御覽》九百四十九卷〈蟲豸部〉引《爾雅》曰：『蜓蚞，螇螰』，『即蟪蛄也。一名蟪蛄，齊人呼螇螰。挺木奚鹿四音。』案末六字當亦郭注，而今本刪之。」

795）《太平御覽》卷九百四十九〈蟲豸部六・蚓蟎〉引《爾雅》曰：「蜓蚞，螇蛦」，下有注云：「即蝭蟧也。一名蟪蛄，齊人呼螇蚗。頸木奚鹿四音。」（鮑刻本「蚗」作「蛦」，「頸」作「挺」。）按《御覽》所引，雖與今本郭注近同，惟並未明云何氏之注，注下之音亦難斷定是否為郭璞所注。此音宜先刪去，並存疑之。陸德明《經典釋文・爾雅音義》出「蚞」，注云：「音木。」又出「螇」，注云：「音奚。」又出「蛦」，注云：「音鹿。」

114. 15-10 蚇，蠾蚸。　　郭注：甲蟲也。大如虎豆，綠色。今江東呼黃蚸。音瓶。

　　蚸，音瓶。

　　案：董桂新、馬國翰、黃奭均據陸德明《經典釋文・爾雅音義》輯錄本條。今檢宋本《爾雅》、郝懿行《義疏》此訓注末均有「音瓶」二字，既非佚文，毋須再行輯錄。

115. 15-14 蛄螼，強蛘。　　郭注：今米穀中蠹，小黑蟲是也。建平人呼為蛘子。音羋姓。

　　蛘，音羋。

　　案：黃奭據《御覽》輯錄本條。《太平御覽》卷九百四十九〈蟲豸部六・強蛘〉引《爾雅》曰：「蛄螼，強蛘也」下引郭璞曰：「米穀中蠹，小墨蟲也。建平人呼為蛘子。音羋。」今檢宋本《爾雅》、郝懿行《義疏》此訓注末均有「音羋姓」三字，《御覽》所引已脫去一「姓」字。既非佚文，毋須再行輯錄。

116. 15-15 不過，蟷蠰。　　郭注：蟷蠰，螳蜋別名。　　其子蜱蛸。　　郭注：一名蟔蟭，蟷蠰卵也。

　　堂襄二音。蜱，音裨。

　　案：黃奭據《御覽》輯錄本條。《太平御覽》卷九百四十六〈蟲豸部三・螳蜋〉（卷首標題作「螳蜋」）引《爾雅》曰：「不過，蟷蠰」，下有注云：「蟷蠰，螳蜋別名。堂襄二音。」又引：「其子蜱蛸」，下有注云：「一名蟔蟭，蟷蠰卵也。蜱音裨，蟔音搏，蟭音焦。」王樹枏雖未輯錄，仍以《御覽》所引注下之音為郭注佚文。按《御覽》所引，雖與今本郭注近同，惟並未明云何氏之注，注下之音亦難斷定是否為郭璞所注。黃氏所輯宜先刪去，並存疑之。陸德明《經典釋文・爾雅音義》出「蜱」，注云：「音裨。」又出「蟭」，注云：「音焦。」

（《爾雅郭注佚存補訂》，卷15，頁3。）

117. 15-20 蛝，馬蠋。　　郭注：馬蠲蚐，俗呼馬蚿。

馬蠲蚐**也**，俗評馬蚿。**蚐音均。**

案：王樹枬據《御覽》輯錄本條。《太平御覽》卷九百四十八〈蟲豸部五‧馬蚿〉引《爾雅》曰：「蛝，馬踐〔案：應作「蠋」。〕也」，下引郭璞曰：「馬蠲蚐也，俗呼馬蚿。」注下有「蚐音均」三字。《御覽》所引《爾雅》注下之音實難斷定是否為郭璞所注。此音宜先刪去，並存疑之。

118. 15-22 蟪蚅，蟙蚕。　　郭注：即蚓蟺也。江東呼寒蚓。

蚯蚓土精，無心之蟲，與黿螻交者也。

案：黃奭據邢昺《爾雅疏》輯錄本條。《太平御覽》卷九百四十七〈蟲豸部四‧蚯蚓〉引郭景純〈蚯蚓讚〉曰：「蚯蚓土精，無心之蟲。交不以分，嬈於阜螽。觸而感物，無乃常雄。」是邢昺所引，即節錄郭璞此讚。「與黿螻交者也」，即「交不以分，嬈於阜螽」，邢氏以意改之。

119. 15-23 莫貐，螳蜋，蚌。　　郭注：螳蜋，有斧蟲，江東呼為石蜋。孫叔然以《方言》說此義，亦不了。

蚌，音謀。貐，戶各反。

案：黃奭據《御覽》輯錄本條；王樹枬雖未輯錄，仍主張本條為郭注佚文。〔註796〕《太平御覽》卷九百四十六〈蟲豸部三‧螳蜋〉引《爾雅》曰：「莫貐，螳蜋，蚌」，下有注云：「螳蜋，有斧蟲，江東呼為石蜋。蚌，音謀。貐，戶各反。」按《御覽》所引，雖與今本郭注相近，惟並未明云何氏之注，注下之音亦難斷定是否為郭璞所注。此音宜先刪去，並存疑之。陸德明《經典釋文‧爾雅音義》出「蚌」，注引「郭音车」，與「謀」音同（《廣韻》「车」、「謀」二字同音「莫浮切」（明紐尤韻））。又《釋文》出「貐」，注引「孫戶各反」，與《御覽》「貐」字之音切語全同。

120. 15-26 蜾，蛄螘。　　郭注：螘屬也。今青州人呼螘為蛄螘。孫叔然云「八角螯蟲」，失之。

螘，音斯。

案：黃奭據《御覽》輯錄本條；王樹枬雖未輯錄，仍主張本條為郭注佚文。〔註797〕《四部叢刊三編》本《太平御覽》卷九百五十一〈蟲豸部八‧螘〉引《爾雅》曰：「蟗，蛄螘，螘屬。今八月角螯蟲」，下有注云：「音虫。」又鮑刻本引《尒雅》

〔註796〕王樹枬云：「《御覽》九百四十六卷〈蟲豸部〉引《爾雅》……『蚌音謀』七字當亦郭注。」（《爾雅郭注佚存補訂》，卷15，頁9上。）

〔註797〕王樹枬云：「『螘音斯』三字當亦郭注。」（《爾雅郭注佚存補訂》，卷15，頁9下。）

曰：「黑，蛅蟴」，下有注云：「蛓屬，今青州人呼蛓爲蛅蟴。蟴，音斯。」據此可知鮑刻本《御覽》所引本條《爾雅》注文係後人據郭注所加，注下之音亦非郭璞所注。陸德明《經典釋文·爾雅音義》出「蟴」，注云：「音斯」，然則《御覽》此音或據《釋文》。

121. 15-28 蟫，白魚。　　郭注：衣書中蟲。一名蛃魚。

衣書中蟲。一名蛃魚。音丙。

案：唐愼微《證類本草》卷二十二〈蟲部下品·衣魚〉引《圖經》云：「《爾雅》所謂『蟫（潭、尋二音），白魚』，郭璞云：『衣書中蟲。一名蛃（音丙）魚』是也。」《太平御覽》卷九百四十六〈蟲豸部三·白魚〉引《爾雅》曰：「蟫，白魚也」，下有注云：「衣書中蟲。一名蛃魚。音丙。」王樹柟據二書所引，輯「音丙」二字於今本郭注「蛃魚」之下。按《御覽》所引，雖與今本郭注相同，惟並未明云何氏之注，注下之音亦難斷定是否爲郭璞所注。又《證類本草》引「蟫」字有「潭、尋二音」，與陸德明《經典釋文·爾雅音義》「蟫」引「郭音淫，又徒南反」不合，〔註798〕可證《證類本草》之音，並非郭璞所注。王氏所輯，宜先刪去，並存疑之。陸德明《釋文》出「蛃」，注云：「音丙。」與《御覽》所引音同。

122. 15-44 蠰，蚚蠰。　　郭注：今蜙蚸。

尺蠰有呼步屈，其色青而細小，或在草木葉上，今螺蠃所負以為子者。

案：嚴可均、葉蕙心並據《御覽》輯錄本條，葉本「蠃」作「蠣」，嚴本輯入今本郭注「蜙蚸」之下。邵晉涵《正義》亦以此語爲「郭氏《音義》之文」。〔註799〕按諸說均誤。《太平御覽》卷九百四十五〈蟲豸部二·螟蛉〉引郭璞注《方言》曰：「尺蠰又呼步屈，其色青而細小，或在草木葉上，今螺蠃所負爲子者。」是此語語出郭璞《方言注》，非郭璞《爾雅注》或《爾雅音義》之文。《方言》卷十一：「蠾蝓謂之蚚蠰」，今本郭注僅存「又呼步屈」四字，「其色」以下二十一字均脫去。

123. 15-44 蠰，蚚蠰。　　郭注：今蜙蚸。

蜙蚸也。音子力、子六反。一名步屈也。

案：玄應《一切經音義》卷九〈大智度論第二十卷〉「尺蠰」注引「《爾雅》云：『蠰，尺蠰也』，郭璞曰：『蜙蚸也。』音子力、子六反。一名步屈也。」黃奭據玄

〔註798〕《廣韻》「潭」音「徒含切」（定紐覃韻），與「徒南」音同；「尋」音「徐林切」（邪紐侵韻），「淫」音「餘針切」（喻紐侵韻），韻同而聲紐不合。

〔註799〕邵晉涵《爾雅正義》，《皇清經解》，卷519，頁 12 下。

應所引輯錄本條；王樹枏雖未輯錄，亦主張本條爲郭注佚文。〔註800〕其實玄應所引，「蚰蜒也」句係本郭璞《爾雅注》，「一名步屈也」句係本郭璞《方言注》（見前條）。「子力、子六」二音則爲玄應所注，非郭璞之音。

124. 15-45 果臝，蒲盧。　郭注：**即細腰蠭也。俗呼爲蠮螉。**

即細要蠭也。俗評爲蠮螉。**音咽翁。**

　　案：《太平御覽》卷九百四十五〈蟲豸部二・蠮螉〉引《爾雅》曰：「蜾臝，蒲盧也」，下引郭璞注曰：「細腰蜂也。俗呼爲蠮螉。」注下有「音咽翁」三字，王樹枏據輯入今本郭注「蠮螉」之下。《御覽》所引《爾雅》注下之音實難斷定是否爲郭璞所注。此音宜先刪去，並存疑之。

125 15-47 熒火，即炤。　郭注：**夜飛，腹下有火。**

炤，音照。

　　案：黃奭據《御覽》輯錄本條；王樹枏雖未輯錄，仍主張本條爲郭注佚文。〔註801〕《太平御覽》卷九百四十五〈蟲豸部二・螢〉引《爾雅》曰：「螢火，即炤」，下有注云：「夜飛，腹下有火。音照。」按《御覽》所引，雖與今本郭注相同，惟並未明云何氏之注，注下之音亦難斷定是否爲郭璞所注。此音宜先刪去，並存疑之。陸德明《經典釋文・爾雅音義》出「炤」，注云：「音照。」宋本《釋文》「照」譌作「服」。

〈釋魚〉

126. 16-1～6 鯉。鱣。鰋。鮎。鱧。鯇。

毛及前儒皆以鮎釋鰋，鱧爲鯇，鱣爲鯉，唯郭注《爾雅》是六魚之名。

　　案：黃奭據陸德明《經典釋文・毛詩音義》輯錄本條。此語實爲陸德明語，說見本章第二節 16-1～6「鯉。鱣。鰋。鮎。鱧。鯇」條案語。

127. 16-3 鰋。　郭注：**今鰋額白魚。**

鰋，音偃。

　　案：黃奭據《御覽》輯錄本條。《太平御覽》卷九百三十六〈鱗介部八・鰋〉引《爾雅》曰：「鰋」，下有注云：「今鰋額白魚。音偃。」按《御覽》所引，雖與

〔註800〕王樹枏云：「案『音子力』以下十一字當亦郭注而今本刪之，郭注《方言》云：『尺蠖又呼步屈』，此可證也。」（《爾雅郭注佚存補訂》，卷15，頁15下。）

〔註801〕王樹枏云：「《御覽》九百四十五卷〈蟲豸部〉引《爾雅》……『音照』二字當亦郭注。」（《爾雅郭注佚存補訂》，卷15，頁17。）

今本郭注相同，惟並未明云何氏之注，注下之音亦難斷定是否為郭璞所注。此音宜先刪去，並存疑之。陸德明《經典釋文‧爾雅音義》出「鱷」，注云：「音偃，白魚。」

128. 16-7 鯊，鮀。　郭注：今吹沙小魚，體員而有點文。

沙陁二音。

案：黃奭、王樹枏並據《御覽》輯錄本條，王樹枏又輯入今本郭注「點文」之下。《太平御覽》卷九百三十七〈鱗介部九‧鯊魚〉引《爾雅》曰：「鯊，鮀」，下引郭璞曰：「今吹沙小魚，體圓而有點文也。」注末有「沙陁二音」四字。《御覽》所引《爾雅》注下之音實難斷定是否為郭璞所注。此音宜先刪去，並存疑之。陸德明《經典釋文‧爾雅音義》出「鯊」，注云：「本又作鯋，音沙。」

129. 16-8 鮂，黑鰦。　郭注：即白鯈魚，江東呼為鮂。

囚茲二音。

案：黃奭、王樹枏並據《御覽》輯錄本條，王樹枏又輯入今本郭注「為鮂」之下。《太平御覽》卷九百三十七〈鱗介部九‧鯈魚〉引《爾雅》曰：「鮂，里鰦」，下引郭璞注曰：「即白鯈也，江東呼為鮂。」注末有「因〔案：應作「囚」。〕茲二音」四字。《御覽》所引《爾雅》注下之音實難斷定是否為郭璞所注。此音宜先刪去，並存疑之。陸德明《經典釋文‧爾雅音義》出「鰦」，注云：「音茲。」

130. 16-12 鰝，大鰕。　郭注：鰕大者，出海中，長二三丈，鬚長數尺，今青州呼鰕魚為鰝。音酆部。

鰝，音部。

案：黃奭據《御覽》輯錄本條。《太平御覽》卷九百四十三〈鱗介部十五‧鰕〉引《爾雅》曰：「鰝，大蝦也」下有注云：「蝦大者，出海中，長二三丈，鬚長數尺，今青州呼蝦魚為鰝。音部。」今檢宋本《爾雅》、郝懿行《義疏》此訓注末並有「音酆部」三字，《御覽》所引已脫去一「酆」字。既非佚文，毋須再行輯錄。

131. 16-15 鮵，小魚。　郭注：《家語》曰：「其小者鮵魚也。」今江東亦呼魚子未成者為鮵。音繩。

鮵，音繩。

案：董桂新、馬國翰、黃奭均據陸德明《經典釋文‧爾雅音義》輯錄本條。今檢宋本《爾雅》、郝懿行《義疏》引郭注並有「音繩」二字，《釋文》引郭音「繩」，當即本此注。既非佚文，毋須再行輯錄。

132. 16-16 鮥，鮛鮪。　　郭注：鮪，鱣屬也。大者名王鮪，小者名鮛鮪。今宜都郡自京門以上江中通出鱏鱣之魚。有一魚狀似鱣而小，建平人呼鮥子，即此魚也。音洛。

鮥，音洛。

案：董桂新、馬國翰、黃奭均據陸德明《經典釋文·爾雅音義》輯錄本條。今檢宋本《爾雅》、郝懿行《義疏》引郭注並有「音洛」二字，《釋文》引郭音「洛」，當即本此注。既非佚文，毋須再行輯錄。

133. 16-17 鮤，當魱。　　郭注：海魚也。似鯿而大鱗，肥美多鯁，今江東呼其最大長三尺者為當魱。音胡。

魱，音胡，一音互。

案：董桂新、馬國翰、黃奭、葉蕙心均據陸德明《經典釋文·爾雅音義》輯錄本條（董、葉本並未輯「一音互」三字）。今檢宋本《爾雅》、郝懿行《義疏》引郭注並有「音胡」二字，《釋文》引郭音「胡」，當即本此注。既非佚文，毋須再行輯錄。又「一音互」係陸氏所注，非郭璞音。

134. 16-18 鮤，鱴刀。　　郭注：今之鮆魚也，亦呼為鮂魚。

列蔑二音。

案：黃奭據《御覽》輯錄本條；王樹枬雖未輯錄，仍主張本條為郭注佚文。〔註802〕《太平御覽》卷九百三十七〈鱗介部九·鮆魚〉引《爾雅》曰：「鮤，鱴刀」，下有注云：「今之鮆魚也，亦呼為鮂魚。列蔑二音。」按《御覽》所引，雖與今本郭注近同，惟並未明云何氏之注，注下之音亦難斷定是否為郭璞所注。此音宜先刪去，並存疑之。陸德明《經典釋文·爾雅音義》出「鮤」，注云：「音列。」

135. 16-20 魚有力者，鰀。　　郭注：強大多力。

鰀，音暉。

案：黃奭據《御覽》輯錄本條；王樹枬雖未輯錄，仍主張本條為郭注佚文。〔註803〕《太平御覽》卷九百三十五〈鱗介部七·魚上〉引《爾雅》曰：「魚有力者，鰀」，下有注云：「強大多力者。音暉。」按《御覽》所引，雖與今本郭注近同，惟並未明云何氏之注，注下之音亦難斷定是否為郭璞所注。此音宜先刪去，並存疑之。

136. 16-23 魴，魾。　　郭注：江東呼魴魚為鯿，一名魾，音毗。

〔註802〕王樹枬云：「《御覽》九百三十七卷〈鱗介部〉引《爾雅》曰：『……列蔑二音』，此亦當為郭音而今本脫之。」（《爾雅郭注佚存補訂》，卷16，頁7上。）

〔註803〕王樹枬云：「『鰀音暉』三字當亦郭注原文。」（《爾雅郭注佚存補訂》，卷16，頁7下。）

鮏，音毗。

案：黃奭據郝懿行《爾雅義疏》輯錄本條。宋本《爾雅》、郝懿行《義疏》引郭注並有「音毗」二字，既非佚文，毋須再行輯錄。

137. 16-35 蜐蠌，小者蟧。　郭注：螺屬，見《埤蒼》。或曰即彭蜐也，似蟹而小。音滑。

滑澤二音。

案：《太平御覽》卷九百四十三〈鱗介部十五‧彭蜐〉引《爾雅》曰：「蜐蠌，小者蟧」，下有注云：「螺屬，見《埤蒼》。或曰即彭蜐也，似蟹而小。滑澤二音。」黃奭據《御覽》輯錄本條；周祖謨亦以爲今本郭注脫「澤」字。〔註804〕按《御覽》所引，雖與今本郭注相同，惟並未明云何氏之注，注下之音亦難斷定是否爲郭璞所注。此音宜先刪去，並存疑之。陸德明《經典釋文‧爾雅音義》出「蜐」，注云：「音滑。」又出「蠌」，注云：「音澤。」又宋本《爾雅》注末有「音滑」二字。

138. 16-36 蜃，小者珧。　郭注：珧，玉珧，即小蚌。

《山海經》云：「激女之水多蜃珧」，郭注：「蚌屬也。」

案：陸德明《經典釋文‧爾雅音義》出「珧」，注云：「《山海經》云：『激女之水多蜃坼〔案：應作「珧」。〕』，郭注云：『蚌屬也。』」黃奭據輯本條，葉蕙心亦輯錄「蚌屬也」句。今檢《山海經‧東次二經》：「嶧皋之山，……嶧皋之水出焉，東流注于激女之水，其中多蜃珧」，郭璞注云：「蜃，蚌也；珧，玉珧，亦蚌屬。」然則《釋文》所引，實出自郭璞《山海經注》，非《爾雅注》佚文。

139. 16-36 蜃，小者珧。　郭注：珧，玉珧，即小蚌。

珧，音遙。

案：黃奭據《御覽》輯錄本條；王樹枏雖未輯錄，仍主張本條爲郭注佚文。〔註805〕《太平御覽》卷九百四十一〈鱗介部十三‧蚌〉引《爾雅》曰：「蜃，小者珧」，下有注云：「珧，玉珧也，即小蚌。珧音遙。」按《御覽》所引，雖與今本郭注近同，惟並未明云何氏之注，注下之音亦難斷定是否爲郭璞所注。此音宜先刪去，並存疑之。

140. 16-38 貝，居陸贆，在水者蛦。　郭注：水陸異名也。貝中肉如科斗，但有頭尾耳。

〔註804〕周祖謨云：「《御覽》卷九百四十三引此注『音滑』作『滑澤』二音。今本『滑』下蓋脫『澤』字。《釋文》蜐音滑，蠌音澤，與郭音同。」（《爾雅校箋》，頁348。）
〔註805〕王樹枏云：「『音遙』二字當亦郭注原文。」（《爾雅郭注佚存補訂》，卷16，頁12上。）

蚰，音含。

案：黃奭據《御覽》輯錄本條；王樹枏雖未輯錄，仍主張本條爲郭注佚文。〔註806〕《太平御覽》卷九百四十一〈鱗介部十三・貝〉引《爾雅》曰：「貝，陸居贆，在水者蜬〔案：應作「蚰」。〕」，下有注云：「水陸異名也。貝中肉如科斗，但有頭尾。音含。」按《御覽》所引，雖與今本郭注近同，惟並未明云何氏之注，注下之音亦難斷定是否爲郭璞所注。此音宜先刪去，並存疑之。

141. 16-38 貝，大者魧。　郭注：《書大傳》曰：「大貝如車渠。」車渠謂車輞，即魧屬。

魧，戶郎切。

案：黃奭據《御覽》輯錄本條。《太平御覽》卷九百四十一〈鱗介部十三・貝〉引《爾雅》曰：「大者魧」，下有注云：「《書大傳》曰：『大貝如車渠。』車渠謂車輞，即魧屬。魧，戶郎切。」按陸德明《經典釋文・爾雅音義》出「魧」，注云：「謝戶郎反，郭胡黨反。」是《御覽》所引雖與今本郭注相同，惟注下之音係謝嶠音，與郭音不合。黃輯當刪去。

142. 16-38 貝，小者鰿。　郭注：今細貝，亦有紫色者，出日南。

鰿，音賾。

案：黃奭據《御覽》輯錄本條。鮑刻本《太平御覽》卷九百四十一〈鱗介部十三・貝〉引《爾雅》曰：「小者鰿」，下有注云：「今細具〔案：應作「貝」。〕，亦有紫色者，出日南。鰿音積。」（《四部叢刊三編》本引末句譌作「青音青」。）按陸德明《經典釋文・爾雅音義》出「鰿」，注云：「郭音賾，字又作蟦。」《廣韻》麥韻「賾」音「士革切」（牀紐麥韻），昔韻「積」音「資昔切」（精紐昔韻），然則《御覽》此音與《釋文》所引郭璞音不同。《御覽》之音，不詳所據。

143. 16-38 蚆，博而頯。　郭注：頯者中央廣，兩頭銳。

頯，逵、軌二音。

案：黃奭據《御覽》輯錄本條。《太平御覽》卷九百四十一〈鱗介部十三・貝〉引《爾雅》曰：「蚆，博而頯」，下有注云：「頯者中央廣，兩頭銳。頯，逵、軌二音。」按陸德明《經典釋文・爾雅音義》出「頯」，注云：「郭匡軌反，顧又巨追反。」《廣韻》「頯」字凡二見：一與「逵」同音「渠追切」（群紐脂韻），與顧野王音「巨追反」同；一與「軌」同音「居洧切」（見紐旨韻），與郭璞音「匡軌反」（溪紐旨韻）聲紐

〔註806〕王樹枏云：「『音含』二字當亦郭注原文而今本刪之。」（《爾雅郭注佚存補訂》，卷16，頁13下。）

略異。然則《御覽》所引二音，俱非郭璞音，黃輯當刪去。

144. 16-38 蜻，小而橢。　郭注：即上小貝，橢謂狹而長。此皆說貝之形容。橢，他果切。

案：黃奭據《御覽》輯錄本條。《太平御覽》卷九百四十一〈鱗介部十三·貝〉引《爾雅》曰：「蜻，小而橢」，下有注云：「即上小貝，橢謂狹而長。此皆說貝之形容。橢，他果切。」按《御覽》所引，雖與今本郭注相同，惟並未明云何氏之注，注下之音亦難斷定是否為郭璞所注。陸德明《經典釋文·爾雅音義》出「橢」，注云：「他果反，狹而長也。」《御覽》之音與陸氏正同。

145. 16-40 蛂，蟥。　郭注：蝮屬，大眼，最有毒，今淮南人呼蟥子。音惡。蟥，音惡。

案：黃奭據郝懿行《爾雅義疏》輯錄本條。宋本《爾雅》、郝懿行《義疏》引郭注之末並有「音惡」二字，既非佚文，毋須再行輯錄。

146. 16-43 七曰山龜，八曰澤龜，九曰水龜，十曰火龜。　郭注：此皆說龜生之處所。火龜猶火鼠耳。物有含異氣者，不可以常理推，然亦無所怪。

山澤水火，此皆說龜生出之處所也。火龜猶火鼠耳。物有含異氣者，不可以常理推，然亦無所怪。**大凡神靈寶文攝，唯五體而已。**

案：賈公彥《周禮·春官·龜人·疏》云：「七曰山龜，八曰澤龜，九曰水龜，十曰火龜。山澤水火，皆說生出之處所也。火龜猶火鼠也。」又《禮記·禮器》：「諸侯以龜為寶，以圭為瑞」，鄭玄注引「《易》曰『十朋之龜』」，孔穎達《正義》云：「云『《易》曰「十朋之龜」』者，按〈損卦〉六五爻云：『或益之十朋之龜』，鄭注引《爾雅》云：……『七曰山龜，八曰澤龜，九曰水龜，十曰火龜』，注：『此皆說龜所生處也。』大凡神靈寶文攝，唯五體而已。」王樹枏據賈《疏》輯錄「山澤水火」及「出也」六字；又據孔《疏》輯錄「大凡」以下十二字。按賈氏云「山澤水火」，係統括「山龜」至「火龜」而言，非郭璞注原有此語；「大凡」以下二句亦為孔《疏》之語，非郭璞注佚文。郝懿行云：

> 《易·損卦》云：「或益之十朋之龜」，虞翻注：「謂神靈攝寶文筮山澤水火之龜也。」孔《疏》引馬、鄭注並用《爾雅》。〈禮器·疏〉云：「大凡神靈寶文攝，唯五體而已。」蓋筮龜山澤以下，皆因所生處以為名，故止言五體也。〔註807〕

〔註807〕郝懿行《爾雅義疏》，《爾雅廣雅方言釋名清疏四種合刊》，頁303下。

〈釋鳥〉

147. 17-2 鶌鳩，鶻鵃。　郭注：似山鵲而小，短尾，青黑色，多聲，今江東亦呼為鶻鵃。

> 鶌音九物反。鵃音嘲。鶻鵃似山鵲而小，短尾，青黑色，多聲，即是此也。今江東亦評爲鶻鵃。「宛彼鳴鳩」，亦此鳩也。舊說及《廣雅》皆云班鳩，非也。

案：王樹柟云：

> 《禮記・月令・正義》引〈釋鳥〉：「鶌鳩，鶻鵃」，郭景純云：「鶌音九物反，鵃音嘲。鶻鵃似山鵲而小，短尾，青黑色，多聲。『宛彼鳴鳩』，亦此鳩也。」昭十七年《左氏傳・正義》引郭璞云：「今江東亦呼爲鶻鵃，似山鵲而小，短尾，青黑色，多聲，即是此也。舊說及《廣雅》皆云班鳩，非也。」樹柟案：舊說即舍人之說。今本多經刪脫，謹據《正義》所引補訂。〔註808〕

王氏據《禮記正義》及《左傳正義》輯補郭注。今按王氏所輯，「鶌音九物反，鵃音嘲」八字確爲郭璞佚音（見本章第二節）；其餘則似可商榷。孔穎達《禮記・月令・正義》引「〈釋鳥〉云：『鶌鳩，鶻鵃』，郭景純云：『鶌音九物反，鵃音嘲。鶻鵃似山鵲而小，青黑色，短尾，多聲。』」其下未見「『宛彼鳴鳩』，亦此鳩也」八字；又《左氏・昭公十七年傳・正義》云：

> 〈釋鳥〉云：「鶌鳩，鶻鵃」，舍人曰：「鶌鳩一名鶻鵃，今之班鳩也。」樊光曰：「《春秋》云：『鶻鳩氏，司事』，春來冬去。」孫炎曰：「鶻鳩一名鳴鳩。〈月令〉云：『鳴鳩拂其羽。』」郭璞云：「今江東亦呼爲鶻鵃。似山鵲而小，短尾，青黑色，多聲。」即是此也。舊說及《廣雅》皆云班鳩，非也。所論班鳩、鳴鳩，雖有異同，其言春來冬去，舊有此說。國家營事，繕治器物，一年之間，無時暫止，故以此鳥名司事之官也。

依孔氏所引，可知《爾雅》此訓，舍人以「班鳩」釋之；孫炎、郭璞則以「鳴鳩」釋之，郭注並描述其外貌特徵。孔氏同意孫、郭之說，遂在郭注之後云「即是此也」，又以舊說（即舍人說）及《廣雅》爲非。王氏將「即是此也」句及「舊說」云云均輯爲郭璞注，說不可從。

148. 17-3 鳲鳩，鴶鵴。　郭注：今之布穀也，江東呼為穫穀。

> 今之布穀也，江東評爲穫穀。《埤倉》云鴶鵴，《方言》云戴勝，或云鴶，

謝氏云布穀類也，諸說皆未詳。布穀者近得之。

案：孔穎達《毛詩・召南・鵲巢・正義》云：「〈釋鳥〉云：『鳲鳩，秸鞠』，郭氏曰『今布穀也，江東呼穫穀』，《埤倉》云鵠鵴，《方言》云戴勝，謝氏云布穀類也，諸說皆未詳，布穀者近得之。」又《禮記・月令・正義》云：「〈釋鳥〉云：『鳴鳩，鵠鵴』，郭景純云今之布穀也，謝氏云布穀者近之。」鮑刻本《太平御覽》卷九百二十一〈羽族部八・鳩〉引《爾雅》曰：「鳲鳩，鵠鵴」，下引郭璞注曰：「今之布穀，江東呼穫穀。《方言》云戴勝，或云鸇，謝氏曰布穀近也。」（《四部叢刊三編》本「穫」作「獲」，脫「方言」二字，上「云」字誤作「千」。）王樹柟據諸書所引輯爲本條，云：

> 此所引的爲郭注之文，而今本刪之。郭氏《方言》「鳲鳩」注云：「按《爾雅》即布穀，非戴勝也。或云鸇，皆失之也。」與此注正可相證。〔註809〕

按王說不可從。郭璞《方言注》既以戴勝及鸇諸說「皆失之」，則《爾雅》此注斷不可云「諸說皆未詳」；且郭璞此注已云「今之布穀也」，何以注末又云「布穀者近得之」？然則《毛詩正義》係兼引郭璞、《埤倉》、《方言》、謝氏諸說，「《埤倉》」以下數語，實非郭璞佚文。

149. 17-6 鴶，鵠鵴。　郭注：今江東呼鵺鵅為鵠鵴，亦謂之鴶鵴。音格。

今江東呼鵠鵺為鉤鵅，音格。怪鳥也，晝盲夜視。關西名訓侯，山東名訓狐也。

案：黃奭據玄應《一切經音義》輯錄本條，注云：「案此與今本郭注異。……疑『關西』已下十一字非郭注。」其說不可從。玄應《音義》卷十〈大莊嚴經論第一卷〉「鵠鵺」注引「《爾雅》：『鴶，忌欺』，郭璞曰：『今江東呼鵠鵺爲鉤鵅，音格。』怪鳥也，晝盲夜視。關西名訓侯，山東名訓狐也。」玄應此係節引郭璞注，非與今本郭注異；又「怪鳥」以下云云均係玄應語，黃氏誤輯。

150. 17-9 鷚，天鸙。　郭注：大如鷃雀，色似鶉，好高飛作聲，今江東名之天鷚。音綢繆。

鷚音綢繆。

案：黃奭據郭注輯錄本條。今檢宋本《爾雅》、邵晉涵《正義》、郝懿行《義疏》引郭注均有「音綢繆」三字，既非佚文，毋須再行輯錄。

151. 17-11 鶺，藥鴰。　郭注：今呼鶺鴰。

鴰，音括，一音利。

案：黃奭、王樹柟並據《御覽》輯錄本條，王本「利」作「刮」，且輯入今本郭注「鶬鴰」之下。《太平御覽》卷九百二十五〈羽族部十二·鶬〉引《爾雅》曰：「鶬，麋鴰」，下引郭璞注曰：「今呼鶬鴰。」注下有「音箭括，一音利也」七字。《御覽》所引《爾雅》注下之音實難斷定是否為郭璞所注。此音宜先刪去，並存疑之。

152. 17-12 鴢，烏鷃。　郭注：水鳥也，似鳧而短頸，腹翅紫白，背上綠色，江東呼烏鷃。音駮。

　　鷃，音駮。

　　案：董桂新、馬國翰、黃奭均據陸德明《經典釋文·爾雅音義》輯錄本條。今檢宋本《爾雅》、郝懿行《義疏》引郭注均有「音駮」二字。《釋文》出「鷃」，注引「郭音駮」，下又出「駮」，音「布角反」，可證陸氏所見郭璞注亦有「音駮」二字。盧文弨云：

　　　　宋本注「江東呼烏鷃」下有「音駮」二字，故陸為之音。〔註810〕

《太平御覽》卷九百二十五〈羽族部十二·白鷃〉引《爾雅》曰：「鴢，烏鷃」，下引郭璞注曰：「水鳥也，似鳧而短頸，後翅紫白色，皆〔案：應作「背」。〕上綠色，江東呼為烏鷃。音駮。」注末亦有此音。然則「音駮」二字既非佚文，毋須再行輯錄。

153. 17-13 舒鴈，鵝。　郭注：《禮記》曰：「出如舒鴈。」今江東呼鴚，音加。

　　鴚，音加。

　　案：馬國翰據陸德明《經典釋文·爾雅音義》輯錄本條。今檢宋本《爾雅》、郝懿行《義疏》引郭注均有「音加」二字，既非佚文，毋須再行輯錄。《太平御覽》卷九百一十九〈羽族部六·鵝〉引《爾雅》曰：「舒鴈，鵝」，下引郭璞曰：「出如舒鴈，今江東呼鴚，音加。」亦有「音加」二字。盧文弨云：

　　　　單注本「今江東呼鴚」下有「音加」二字。〔註811〕

154. 17-14 鵅，鸒斯。　郭注：似鳧，腳高，毛冠，江東人家養之以厭火災。

　　鵅，鴝肩反。

　　案：黃奭、王樹柟並據《御覽》輯錄本條，王本又輯入今本郭注「火災」之下，「鵅」下有「音」字。《太平御覽》卷九百二十五〈羽族部十二·鸒斯〉引《爾雅》曰：「鵅，鸒」，下引郭璞注曰：「似鳧，腳高，毛冠，江東人家畜之以厭火災。」注

〔註810〕盧文弨《經典釋文攷證·爾雅音義下攷證》，頁9上。
〔註811〕盧文弨《經典釋文攷證·爾雅音義下攷證》，頁9上。

下有「鳾音鳾肩反」五字。王樹枏云：

> 《釋文》云：「鳾，郭五革反，《字林》音肩。」據《御覽》所引，則郭氏
> 尚有鳾肩反之一音也。謹據補。〔註812〕

惟《御覽》所引《爾雅》注下之音實難斷定是否為郭璞所注。此音宜先刪去，並存疑之。

155. 17-18 鸒，山鵲。　郭注：似鵲而有文彩，長尾，觜腳赤。
鸒，胡礶反。

案：黃奭、王樹枏並據《御覽》輯錄本條，王本又輯入郭注「腳皆赤」之下（「皆」字亦據《御覽》補）。《太平御覽》卷九百二十一〈羽族部八・山鵲〉引《爾雅》曰：「鸒，山鵲」，下引郭璞注曰：「似鵲而有文彩，長尾，觜腳皆赤。」注下有「鸒，胡礶切」四字。按陸德明《經典釋文・爾雅音義》出「鸒」，注引「郭音握，又音學，又才五反」，「胡礶切」與「學」音正同。惟《御覽》所引《爾雅》注下之音實難斷定是否為郭璞所注。此音宜先刪去，並存疑之。

156. 17-19 鷏，負雀。　郭注：鷏，鷈也，江南呼之為鷏，善捉雀，因名云。音淫。
鷏，音淫。

案：黃奭據郝懿行《爾雅義疏》輯錄本條。今檢宋本《爾雅》此訓注末即有「音淫」二字，既非佚文，毋須再行輯錄。

157. 17-21 鶹，鷅老。　郭注：鶹鷅也，俗呼為癡鳥。
鶹，丑眷反。鷅，巨之反。

案：黃奭、王樹枏並據《御覽》輯錄本條，王本「鶹」、「鷅」下並有「音」字，且輯入今本郭注「癡鳥」之下。《太平御覽》卷九百二十八〈羽族部十五・眾鳥〉引《爾雅》曰：「鶹，鷅老」，下引郭璞注曰：「鶹鷅也，俗謂之癡鳥。」注下有「鶹音丑眷切」五字，鮑刻本《爾雅》「鷅」音下又有「鷅音巨之切」五字，可證《御覽》所引此音當係後人所加，非郭璞之音。陸德明《經典釋文・爾雅音義》出「鶹」，注引「呂、郭丑絹反」，「丑絹」與「丑眷」音同。

158. 17-24 鵖鴔，戴鵀。　郭注：好剖葦皮，食其中蟲，因名云。江東呼盧虎，似雀，青班，長尾。
鴔，音习。

〔註812〕王樹枏《爾雅郭注佚存補訂》，卷17，頁7上。

　　案：黃奭、王樹枏並據《御覽》輯錄本條，王本又輯入今本郭注「長尾」之下。《太平御覽》卷九百二十三〈羽族部十・鶥鶹〉引《爾雅》曰：「鶥鶹，剖葦」，下引郭璞注曰：「好剖葦皮，食其中虫，因名之。」注下有「鶥音刀」三字。《御覽》所引《爾雅》注下之音實難斷定是否為郭璞所注。此音宜先刪去，並存疑之。

159. 17-28 鷽斯，鵯鶋。　　郭注：雅烏也，小而多群，腹下白，江東亦呼為鵯烏。音匹。

　　鵯，音匹。

　　案：黃奭據郝懿行《爾雅義疏》輯錄本條。今檢宋本《爾雅》此訓注末即有「音匹」二字，既非佚文，毋須再行輯錄。

160. 17-32 巂，周。　　郭注：子巂鳥，出蜀中。

　　或曰即子規，一名姊歸。巂，胡圭反。

　　案：王樹枏據《文選》李善注輯「或曰」以下十三字於今本郭注「蜀中」之下；郝懿行《義疏》、葉蕙心亦以「或曰」以下九字為《音義》文。今檢《文選》卷十九宋玉〈高唐賦〉：「王雎鸝黃，正冥楚鳩，姊歸思婦，垂雞高巢」，李善注云：

> 《爾雅》曰：「王雎」，郭璞曰：「鵰類，今江東通呼為鶚。《詩》云『鳥摯
> 而有別』者。」一名王鴡。鸝黃，郭璞曰：「其色黧黑而黃，因名之。」
> 一曰鵹鶹。……《爾雅》曰：「巂，周」，郭璞曰：「子巂鳥，出蜀中。」
> 或曰即子規，一名姊歸。巂，胡圭切。思婦，亦鳥名也。

按李善注於「王雎」、「**鸝黃**」（今《爾雅》作「鶬鶊」）、「巂周」之下，均引郭璞《爾雅注》及其別稱以釋之，然則「或曰」云云，當係李善注語，王氏誤輯。

161. 17-35 梟鴟。

　　《御覽》九百二十七引《爾雅》作梟鵄。

　　案：本條見於黃奭輯《爾雅郭璞音義》。《太平御覽》卷九百二十七〈羽族部十四・異鳥・惡鳥〉引《爾雅》曰：「梟鵄。」唐石經、宋本《爾雅》字均作「鴟」。「鵄」與「鴟」同，《玉篇》鳥部：「鴟，鳶屬。鵄，同上。」《御覽》作「鵄」當係《爾雅》異文，但郭本《爾雅》未必如是，黃輯無據，當刪去。

162. 17-37 生哺，㲉。　　郭注：鳥子須母食之。　　生噣，雛。　　郭注：能自食。

　　㲉謂鳥子須母飤者，雛謂能自食也。

　　案：慧苑《補訂新譯大方廣佛華嚴經音義》卷上〈菩薩問明品第十〉「從㲉」注

引郭注《尒雅》曰：「鷇謂鳥子須母飤者，雛謂能自食者也。」黃奭據輯本條。其實慧苑所引，即據郭注而以意改之，並非另有佚文如是。黃輯當刪。

163. 17-42 鷧，鶿。　郭注：即鸕鷧也，觜頭曲如鉤，食魚。

即鸕鷀也，柴頭如鉤，食魚者也。中國或名水鴉。此鳥胎生，從口中吐出，一產八九也。

案：玄應《一切經音義》卷五〈德光太子經〉「鸕鷀」注云：「《爾雅》云：『鷧，鶿』，郭璞曰：『即鸕鷀也，柴頭如鉤，食魚者也。』中國或名水鴉。此鳥胎生，從口中吐出，一產八九也。」黃奭據玄應語輯爲本條，又注云：「『中國』下疑是元應語。」今按黃氏注語可從，「中國」云云不類郭璞語氣，應非郭注佚文。

164. 17-44 鸍，沈鳧。　郭注：似鴨而小，長尾，背上有文，今江東亦呼為鸍。音施。

鸍，音施。

案：黃奭據郝懿行《爾雅義疏》輯錄本條。今檢宋本《爾雅》此訓注末即有「音施」二字，既非佚文，毋須再行輯錄。

165. 17-45 鷉，頭鷉。　郭注：似鳧，腳近尾，略不能行，江東謂之魚鷉。音髯箭。

鷉，音髯箭。

案：黃奭據郭注輯錄本條。今檢宋本《爾雅》、邵晉涵《正義》、郝懿行《義疏》此訓注末均有「音髯箭」三字，既非佚文，毋須再行輯錄。

166. 17-54 晨風，鸇。　郭注：鷂屬。《詩》曰：「鴥彼晨風。」

鷂屬也。又征鳥也，齊人呼擊征也，小鷂也。

案：黃奭據玄應《一切經音義》輯錄本條。玄應《音義》卷十三〈佛大僧大經〉「鷹鸇」注引「《爾雅》：『晨風，鸇』，郭璞曰：『鷂屬也。』又征鳥也，齊人呼擊征也，小鷂也。」按郭注已云「鷂屬」，則注末不必再以「小鷂」釋之，可證「又征鳥也」以下，應非郭璞注語，黃奭當係誤輯。王樹枏亦云：

「又征鳥也」以下未審爲郭注之文。〔註813〕

167. 17-59 鼯鼠，夷由。　郭注：狀如小狐，似蝙蝠，肉翅，翅尾項脅毛紫赤色，背上蒼艾色，腹下黃，喙領雜白，腳短爪長，尾三尺許，飛且乳，亦謂之飛生，聲如人呼，食火烟，能從高赴下，不能從下上高。

〔註813〕王樹枏《爾雅郭注佚存補訂》，卷18，頁6上。

蠝，䶂鼠也。

案：《漢書‧司馬相如傳》引〈上林賦〉：「於是乎玄猨素雌，蜼玃飛蠝」，顏師古注引郭璞曰：「蠝，䶂鼠也，毛紫赤色，飛且生，一名飛生。蜼音贈遺之遺，蠝音誄。」〔註814〕葉蕙心據顏注所引輯錄本條，云：「《漢書注》引郭《音義》也。」〔註815〕按顏氏〈漢書敘例〉所列徵引諸家注釋名氏，正有郭璞「止注〈相如傳〉序及游獵詩賦」云云，然則顏注所引，係郭璞注〈上林賦〉語，非《爾雅音義》或《爾雅注》佚文，葉輯當刪去。

168. 17-73 其粻，嗉。　郭注：嗉者，受食之處別名嗉，今江東呼粻。

嗉者，**鳥**受食之處**也**，別名嗉，今江東**評**粻。

案：《史記‧天官書》：「張，素，為廚，主觴客」，司馬貞《索隱》曰：「素，嗉也。《爾雅》云：『鳥張嗉』，郭璞云：『鳥受食之處也。』」慧琳《一切經音義》卷六十六〈集異門足論第九卷〉「嗉翼」注引郭注《尒雅》云：「嗉，鳥受食處也。」王樹枏據二書所引，在今本郭注中補「鳥也」二字。其實據慧琳所引，可知郭注「者」應係「鳥」字之譌，非今本郭注脫去「鳥」字，王輯似猶可商。

169. 17-76 鳥少美長醜為鶹鷅。　郭注：鶹鷅猶留離，《詩》所謂「留離之子」。

《毛詩草木疏》云：「流離，梟也，自關而西謂梟為流離。其子適大，還食其母。」郭璞注《爾雅》以為土梟。

案：本條語見玄應《一切經音義》卷二十〈治禪病秘要法〉「土梟」注，「梟也」原作「鳥也」。黃奭據輯本條。陸璣以流離為梟，即〈釋鳥〉17-35「梟鴟」，郭璞注云：「土梟。」邵晉涵亦以鶹鷅「即上文土梟之類也。」〔註816〕黃氏所輯，非郭璞佚文，當刪去。

170. 17-77 二足而羽謂之禽，四足而毛謂之獸。

二足而羽曰禽，四足而毛曰獸。

案：黃奭據玄應《一切經音義》輯錄本條，注云：「案此當是〈釋獸〉第十八下《音義》。」玄應《音義》卷十四〈四分律第二卷〉「惡獸」注引《爾雅音義》云：「二足而羽曰禽，四足而毛曰獸。」按玄應所引，與《爾雅》此訓近同，疑玄應係誤於「《爾雅》」下衍「音義」二字。又慧琳《音義》卷五十九引玄應《四分律‧音義》「惡獸」注引《爾疋音義》云：「狩亦獸子。二足而羽曰禽，四足而毛曰獸。」「狩

〔註814〕《文選》卷八司馬相如〈上林賦〉李善注引郭璞曰無「贈遺之」三字，餘同。
〔註815〕葉蕙心《爾雅古注斟》，卷下，頁33下。
〔註816〕邵晉涵《爾雅正義》，《皇清經解》，卷521，頁22上。

亦獸子」四字，當係慧琳誤衍。

〈釋獸〉

171. 18-7 虎竊毛謂之虦貓。

虦，土盞切。

案：黃奭據《御覽》輯錄本條。《太平御覽》卷九百一十二〈獸部二十四·貓〉引《爾雅》曰：「虎竊毛謂之虦貓」，「虦」下有音「土盞切」，「土」應係「士」字之誤。今檢《廣韻》「虦」字凡四見：一音「士山切」（牀紐山韻），一音「昨閑切」（從紐山韻），一音「士限切」（牀紐產韻），一音「士諫切」（牀紐諫韻）。陸德明《經典釋文·爾雅音義》出「虦」，注引郭音「昨閑反」，與山韻切語全同；《御覽》音「士盞切」，與「士限」音同。然則《御覽》所引此音，非郭璞所注無疑。黃輯當刪去。

172. 18-16 貘，白狐，其子𤜼。　郭注：一名執夷。虎豹之屬。

𤜼，許卜切。

案：黃奭據《御覽》輯錄本條；王樹柟亦輯入郭注之下，「切」作「反」。《太平御覽》卷九百八〈獸部二十·貘〉引《爾雅》曰：「貘，白狐，其子𤜼」，下引郭璞注曰：「一名執夷。虎豹之屬。」注下有「𤜼，許卜切」四字。《御覽》所引《爾雅》注下之音實難斷定是否為郭璞所注。此音宜先刪去，並存疑之。

173. 18-19 貙㺄，似貍。　郭注：今山民呼貙虎之大者為貙豻。音岸。

豻，音岸。

案：馬國翰據陸德明《經典釋文·爾雅音義》輯錄本條。今檢宋本《爾雅》、郝懿行《義疏》引郭注均有「音岸」二字，既非佚文，毋須再行輯錄。

174. 18-20 羆，如熊，黃白文。　郭注：似熊而長頭，高腳，猛憨多力，能拔樹木。關西呼曰猳羆。

憨，呼濫反；猳，音加。

案：王樹柟據玄應《一切經音義》輯錄二字之音於今本郭注「猳羆」之下。玄應《音義》卷二〈大般涅槃經第十六卷〉「熊羆」注云：「胡弓反，《說文》：『熊，如豕，山居，冬蟄。』其掌似人掌，名曰蹯。羆，彼宜反，《爾雅》：『羆，如熊，黃白文』，郭璞曰：『似熊而長頭，似馬有髦，高腳，猛憨多力，能拔木。關西名猳羆。』蹯音扶袁反，憨呼濫反，猳音加。」按玄應引郭注之下依序有「蹯」、「憨」、「猳」三字之音，「蹯」字不見於本條《爾雅》及郭注，顯係玄應自注之音，然則「憨」、「猳」二字之音亦為玄應所注，非郭璞佚音，王輯當刪去。

175. 18-22 麢，大麃，牛尾一角。　　郭注：漢武帝郊雍得一角獸若麃然，謂之麟者，此是也。麃即麢。

麃即麢也，黑色耳。

案：黃奭據《眾經音義》輯錄本條；嚴可均亦在今本郭注「即麢」之下輯補「也黑色耳」四字。玄應《一切經音義》卷十六〈善見律第十卷〉「麈麢」注云：「《爾雅》：『麢，大麃，牛尾一角』，麃即麢也，色黑耳。」未云是郭璞所注，嚴、黃二氏所輯，恐不可從。

176. 18-30 猶，如麂，善登木。　　郭注：健上樹。

健上樹也。麂，居履反。

案：王樹柟據慧琳《一切經音義》輯錄本條。慧琳《音義》卷二十七〈妙法蓮花經・方便品〉「猶豫」注云：「《尒雅》云：『猶，如麂，善登木』，郭璞：『健上樹也。』麂，居履反也。」「麂」字之音，應係慧琳所注。此音宜先刪去，並存疑之。

177. 18-51 鼶鼠。　　郭注：〈夏小正〉曰：「鼶鼬則穴。」

鼶，音斯。

案：黃奭據《御覽》輯錄本條；王樹柟雖未輯錄，仍主張本條為郭注佚文。〔註817〕鮑刻本《太平御覽》卷九百一十一〈獸部二十三・鼠〉引《爾雅》曰：「鼶鼠」，下有注云：「〈夏小正〉曰：『鼶鼬則穴。』鼶音斯。」（《四部叢刊三編》本引注作「〈夏小〉曰：『鮑鼶則穴。』二者斯。」）按《御覽》所引，雖與今本郭注相同，惟並未明云何氏之注，注下之音亦難斷定是否為郭璞所注。此音宜先刪去，並存疑之。

178. 18-53 鼫鼠。

鼫，音瞿。

案：黃奭據《詩疏》輯錄本條。孔穎達《毛詩・魏風・碩鼠・正義》云：「〈釋獸〉於鼠屬有『鼮鼠』，……郭璞曰：『大鼠，頭似兔，尾有毛，青黃色，好在田中食粟豆。關西呼鼫，音瞿鼠。」按孔氏所引，係〈釋獸〉18-56「鼮鼠」條之注，「鼫」應作「鼮」，「瞿」應作「雀」，孔氏所據郭注係誤本，參見本章第二節 18-56「鼮鼠」條案語。黃奭據誤本輯錄，又誤綴於「鼫鼠」條下，當刪去。

179. 18-55 鼫鼠。　　郭注：《山海經》說獸云「狀如鼫鼠」，然形則未詳。

《山海經》：「倚帝之山……有獸焉，其狀如鼫鼠，白耳白喙，名曰狙。」

郭注云：「《爾雅》說鼠有十三種，中有此鼠，形所未詳也。音如狗吠之

吠。」

案：本條見於黃奭輯《爾雅郭璞音義》，所引即《山海經・中次十一經》「倚帝之山」經文及注，經文「狙」下誤脫一「如」字。按本條雖可與郭璞《爾雅注》互為參證，惟既非郭璞《爾雅音義》或《爾雅注》之佚文，自無輯錄之理，當刪去。

180. 18-59 **䶄鼠。** 郭注：今江東山中有䶄鼠，狀如鼠而大，蒼色，在樹木上。音巫覡。

䶄音巫覡。

案：黃奭據郭注輯錄本條。今檢宋本《爾雅》、邵晉涵《正義》、郝懿行《義疏》此訓注末均有「音巫覡」三字，既非佚文，毋須再行輯錄。陸德明《經典釋文・爾雅音義》出「覡」，是陸氏所見本郭注亦有此音。

181. 18-59 **䶄鼠。** 郭注：今江東山中有䶄鼠，狀如鼠而大，蒼色，在樹木上。音巫覡。

今江東山中有䶄鼠，狀如鼠而大，蒼黑色，**食鳥**，在樹木上。音巫覡。

案：《初學記》卷二十九〈獸部・鼠第十四〉引《爾雅》曰：「䶄鼠」，下有注云：「音孤覓反，似鼠而蒼黑色，在樹木上。」又引「《爾雅》曰：『䶄鼠』，郭璞注曰：『江東呼䶄鼠者，似鼠，大而食鳥，在樹木上也。』」〔註818〕《太平御覽》卷九百一十一〈獸部二十三・鼠〉引《爾雅》曰：「䶄鼠」，下有注云：「音孤覓切，似鼠而大，蒼黑色，在樹上。」王樹枏據二書所引，輯補「黑」及「食鳥」三字，云：

郝氏、段氏謂「食鳥」為「蒼色」之譌，蓋未考《初學記》前後所引也。

〔註819〕

按郝懿行云：

《初學記》引此注曰：「江東呼䶄鼠者，似鼠，大而食鳥，在樹木上。」

是「蒼色」二字作「食鳥」。〔註820〕

阮元《挍勘記》引段玉裁云：

《初學記》引作「江東呼䶄鼠者，侶鼠，大而食鳥，在樹木上」，又以「食鳥」、「毀牛」為事對，「蒼色」蓋「食鳥」形近之訛。〔註821〕

〔註818〕「鼯鼠」即「䶄鼠」。《正字通》鼠部：「鼯，同䶄。」《本草綱目》卷五十一〈獸之三・隱鼠〉一名「鼺鼠」，一名「鼯」。

〔註819〕王樹枏《爾雅郭注佚存補訂》，卷19，頁18下～19上。

〔註820〕郝懿行《爾雅義疏》，《爾雅廣雅方言釋名清疏四種合刊》，頁329下～330上。

〔註821〕阮元《爾雅挍勘記》，《皇清經解》，卷1036，頁32下。

又劉玉麐亦以為「蒼色」二字為「食鳥」之譌。〔註822〕周祖謨云：

> 案《初學記》前後所引不同，疑後者出自《音義》，段説恐未爲得。〔註823〕

惟周說似亦無據。按《初學記》及《御覽》引注「蒼色」、「食鳥」不同出，王氏逕將「食鳥」二字輯入今本郭注「蒼色」之下，恐不可從；又《初學記》及《御覽》引注均作「蒼黑色」，惟所引並未明云何氏之注，「黑」字宜先刪去，並存疑之。綜理諸家之說，似以段說較爲可信。疑今本郭注「蒼色」爲「食鳥」之譌，「而大」二字誤乙。

〈釋畜〉

182. 19-4 騉蹄，趼，善陞甗。　郭注：甗，山形似甑，上大下小。騉蹄，蹄如趼而健上山。秦時有騉蹄苑。

趼音吟燕切。甗音魚犍切。

案：黃奭據《御覽》輯錄本條。《太平御覽》卷八百九十三〈獸部五・馬一〉引《爾雅》曰：「昆蹄，趼，善升甗」，下有注云：「甗，山形似甑，上大下小。時有昆蹄之馬，蹄平如研，善升甗。甗，山嶺也。研音吟燕切，甗音魚犍切。」（鮑刻本「研」並作「趼」，「犍」作「犍」。）《御覽》所引此注與今本郭注不同，注下之音實難斷定是否爲郭璞所注。此音宜先刪去，並存疑之。

183. 19-8 膝上皆白，惟馵。

馵，音注。

案：黃奭據《御覽》輯錄本條。《太平御覽》卷八百九十三〈獸部五・馬一〉引《爾雅》曰：「膝上皆白，馵」，下有注云：「馵，後左腳白，音注也。」「後左腳白」係〈釋畜〉「左白，馵」條郭注。《廣韻》「馵」音「之戍切」（照紐遇韻），《御覽》音「注」，與「之戍」音同；陸德明《經典釋文・爾雅音義》出「馵」，注引郭音「式喻反」（審紐遇韻），與《御覽》之音聲紐不同，然則《御覽》所引此音，非郭璞所注無疑。

184. 19-9 驔馬白腹，騽。　郭注：驔，赤色黑鬣。

驔，赤色黑鬣。今名馬驃赤者為棗駵。

〔註822〕劉玉麐云：「《初學記》鼠部『食鳥』註云：『《爾雅》曰：「鼮鼠」，郭璞註曰：「江東呼鼮鼠，似鼠，大而食鳥，在樹木上也。」』據此則今本『蒼色』二字當爲『食鳥』之譌。」（《爾雅校議》，卷下，頁35下。）
〔註823〕周祖謨《爾雅校箋》，頁362。

案：嚴可均據《史記索隱》輯錄「今名」以下九字。《史記・秦本紀》：「造父以善御幸於周繆王，得驥、溫驪、驊駵、騄耳之駟」，裴駰《集解》引郭璞曰：「色如華而赤。今名馬驃赤者爲棗駵。駵，馬赤也。」所引未云是《爾雅》此訓之注，嚴輯不可信。又嚴氏出處標注作「《史記索隱》」，亦非。

185. 19-13 牡曰騭。　郭注：今江東呼駁馬爲騭，音質。

騭，音質。

案：黃奭據郝懿行《爾雅義疏》輯錄本條。今檢宋本《爾雅》、郝懿行《義疏》引郭注均有「音質」二字，既非佚文，毋須再行輯錄。

186. 19-19 犩牛。　郭注：即犪牛也。如牛而大，肉數千斤。出蜀中。《山海經》曰：「岷山多犪牛。」

案〈中山經〉云：「岷山多犪牛」，彼注云：「今蜀中有大牛，重數千斤，名爲犪牛。晉大興元年，此牛出上庸郡，人弩射殺之，得三十擔肉，即《爾雅》犩牛是也。」

案：黃奭據邢昺《爾雅疏》輯錄本條。此語實爲邢昺引《山海經注》以證郭璞《爾雅》此注引《山海經》語，非郭璞《音義》或《注》之佚文。《山海經・中次九經》：「岷山……其獸多犀象，多犪牛」，郭璞注云：「今蜀山中有大牛，重數千斤，名爲犪牛。晉太興元年，此牛出上庸郡，人弩射殺，得三十八擔肉，即《爾雅》所謂犩。」郝懿行云：

注「射殺」下當脫「之」字。今本《爾雅》作「犩」，注引此經作「犪」，並加牛，非。〔註824〕

187. 19-25 其子，犢。　郭注：今青州呼犢爲狗。

今青州呼犢爲狗，狗者犪牛之子也。

案：嚴可均、黃奭並據《文選注》輯錄本條，嚴本「犪」作「犪」；邵晉涵亦云：

《文選註》引《爾雅註》……較今本增多一句，「犪」字蓋衍文也。〔註825〕

《文選》卷十二郭璞〈江賦〉：「犪牯魃蹐於夕陽，鴛雛弄翮乎山東」，李善注云：「《爾雅注》曰：『今青州呼犢爲牯。』牯，犪牛之子也，牯與狗同，火口切。」「牯，犪牛之子」云云，應係李善注語，賦云「犪牯」，故釋「牯」爲「犪牛之子」；又郭璞《爾雅注》作「狗」，故云「牯與狗同」。王樹柟云：

「牯，犪牛之子也」乃李善注釋之詞，賦以「犪牯」、「鴛雛」爲對，故曰

〔註824〕郝懿行《山海經箋疏》，卷5，〈中山經〉，頁34下。
〔註825〕邵晉涵《爾雅正義》，《皇清經解》，卷523，頁9。

「牯，夔牛之子也」。邵氏以爲郭注，非也。〔註826〕

其說可從。

188. 19-40 未成雞，健。　郭注：江東呼雞少者曰健，音練。

健，音練。

案：黃奭據郝懿行《爾雅義疏》輯錄本條。今檢宋本《爾雅》、郝懿行《義疏》引郭注均有「音練」二字，既非佚文，毋須再行輯錄。

第四節　考　辨

一、郭璞《爾雅音義》體例初探

本章第二節所輯佚文，可確認係郭璞《爾雅音義》佚文者計 55 條，存疑者計 24 條。雖不能復原郭璞《爾雅音義》之原貌，但亦足以一窺其要。今據所輯佚文歸納此書體例如下（存疑者在各例之末加注（?）號）：

（一）注《爾雅》文字之音

據書名可知，郭璞《爾雅音義》一書的撰述重點之一，就是爲《爾雅》文字注音。在本章第二節所輯此類佚文中，單純注音且可確認係出自郭璞《音義》者，計有 2 例：

　　（1）〈釋詁〉1-39「掔，固也」，《音義》云：「掔，本與慳愳物同」，是讀「掔」爲「慳」。

　　（2）〈釋蟲〉15-20「蜭，馬蜩」，《音義》云：「蜭，音閑。蜩，音棧。」

此外，陸德明《經典釋文》所稱引的大量郭璞音讀資料，可能有不少也是出自郭璞《音義》，惜無確據可資證明。

（二）注郭璞注文之音

郭璞《爾雅音義》除了注出《爾雅》文字音讀，同時也訓釋其自撰《爾雅注》之音讀，惟目前只發現 1 例：

　　（1）〈釋獸〉18-52「鼬鼠」，郭注云：「江東呼爲鼪」，《音義》云：「鼪，音生。」

（三）釋　義

郭璞《爾雅音義》除釋音外，也有不少爲《爾雅》釋義的文字。在本章第二節所輯此類佚文中，可確認係出自郭璞《音義》者計有 19 例，存疑者亦有 19 例。這

〔註826〕王樹枏《爾雅郭注佚存補訂》，卷 20，頁 12 下。

些內容不僅可與郭注相互爲證，甚至可補充郭注之不足。爲便讀者省覽，今全部臚
列如下：

    （1）〈釋詁〉1-128「俾，拼，抨，使，從也」，《音義》云：「如木匠振墨繩曰拼。」
        （？）

    （2）〈釋詁〉1-142「祪，祖也」，《音義》云：「祪，毀也，附新廟毀舊廟也。」
        （？）

    （3）〈釋言〉2-111「舫，泭也」，《音義》云：「木曰簰，竹曰筏，小筏曰泭。」

    （4）〈釋言〉2-201「詴，訟也」，《音義》云：「言爭訟也。」（？）

    （5）〈釋親〉4-6「仍孫之子爲雲孫」，《音義》云：「雲言漸遠如雲漢也。」（？）

    （6）〈釋宮〉5-3「西南隅謂之奧」，《音義》云：「隩，隱曲處也。」（？）

    （7）〈釋宮〉5-7「在地者謂之臬」，《音義》云：「闑，門中橛也。」（？）

    （8）〈釋宮〉5-11「棟謂之桴」，《音義》云：「桴謂檼也。」（？）

    （9）〈釋器〉6-5「魚罟謂之眾」，《音義》云：「眾，大網也。」（？）

    （10）〈釋器〉6-19「一羽謂之箴，十羽謂之縛，百羽謂之緷」，《音義》云：「凡
        物數無不從一爲始。」

    （11）〈釋器〉6-36「竿謂之箷」，《音義》云：「搭衣杆也。」

    （12）〈釋天〉8-3「春爲發生，夏爲長嬴，秋爲收成，冬爲安寧」，《音義》云：「美
        稱之別名。」

    （13）〈釋天〉8-15「螮蝀，虹也。蜺爲挈貳」，《音義》云：「虹雙出，色鮮盛者
        爲雄，雄曰虹；闇者爲雌，雌曰蜺。」

    （14）〈釋天〉8-20「天根，氐也」，《音義》云：「天根，爲天下萬物作根，故曰
        天根也。」

    （15）〈釋地〉9-2「河南曰豫州」，《音義》云：「自東河至西河之南曰豫州。」（？）

    （16）〈釋地〉9-22「梁莫大於溴梁」，《音義》云：「溴水出河內軹縣東南，至溫
        入河。」

    （17）〈釋地〉9-26「南方之美者，有梁山之犀象焉」，《音義》云：「大獸也，長
        鼻大耳，三歲一乳。」（？）

    （18）〈釋丘〉10-30「谷者，溦」，《音義》云：「溦，水邊通谷也。」（？）

    （19）〈釋水〉12-11「江爲沱」，《音義》云：「沱水自蜀郡都水縣揗山與江別而更
        流。」

    （20）〈釋水〉12-20「諸侯維舟」，《音義》云：「維持使不動搖也。」

    （21）〈釋水〉12-27「九河」，《音義》云：「徒駭今在成平縣。胡蘇在東光縣，有

胡蘇亭。鬲盤今皆爲縣，屬平原郡。周時齊桓公塞九河，并爲一，自鬲津以北，至徒駭二百餘里，渤海、東光、成平、平原、河間、弓高以東，往往有其遺處焉。」

（22）〈釋草〉13-71「須，葑蓯」，《音義》云：「今菘菜也。」（？）

（23）〈釋草〉13-84「蘦，鹿藿。其實莥」，《音義》云：「藿，小豆葉也。」（？）

（24）〈釋草〉13-106「傅，橫目」，《音義》云：「結縷蔓生，如縷相結。」（？）

（25）〈釋草〉13-151「粼，堅中」，《音義》云：「粼，竹名，其中堅，可以爲席。」（？）

（26）〈釋草〉13-151「篛，箭萌」，《音義》云：「篛，箭筍也。」（？）

（27）〈釋草〉13-151「篠，箭」，《音義》云：「以篠而小可以爲矢，因名矢爲箭。」（？）

（28）〈釋木〉14-6「梅，柟」，《音義》云：「柟木似水楊。」

（29）〈釋蟲〉15-5「蛄蛝，蛂蛝」，《音義》云：「歲將飢則蛂蛝出。」（？）

（30）〈釋蟲〉15-50「蟓，蟻蟓」，《音義》云：「蟓飛磑則天風，舂則天雨。」

（31）〈釋蟲〉15-54「食苗心，螟。食葉，蟘。食節，賊。食根，蟊」，《音義》云：「即今子蚄也。」又云：「皆蝗類也。」

（32）〈釋魚〉16-40「蝮虺，博三寸，首大如擘」，《音義》云：「此別自一種蛇，人自名爲蝮虺。今蛇細頸大頭，焦尾，色如艾綬文，文間有毛似猪鬣，鼻上有針，大者長七八尺，一名反鼻，非虺之類也，足以明此自一種蛇。」

（33）〈釋魚〉16-43「一曰神龜」，《音義》云：「此當龜以爲畜，在宮沼者。」

（34）〈釋魚〉16-43「六曰筮龜」，《音義》云：「上有蔭叢著，下有千齡蔡。」

（35）〈釋鳥〉17-25「桃蟲，鷦。其雌鴱」，《音義》云：「鷦鴱，小鳥而生鵰鶚者也。」

（36）〈釋鳥〉17-65「鴷，斲木」，《音義》云：「斲木虫，因名。今斲木亦有兩三種，在山中者大而有赤毛冠。」

（37）〈釋獸〉18-19「麝父，麕足」，《音義》云：「如小麋，雄者臍中有香，雌者即無。轉注字也。」（？）

（38）〈釋畜〉19-8「膝上皆白，惟馵」，《音義》云：「馬膝上皆白爲惟馵，後左脚白者直名馵。」

（四）兼釋音義

郭璞《爾雅音義》於釋義時，偶亦一併注出被訓字的音讀。在本章第二節所輯

此類佚文中，可確認係出自郭璞《音義》者計有 1 例，存疑者 2 例：

（1）〈釋宮〉5-11「栭謂之楶」，《音義》云：「即椽也，亦名栭，亦名櫨，音力道反。」（？）

（2）〈釋樂〉7-5「大磬謂之馨」，《音義》云：「馨，音囂。以玉飾之。」

（3）〈釋草〉13-169「購，蔏蔞」，《音義》云：「蔞，似艾，音力侯反。」（？）

（五）引舊說或古籍為證

郭璞《爾雅音義》於釋義時，常引舊說或古籍為證，有時也訂正舊說之譌。在本章第二節所輯此類佚文中，可確認係出自郭璞《音義》者計有 12 例，存疑者 2 例：

（1）〈釋器〉6-10「婦人之禕謂之縭。縭，緌也」，《音義》云：「此女子既許嫁之所著，示繫屬於人，義見《礼記》。《詩》曰『親結其縭』，謂母送女，重結其所繫者以申戒之也。說者以禕為帨巾，失之也。」

（2）〈釋樂〉7-3「大琴謂之離」，《音義》云：「大者十絃。《樂錄》曰：『大琴二十絃，今無此器。』」

（3）〈釋天〉8-1「秋為旻天」，《音義》云：「《詩傳》云：『旻，閔也』，即其義者耳也。」

（4）〈釋天〉8-2「春為青陽」，《音義》云：「四時和祥之美稱也。說者云中央失之。」

（5）〈釋天〉8-12「扶搖謂之猋」，《音義》云：「《尸子》曰：『風為頹猋。』」

（6）〈釋山〉11-6「屬者，嶧」，《音義》云：「今魯國郡縣有嶧山、東海、下邳，《夏書》曰『嶧陽孤桐』是也。」

（7）〈釋山〉11-25「霍山為南嶽」，《音義》云：「霍山今在廬江潛縣西南，潛水出焉，別名天柱山。武帝以衡山遼遠，因讖緯皆以霍山為南嶽，故移其神於此。今其土俗人皆謂之南嶽。南嶽本自以兩山為名，非從近來。而學者多以霍山不得為南嶽，又云從漢武帝來始有名，即如此言，為武帝在《爾雅》之前乎？斯不然也。」（？）

（8）〈釋水〉12-11「漢為潛」，《音義》云：「有水從漢中沔陽縣南流，至梓潼漢壽入大穴中，通岡山下，西南潛出，一名沔水。舊俗云即〈禹貢〉潛也。」

（9）〈釋水〉12-26「河出崑崙虛，色白」，《音義》云：「〈禹本紀〉及《山海經》皆云河出崐崙山。《漢書》曰張騫使西域，窮河源，其山多玉石，而不見崐崙也。世人皆以此疑河不出崐崙。案《山海經》曰：『東望泑澤，河水之所潛也，其源渾渾泡泡。』又云：『敦薨之水注于

　　泑澤，出乎崐崘之西北隅，實惟河源也。』〈西域傳〉又云：『河有兩源，一出蔥嶺山，一出于闐。于闐在南山下，其河北流，與蔥嶺之河合，東注鹽澤。鹽澤一名蒲昌海，去玉門、陽關三百餘里，輪廣三四百里，其水停，冬夏不增減，皆以爲潛行地下，而南出於積石山，而爲中國河云。』然則河出崐崘，便潛行地下，至蔥嶺及于闐，復分流歧出也。張騫所見，蓋謂此矣，其去崐崘里數遠近，所未得而詳也。泑澤即鹽澤也。」

（10）〈釋木〉14-39「櫟，其實梂」，《音義》云：「《小尒雅》：『子爲橡』，在彙斗中自含裏，狀梂蔉然。」

（11）〈釋木〉14-50「守宮槐，葉晝聶宵炕」，《音義》云：「守宮槐晝日晶合而夜舒布也。晉儒林祭酒杜行齊說在朗陵縣南，有一樹似槐，葉晝聚合相著，夜則舒布，即守宮。江東有槐樹，與此相反，俗因名爲合昏。曉晝夜各異，其理等耳。宵炕音忼。晶，合也；炕，張也，合晝夜開也。」

（12）〈釋魚〉16-1～6「鯉。鱣。鰋。鮎。鱧。鯇」，《音義》云：「先儒及《毛詩訓傳》皆謂此魚有兩名，今此魚種類形狀有殊，無緣強合之爲一物。」

（13）〈釋魚〉16-43「三曰攝龜」，《音義》云：「以腹甲翕然攝，歛頭閉藏之，即當《周禮》地與四方之龜。知者，以皆有奄歛之義故也。」

（14）〈釋鳥〉17-32「鶑，周」，《音義》云：「鶑鳥，孫炎爲鷅別名，《風土記》亦云是赤口鷅也。」（？）

（六）引古籍爲證兼注音

　　郭璞《爾雅音義》於引述古籍爲證時，偶亦兼注音讀。從目前發現的惟一例證可知，其被音字不限於《爾雅》本文，即使《音義》注文中的難字也給予注音：

（1）〈釋魚〉16-16「鮥，鮛鮪」，《音義》云：「《周禮》：『春献王鮪。』鱣属，其大者爲王鮪，小者爲鮛鮪。或曰鮪即鱏也，以鮪魚亦長鼻，體无連甲。鱏音淫，鮥音格。」

此外，也有一例是郭璞替《爾雅》文字注音時，引古籍爲證者：

（1）〈釋言〉2-262「般，還也」，《音義》云：「般，音班，《左傳》云『役將般矣』是也；一音蒲安反，《周易》云『般桓』是也。」

（七）校　字

　　從現有資料可知，漢魏時期的各家《爾雅》傳本中存有不少異文，因此郭璞在

為《爾雅》作音注時，同時也進行相關的文字考釋及版本校勘等工作。在現今傳世的郭璞《爾雅注》裏，可找到 3 個校字的例子：

（1）〈釋詁〉1-54「愉，勞也」，郭璞注云：「勞苦者多惰愉，今字或作窳，同。」

（2）〈釋詁〉1-118「淈，治也」，郭璞注云：「淈，《書序》作汨，音同耳。」

（3）〈釋鳥〉17-62「鷹，鶙鳩」，郭璞注云：「鶙當為鷷字之誤耳。《左傳》作「鷷鳩」是也。」

而在本章第二節所輯此類佚文中，可確認係出自郭璞《音義》的單純校字例計有 5 例：

（1）〈釋詁〉1-8「鮮，善也」，《音義》云：「鮮，本或作尟。」

（2）〈釋言〉2-6「馹，遽，傳也」，《音義》云：「馹，本或作遻。」

（3）〈釋訓〉3-66「哀哀，悽悽，懷報德也」，《音義》云：「悽，本或作妻。」

（4）〈釋天〉8-6「大歲在戊日著雍」，《音義》云：「著者或作祝黎是也。」

（5）〈釋木〉14-14「柚，條」，《音義》云：「柚，或作櫠。」

（八）校字兼注音

郭璞《爾雅音義》於校字時兼注音讀者，計有 5 例：

（1）〈釋言〉2-210「恫，痛也」，《音義》云：「呻恫音通，亦音嗊。字或作侗。」

（2）〈釋言〉2-255「芼，搴也」，《音義》云：「搴，九輦反，又音騫。本又作毛蹇。」

（3）〈釋訓〉3-37「儵儵，洄洄，惽也」，《音義》云：「洄，本或作慅，音韋。」

（4）〈釋魚〉16-39「蠑螈，蜥蜴。蜥蜴，蝘蜓。蝘蜓，守宮也」，《音義》云：「螈，音原，或作蚖，兩通。蝘，音焉典反。蜓，音殄。」

（5）〈釋獸〉18-49「鼨鼠」，《音義》云：「或作噤，兩通。胡簪反也。」

綜合前引單純校字例可知，郭璞《爾雅音義》主要著重在不同版本間的文字對比，《爾雅注》則是以其他傳世文獻及當時的通行文字為校勘對象，二書的作法有別。

（九）舉方言或地方事物為證

郭璞撰述《方言注》、《爾雅注》與《爾雅音義》，均常舉方言或地方事物為證。在本章第二節所輯此類佚文中，可確認係出自郭璞《音義》者計有 7 例，存疑者 1 例：

（1）〈釋器〉6-13「魚謂之鮨」，《音義》云：「蜀人取魚不去鱗，破腹以鹽飯酒合粥之，重碑其上，熟食之，名為鮨也。」

（2）〈釋草〉13-50「芍，鳧茈」，《音義》云：「今江東呼為鳧茈之者。」

（3）〈釋草〉13-87「荷，芙渠」，《音義》云：「今江東人呼荷華為芙蓉；北方人

便以藕爲荷，亦以蓮爲荷；蜀人以藕爲茄。或用其母爲華名，或用根子爲母葉號，此皆名相錯，習俗傳誤，失其正體者也。」

（4）〈釋魚〉16-8「鮷，黑鰦」，《音義》云：「荊楚人又名白鯵。」

（5）〈釋魚〉16-36「蜃，小者珧」，《音義》云：「新燕蛤也，江東呼爲蜆也。」

（6）〈釋魚〉16-41「鯢，大者謂之鰕」，《音義》云：「今江東呼爲役，荊州呼爲鰯。」

（7）〈釋魚〉16-43「二曰靈龜」，《音義》云：「今江東所用卜龜，黃靈黑靈者，此蓋與天龜靈屬一也。」

（8）〈釋獸〉18-44「蜼，卬鼻而長尾」，《音義》云：「零陵南康人呼之音餘，建平人呼之音相贈遺之遺也，又音余救反，皆土俗輕重不同耳。」（？）

綜合而言，郭璞《爾雅音義》與《爾雅注》同是兼釋音義的《爾雅》注本，二書內容實互爲表裡，且《音義》有不少內容可補充《爾雅注》之不足。《音義》除了爲《爾雅》注音、校勘《爾雅》各家傳本異同外，釋義的部分不僅有郭璞己見，還引述並訂正舊說，又稱引古籍與各地方言俗語爲證，可見此書應是一部相當完備的《爾雅》注本。從書中所引述的方言資料多在江東一帶來看，此書的成書時間顯然是在郭璞渡江以後。

二、郭璞《爾雅》異文分析

從本章第二節所輯佚文中，可以發現郭璞本《爾雅》文字與今通行本《爾雅》略有不同。今依其性質分類討論：

（一）異體字

郭本文字與今本互爲異體者，計6例：

（1）〈釋詁〉1-138「迓，迎也」，郭本「迓」疑作「訝」。《說文》作「訝」，陸德明《釋文》亦出「訝」。「迓」字爲徐鉉補入《說文》十九文之一，即「訝」之俗字。

（2）〈釋言〉2-174「斃，踣也」，郭本「斃」作「獘」。《說文》犬部：「獘，頓仆也。从犬、敝聲。……斃，獘或从死。」

（3）〈釋草〉13-97「蓫，薚，馬尾」，郭本「薚」作「募」，筆畫略異。

（4）〈釋草〉13-154「蘜，月爾」，郭本「蘜」作「茖」，注仍作「蘜」。《說文》作「蘜」，《集韻》之韻：「蘜，艸名，……或作茖。」

（5）〈釋魚〉16-31「蛣，蚍」，郭本「蚍」作「蠯」。《說文》作「蠯」，《玉篇》蠡部：「蚍，或作蠯。」

（6）〈釋魚〉16-38「貝，小者鰿」，郭本「鰿」作「鱭」。陸德明《釋文》出「鱭」，注云：「字又作鰿。」

（二）分別字

1. 今本文字為郭本之分別字，計 3 例：

（1）〈釋訓〉3-72「謔謔，謞謞，崇讒慝也」，郭本「慝」作「匿」。「匿」之本義爲逃亡，引申而有藏匿、邪惡等義，是「慝」爲「匿」之分別字。

（2）〈釋鳥〉17-62「鷹，鶆鳩」，郭本「鶆」作「來」。《說文》無「鶆」字，「鶆」從鳥旁應係後人據義所加。

（3）〈釋鳥〉17-63「鶼鶼，比翼」，郭本「鶼鶼」作「兼兼」。《說文》無「鶼」字。《釋文》引李巡注云：「鳥有一目一翅，相得乃飛，故曰兼兼也。」是「鶼」從鳥旁應係後人據義所加。

2. 郭本文字為今本之分別字，計 1 例：

（1）〈釋宮〉5-7「在地者謂之臬」，郭本「臬」作「闑」。「臬」之本義爲箭靶，引申爲門中所豎短木之義，是「闑」爲「臬」之分別字。

（三）累增字

郭本文字為今本之累增字，計 1 例：

（1）〈釋草〉13-145「中馗，菌」，郭本「菌」作「蕇」。「蕇」爲「菌」之累增字。

（四）同源字

郭本文字與今本為同源字者，計 2 例：

（1）〈釋言〉2-191「濬，幽，深也」，郭本「濬」作「浚」。

（2）〈釋器〉6-10「衿謂之袸」，郭本「衿」作「紟」。《說文》糸部：「紟，衣系也。」

（五）通假

郭本文字與今本互為通假者，計 6 例：

（1）〈釋言〉2-234「訊，言也」，郭本「訊」作「誶」。

（2）〈釋訓〉3-20「委委，佗佗，美也」，郭本「委委」作「禕禕」。

（3）〈釋天〉8-15「蜺爲挈貳」，郭本「蜺」作「霓」。

（4）〈釋地〉9-19「周有焦護」，郭本「護」作「穫」。

（5）〈釋山〉11-2「一成，坯」，郭本「坯」作「伾」。

（6）〈釋畜〉19-14「青驪驎，驎」，郭本「驎」作「粦」。

（六）異文

郭本文字與今本互為異文者，計 1 例：

(1)〈釋草〉13-43「熒，委萎」，郭本「萎」作「荾」。

（七）異句

郭本文字與今本文句有異者，計 4 例：

(1)〈釋詁〉1-134「探，篡，俘，取也」，郭本本條有「掠」字。

(2)〈釋言〉2-218「遇，偶也」，郭本疑作「偶，遇也」。

(3)〈釋言〉2-263「班，賦也」，郭本疑作「賦，班也」。

(4)〈釋草〉13-194「不榮而實者謂之秀」，郭本無「不」字。

（八）譌字

今本《爾雅》譌誤而郭本不譌者，計 1 例：

(1)〈釋詁〉1-3「莂，大也」，郭本「莂」作「莂」。《說文》無「莂」字，段注本艸部有「莂」字，釋云：「艸大也。」是「莂」字本應从艸作「莂」。

三、郭璞《爾雅》音讀特色

在本章第二節所輯郭璞《爾雅注》、《爾雅音義》各條佚文中，凡有音切者，均已在其案語中詳述其音讀與《廣韻》之比較。以下就諸音與《廣韻》不合者進行歸納分析：〔註827〕

（一）聲類

1. 牙音互通，計 16 例：

(1)〈釋詁〉1-13 戛，苦八反（溪紐黠韻）；《廣韻》「戛」音「古黠切」（見紐黠韻）。

(2)〈釋草〉13-121 繫，苦系反（溪紐霽韻）；《廣韻》「繫」音「古詣切」（見紐霽韻）。

〔註827〕蔣希文撰《徐邈音切研究》時，曾就「特殊音切」問題進行綜合討論。蔣氏云：「所謂『特殊音切』是指與常例不合的音切，其內容概括起來大致有以下三點：一、依師儒故訓或依據別本、古本，以反切改訂經籍中的被音字。這種情況相當于漢儒注經，所謂某字『當爲』或『讀爲』另一字。二、根據經籍的今、古文傳本的不同，以反切改訂被音字。……三、以反切對被音字的意義加以闡釋。」（《徐邈音切研究》，頁218。）對於郭璞音中所見這類「特殊音切」，均已在各條案語中進行說明，此處不再贅述。又郭氏音讀之韻類偶有不屬前述「特殊音切」，又與《廣韻》略異者，由於這類例子大多可從周祖謨《魏晉南北朝韻部之演變》所擬構的魏晉六朝音系獲得解釋，此處亦不列舉。

（3）〈釋木〉14-2 栲，姑老反（見紐皓韻）；《廣韻》「栲」音「苦浩切」（溪紐皓韻）。

（4）〈釋魚〉16-38 䰇，匡軌反（溪紐旨韻）；《廣韻》「䰇」音「居洧切」（見紐旨韻）。

（5）〈釋宮〉5-7 栱，又音邛（群紐鍾韻）；《廣韻》「栱」音「居悚切」（見紐腫韻，鍾腫二韻平上相承）。

（6）〈釋器〉6-10 椐，音渠（群紐魚韻）；《廣韻》「椐」音「九魚切」（見紐魚韻）。

（7）〈釋草〉13-79 蕨，巨例反（群紐祭韻）；《廣韻》「蕨」音「居例切」（見紐祭韻）。

（8）〈釋草〉13-118 菫，居覲反（見紐震韻）；《廣韻》「菫」音「巨巾切」（群紐眞韻，眞震二韻平去相承）。

（9）〈釋魚〉16-16 鮥，音格（見紐鐸韻）；《廣韻》「鮥」音「五格切」（疑紐鐸韻）。

（10）〈釋訓〉3-87 扞，音古案反（見紐翰韻）；《廣韻》「扞」音「侯旰切」（匣紐翰韻）。

（11）〈釋畜〉19-8 騱，又音雞（見紐齊韻）；《廣韻》「騱」音「胡雞切」（匣紐齊韻）。見匣二紐上古音相通。

（12）〈釋言〉2-101 烘，巨凶反（群紐鍾韻）；《廣韻》「烘」音「戶公切」（匣紐東韻），又音「呼東切」（曉紐東韻，三國晉時期三音同屬東部）。群曉匣三紐上古音相通。

（13）〈釋詁〉1-48 壑，胡郭反（匣紐鐸韻）；《廣韻》「壑」音「呵各切」（曉紐鐸韻）。

（14）〈釋山〉11-19 隩，火篤反（曉紐沃韻）；《廣韻》「隩」音「胡覺切」（匣紐覺韻，二音在晉代同屬沃部）。

（15）〈釋鳥〉17-46 憨，音呼濫反（曉紐闞韻）；《廣韻》「憨」音「下瞰切」（匣紐闞韻）。

（16）〈釋蟲〉15-10 蟥，音王（爲紐陽韻）；《廣韻》「蟥」音「胡光切」（匣紐唐韻，二音在東漢魏晉宋時期同屬陽部）。爲匣二紐上古音相通。

2. **舌音互通**，計 17 例：

  A. 舌頭音

  （1）〈釋言〉2-210 恫，音硐（定紐東韻）；《廣韻》「恫」音「他紅切」（透紐東韻）。

（2）〈釋草〉13-32 葖，音他忽反（透紐沒韻）；《廣韻》「葖」音「陀骨切」（定紐沒韻）。

（3）〈釋木〉14-1 棆，地刀反（定紐豪韻）；《廣韻》「棆」音「土刀切」（透紐豪韻）。

B. 舌上音

（4）〈釋鳥〉17-69 鵫，又音卓（知紐覺韻）；《廣韻》「鵫」音「直角切」（澄紐覺韻）。

C. 舌頭音與舌上音

（5）〈釋訓〉3-52 挃，丁秩反（端紐質韻）；《廣韻》「挃」音「陟栗切」（知紐質韻）。

（6）〈釋蟲〉15-42 蛭，豬秩反（知紐質韻）；《廣韻》「蛭」音「丁悉切」（端紐質韻）。

（7）〈釋鳥〉17-69 鵫，陟孝反（知紐效韻）；《廣韻》「鵫」音「都教切」（端紐效韻）。

（8）〈釋天〉8-7 灘，勑丹（徹紐寒韻）、勑旦（徹紐翰韻）二反；《廣韻》「灘」音「他干切」（透紐寒韻，寒翰二韻平去相承）。

（9）〈釋蟲〉15-36 杼，唐耕反（定紐耕韻）；《廣韻》「杼」音「宅耕切」（澄紐耕韻）。

（10）〈釋鳥〉17-69 鵰，徒留反（定紐尤韻）；《廣韻》「鵰」音「直由切」（澄紐尤韻）。按端知二系在魏晉時期即已逐漸分化，但區別並不十分明顯，因此郭璞注音時仍不乏互切之例。

D. 舌面音

（11）〈釋訓〉3-35 訰，音紃（神紐諄韻）；《廣韻》「訰」音「章倫切」（照紐諄韻）。

（12）〈釋魚〉16-30 蠩，音食餘反（神紐魚韻）；《廣韻》「蠩」音「章魚切」（照紐魚韻）。

（13）〈釋畜〉19-8 騇，式喻反（審紐遇韻）；《廣韻》「騇」音「之戍切」（照紐遇韻）。

（14）〈釋木〉14-17 杼，音嘗汝反（禪紐語韻）；《廣韻》「杼」音「神與切」（神紐語韻）。

E. 舌上音與舌面音

（15）〈釋蟲〉15-42 蛭，豬秩反（知紐質韻）；《廣韻》「蛭」音「之日切」（照紐質韻），二音聲紐上古音並讀為舌頭音。

（16）〈釋言〉2-179 剩，音馰（日紐質韻）；《廣韻》「剩」音「尼質切」（娘紐質韻）。

（17）〈釋木〉14-9 杽，汝九反（日紐有韻）；《廣韻》「杽」音「女久切」（娘紐有韻），日娘二紐上古音同歸泥紐。

3. 齒音互通，計 9 例：

A. 正齒音

（1）〈釋樂〉7-9 棧，側簡反（莊紐產韻）；《廣韻》「棧」音「士限切」（牀紐產韻）。

B. 齒頭音

（2）〈釋木〉14-25 楒，音浸（清紐侵韻）；《廣韻》「楒」音「子心切」（精紐侵韻）。

（3）〈釋山〉11-9 厜，才規反（從紐支韻）；《廣韻》「厜」音「姊規切」（精紐支韻）。

（4）〈釋蟲〉15-4 蜻，音情（從紐清韻）；《廣韻》「蜻」音「子盈切」（精紐清韻）。

（5）〈釋木〉14-42 梔，又音雌（清紐支韻）；《廣韻》「梔」音「息移切」（心紐支韻）。

（6）〈釋木〉14-70 皵，音夕（邪紐昔韻）；《廣韻》「皵」音「七迹切」（清紐昔韻）。

（7）〈釋蟲〉15-21 蝑，才與反（從紐魚韻）；《廣韻》「蝑」音「相居切」（心紐魚韻）。

（8）〈釋器〉6-10 袸，辭見反（邪紐霰韻）；《廣韻》「袸」音「在甸切」（從紐霰韻）。

（9）〈釋丘〉10-11 沮，辭與反（邪紐語韻）；《廣韻》「沮」音「慈呂切」（從紐語韻）。

4. 脣音互通，計 11 例：

（1）〈釋言〉2-83 紕，方寐反（非紐至韻）；《廣韻》「紕」音「匹夷切」（滂紐脂韻，脂至二韻平去相承）。

（2）〈釋草〉13-45 萹，匹殄反（滂紐銑韻）；《廣韻》「萹」音「方典切」（非紐銑韻）。

（3）〈釋草〉13-64 蚍，音疕（幫紐旨韻，又滂紐旨韻）；《廣韻》「蚍」音「房脂切」（奉紐脂韻，脂旨二韻平上相承）。

（4）〈釋言〉2-160 跋，又補葛反（幫紐曷韻）；《廣韻》「跋」音「蒲撥切」（並

紐末韻，三國兩晉時期二音同屬曷部）。

（5）〈釋草〉13-72 蒡，又音旁（並紐唐韻）；《廣韻》「蒡」音「北朗切」（幫紐蕩韻，唐蕩二韻平上相承）。

（6）〈釋鳥〉17-40 鵖，房汲反（奉紐緝韻）；《廣韻》「鵖」音「彼及切」（幫紐緝韻）。

（7）〈釋詁〉1-142 祔，音付（非紐遇韻）；《廣韻》「祔」音「符遇切」（奉紐遇韻）。

（8）〈釋草〉13-167 薸，蒲表反（並紐小韻）；《廣韻》「薸」音「滂表切」（滂紐小韻）。

（9）〈釋器〉6-37 辨，普遍反（滂紐線韻）；《廣韻》「辨」音「符蹇切」（奉紐獮韻，獮線二韻上去相承）。

（10）〈釋蟲〉15-17 蝮，蒲篤反（並紐沃韻）；《廣韻》「蝮」音「芳福切」（敷紐屋韻，二音在晉代同屬沃部）。

（11）〈釋言〉2-31 敉，敷靡反（敷紐紙韻）；《廣韻》「敉」音「綿婢切」（明紐紙韻）。

（二）聲調

1. 以平音上，計6例：

（1）〈釋訓〉3-61 卬，魚殃反（疑紐陽韻）；《廣韻》「卬」音「魚兩切」（疑紐養韻），陽養二韻平上相承。

（2）〈釋宮〉5-2 扆，音依（影紐微韻）；《廣韻》「扆」音「於豈切」（影紐尾韻），微尾二韻平上相承。

（3）〈釋宮〉5-7 栱，又音邛（群紐鍾韻）；《廣韻》「栱」音「居悚切」（見紐腫韻），鍾腫二韻平上相承。

（4）〈釋宮〉5-23 㘠，丘屯反（溪紐魂韻）；《廣韻》「壼」音「苦本切」（溪紐混韻），魂混二韻平上相承。

（5）〈釋草〉13-72 蒡，又音旁（並紐唐韻）；《廣韻》「蒡」音「北朗切」（幫紐蕩韻），唐蕩二韻平上相承。

（6）〈釋獸〉18-14 獶，乃刀反（泥紐豪韻）；《廣韻》未見「獶」字，《集韻》「獶」音「乃老切」（泥紐皓韻），豪皓二韻平上相承。

2. 以上音平，計5例：

（1）〈釋言〉2-46 佻，唐了反（定紐篠韻）；《廣韻》「佻」音「徒聊切」（定紐蕭

韻），蕭篠二韻平上相承。

（2）〈釋草〉13-64 蚍，音疕（幫紐旨韻，又滂紐旨韻）；《廣韻》「蚍」音「房脂切」（奉紐脂韻），脂旨二韻平上相承。

（3）〈釋草〉13-64 㾦，芳九反（敷紐有韻）；《廣韻》「㾦」音「匹尤切」（滂紐尤韻），尤有二韻平上相承。

（4）〈釋獸〉18-1 麎，又音腎（禪紐軫韻）；《廣韻》「麎」音「植鄰切」（禪紐眞韻），眞軫二韻平上相承。

（5）〈釋獸〉18-1 麈，又持展反（澄紐獮韻）；《廣韻》「麈」音「直連切」（澄紐仙韻），仙獮二韻平上相承。

3. 以平音去，計 1 例：

（1）〈釋言〉2-5 徇，音巡（邪紐諄韻）；《廣韻》「徇」音「辭閏切」（邪紐稕韻），諄稕二韻平去相承。

4. 以去音平，計 9 例：

（1）〈釋詁〉1-64 謩，音慕（明紐暮韻）；《廣韻》「謩」音「莫胡切」（明紐模韻），模暮二韻平去相承。

（2）〈釋言〉2-83 紕，方寐反（非紐至韻）；《廣韻》「紕」音「匹夷切」（滂紐脂韻），脂至二韻平去相承。

（3）〈釋訓〉3-86 恂，音峻（心紐稕韻）；《廣韻》「恂」音「相倫切」（心紐諄韻），諄稕二韻平去相承。

（4）〈釋樂〉7-7 沂，又魚靳反（疑紐焮韻）；「沂」與「斦」同，《廣韻》「斦」音「語斤切」（疑紐欣韻），欣焮二韻平去相承。

（5）〈釋天〉8-7 灘，勑旦反（徹紐翰韻）；《廣韻》「灘」音「他干切」（透紐寒韻），寒翰二韻平去相承。

（6）〈釋天〉8-35 祠，音飤（邪紐志韻）；《廣韻》「祠」音「似茲切」（邪紐之韻），之志二韻平去相承。

（7）〈釋草〉13-118 菫，居覲反（見紐震韻）；《廣韻》「菫」音「巨巾切」（群紐眞韻），眞震二韻平去相承。

（8）〈釋木〉14-25 椥，音浸（精紐沁韻）；《廣韻》「椥」音「子心切」（精紐侵韻），侵沁二韻平去相承。

（9）〈釋鳥〉17-46 憨，音呼濫反（曉紐闞韻）；《廣韻》「憨」音「呼談切」（曉紐談韻），談闞二韻平去相承。

5. 以上音去，計 3 例：

（1）〈釋宮〉5-3 窔，又音杳（影紐篠韻）；《廣韻》「窔」音「烏叫切」（影紐嘯韻），篠嘯二韻上去相承。

（2）〈釋天〉8-15 虹，音講（見紐講韻）；《廣韻》「虹」音「古巷切」（見紐絳韻），講絳二韻上去相承。

（3）〈釋天〉8-19 霽，祖禮反（精紐薺韻）；《廣韻》「霽」音「子計切」（精紐霽韻），薺霽二韻上去相承。

6. 以去音上，計 5 例：

（1）〈釋言〉2-140 稹，音振（照紐震韻）；《廣韻》「稹」音「章忍切」（照紐軫韻），軫震二韻上去相承。

（2）〈釋器〉6-4 撩，又力弔反（來紐嘯韻）；《廣韻》「撩」音「盧鳥切」（來紐篠韻），篠嘯二韻上去相承。

（3）〈釋器〉6-37 辨，普遍反（滂紐線韻）；《廣韻》「辨」音「符蹇切」（奉紐獮韻），獮線二韻上去相承。

（4）〈釋草〉13-118 堇，音靳（見紐焮韻）；《廣韻》「堇」音「居隱切」（見紐隱韻），隱焮二韻上去相承。

（5）〈釋魚〉16-30 蚹，音方句反（非紐遇韻）；《廣韻》「蚹」音「方矩切」（非紐麌韻），麌遇二韻上去相承。

7. 以上音平去，計 1 例：

（1）〈釋畜〉19-14 獜，良忍反（來紐軫韻）；《廣韻》「獜」音「力珍切」（來紐眞韻），又音「力刃切」（來紐震韻），眞軫震三韻平上去相承。

（三）郭璞音反映某地方音或較早音讀

　　郭璞在訓讀《爾雅》字音時，不僅是記錄當時經師訓釋之實際語音，可能也保存了一些方音或時代較早的音讀。除以下所舉 7 例外，前述聲類、韻類、聲調之略異者，可能也有屬於此類者。

（1）〈釋訓〉3-34 旭旭讀爲好好，呼老反（曉紐皓韻）；《廣韻》「旭」音「許玉切」（曉紐燭韻）。「旭」從九聲，與「好」上古音同屬幽部，而在郭璞之時，「旭」字即已轉入屋部，與入聲字押韻，因此可知郭璞音得古音之實。

（2）〈釋宮〉5-7 杙，羊北反（喻紐德韻）；《廣韻》「杙」音「與職切」（喻紐職韻）。在兩漢以前，二音同屬職部，但在郭璞之時，二音已分屬兩部，可見郭璞音可能採用了某地方音或較早的音切。

（3）〈釋樂〉7-7 沂，魚斤反（疑紐欣韻），又魚靳反（疑紐焮韻）；《廣韻》「沂」音「魚衣切」（疑紐微韻）。《說文》「沂」從水、斤聲，是郭璞音「魚斤反」較得古音之實；《廣韻》音爲後世之音。

（4）〈釋草〉13-58 虋，亡津反（微紐眞韻）；《廣韻》「虋」音「莫奔切」（明紐魂韻）。三國時期二音同屬眞部，聲當近同；至晉代則「莫奔」屬魂部，「亡津」屬眞部。然則郭璞此音可能係一地方音或採用了較早的音切。

（5）〈釋蟲〉15-38 蟬，音憚（定紐翰韻）；《廣韻》「蟬」音「常演切」（禪紐獮韻）。郭璞《爾雅注》云：「今荊巴間呼爲蟬，音憚。」可知「蟬」字音「憚」係方言之音。上古音「蟬」、「憚」二音同屬元部，郭璞之時即分屬先、寒二部。又二音之聲母古當近同。

（6）〈釋鳥〉17-33 鳦，烏拔反（影紐黠韻）；《廣韻》「鳦」音「於筆切」（影紐質韻）。兩漢時期二音同屬質部，聲當近同；至三國以後，「烏拔」則已轉入屑部。然則郭璞此音可能採用了某地方音或較早的音切。

（7）〈釋獸〉18-36 狒，簿昧反（並紐隊韻）；《廣韻》「狒」音「扶沸切」（奉紐未韻）。兩漢時期二音同屬脂部；晉代以後，後者仍屬脂部，前者則轉爲皆部。然則郭璞此音可能採用了某地方音或較早的音切。

（四）從聲母音讀

今所見郭璞《爾雅》音讀，有雖與《廣韻》不合，但與被音字之聲符音讀相合者，計3例：

（1）〈釋言〉2-79 琛，舒金反（審紐侵韻）；《廣韻》「琛」音「丑林切」（徹紐侵韻），又「琛」之聲母「突」音「式針切」（審紐侵韻），與郭璞音同。

（2）〈釋山〉11-23 岫，又音由（喻紐尤韻）；《廣韻》「岫」音「似祐切」（邪紐宥韻）。「岫」從由聲，郭音「由」即從聲母讀。

（3）〈釋草〉13-84 蔨，巨阮反（群紐阮韻）；《廣韻》「蔨」一音「渠殞切」（群紐軫韻），一音「渠篆切」（群紐獮韻），又「蔨」之聲母「圈」音「求晚切」（群紐阮韻），與郭璞音同。

（五）郭璞的特有讀音

今所見郭璞《爾雅》音讀，有雖與《廣韻》不合，但仍有理可說者，計有2例。這類音讀，可視爲郭璞所特有的讀音。

（1）〈釋詁〉1-23 涇，又音翳（影紐霽韻）；《廣韻》「涇」一音「於眞切」（影紐
　　眞韻），一音「烏前切」（影紐先韻）。上古音「涇」屬眞部，「翳」
　　屬質部，二部正得對轉。

（2）〈釋訓〉3-69 琄，戶茗切（匣紐迥韻）；《廣韻》「琄」音「胡畎切」（匣紐銑
　　韻），二音韻類不合。銑韻與迥韻音值的主要分別僅在韻尾的收音
　　不同，銑韻韻尾收舌尖鼻音，迥韻韻尾收舌根鼻音，其餘部分如介
　　音與主要元音則大抵相同。然則郭璞此音或係誤讀。

（六）不詳所據

今所見郭璞《爾雅》音讀，有與《廣韻》不合，且無理可說者，計有 18 例。這
類音讀，可能是切語有譌字，也可能是郭璞所特有的讀音。

（1）〈釋詁〉1-22 顊，五果反（疑紐果韻）；《廣韻》「顊」一音「魚毀切」（疑紐
　　紙韻），一音「五罪切」（疑紐賄韻）。郭璞音與《廣韻》音韻類不
　　合。

（2）〈釋詁〉1-54 劮，音謚（神紐至韻）；《廣韻》「劮」一音「羊至切」（喻紐至
　　韻），一音「餘制切」（喻紐祭韻）。郭璞音與《廣韻》音聲紐不合。

（3）〈釋詁〉1-71 妥，他回反（透紐灰韻），又他罪反（透紐賄韻）；《廣韻》「妥」
　　音「他果切」（透紐果韻）。郭璞音與《廣韻》音韻類不合。

（4）〈釋詁〉1-107 妯，盧篤反（來紐沃韻）；《廣韻》「妯」一音「丑鳩切」（徹
　　紐尤韻），一音「直六切」（澄紐屋韻）。郭璞音與《廣韻》音聲紐
　　不合。

（5）〈釋訓〉3-45 餺，徂兗（從紐獮韻）、徂沇（從紐仙韻）二反；《廣韻》「餺」
　　音「度官切」（定紐桓韻）。郭璞音與《廣韻》音聲紐韻類均不合。

（6）〈釋宮〉5-4 根，又吾回反（疑紐灰韻）；《廣韻》「根」音「烏恢切」（影紐
　　灰韻）。二音聲紐不合。

（7）〈釋器〉6-12 糷，音輦（來紐獮韻）；《廣韻》「糷」音「郎旰切」（來紐翰韻）。
　　二音韻類不合。

（8）〈釋樂〉7-14 甄，之仁反（照紐眞韻），又音戰（照紐線韻）；《廣韻》「甄」
　　一音「側鄰切」（莊紐眞韻），一音「居延切」（見紐仙韻）。郭璞音
　　與《廣韻》音聲紐不合。

（9）〈釋天〉8-15 霓，五擊反（疑紐錫韻）；《廣韻》「霓」一音「五稽切」（疑紐
　　齊韻），一音「五計切」（疑紐霽韻），一音「五結切」（疑紐屑韻）。

郭璞音與《廣韻》音韻類不合。

（10）〈釋草〉13-43 葼，女委反（娘紐紙韻）；《廣韻》「葼」音「息遺切」（心紐脂韻）。二音聲紐韻類均不合。

（11）〈釋草〉13-116 蓨，他周反（透紐尤韻）；《廣韻》「蓨」音「他歷切」（透紐錫韻）。二音韻類不合。

（12）〈釋草〉13-145 藫，音審（審紐寢韻）；《廣韻》「藫」音「慈荏切」（從紐寢韻）。二音聲紐不合。

（13）〈釋木〉14-7 痁，又音纖（心紐鹽韻）；《廣韻》「痁」作「槮」，音「所咸切」（疏紐咸韻）。二音聲紐韻類均不合。

（14）〈釋木〉14-23 杻，又音皎（見紐篠韻）；《廣韻》「杻」一音「居求切」（見紐尤韻），一音「居虯切」（見紐幽韻），一音「居黝切」（見紐黝韻）。郭璞音與《廣韻》音韻類不合。

（15）〈釋鳥〉17-4 鷪，方買反（非紐蟹韻）；《廣韻》「鷪」音「房脂切」（奉紐脂韻）。二音韻類不合。

（16）〈釋鳥〉17-18 鶯，又才五反（從紐姥韻）；《廣韻》「鶯」一音「於角切」（影紐覺韻），一音「胡覺切」（匣紐覺韻）。郭璞音與《廣韻》音聲紐不合。

（17）〈釋鳥〉17-37 鷇，又古互反（見紐暮韻）；《廣韻》「鷇」音「苦候切」（溪紐候韻）。二音韻類不合。

（18）〈釋獸〉18-36 狒，又音備（並紐至韻）；《廣韻》「狒」音「扶沸切」（奉紐未韻）。二音韻類不合。

四、《經典釋文》引郭璞《爾雅》音讀體例分析

陸德明《經典釋文》引郭璞音凡 373 例，其體例大抵可歸納如下：〔註 828〕

（一）直音例

《釋文》引郭璞音，以直音方式標示音讀者，計有 97 例，佔《釋文》引郭音總數之 26.01%。若再詳細分析，又可分為以下四種類型：

〔註 828〕《釋文》引郭璞同字之音，偶有體例不一者，如〈釋詁〉「妯，動也」，《爾雅音義》引郭又音「徒歷反」，《毛詩音義》引郭又音「迪」；〈釋訓〉「瀳瀳，漸也」，《爾雅音義》引郭音「蘇刀反」，《毛詩音義》引郭音「騷」；〈釋蟲〉「蛢，蜻蛚」，《爾雅音義》引郭又音「精」，《毛詩音義》引郭音「子盈反」，皆是一反切、一直音，其實聲音全同。凡此之類，本書均據《爾雅音義》輯錄，統計時則只採計被輯錄者，其餘不計。

1. 以同聲符之字注音，計 26 例：

諈，音碎。（1-24）　　譏，音剴。（1-61）　　謨，音慕。（1-64）

皆，音些。（1-89）　　娃，音恚。（2-101）　　闍，音都。（2-183）

仳，音徙。（3-42）　　僩，音簡。（3-86）　　轙，音儀。（6-11）

剽，音瓢。（7-9）　　獠，音遼。（8-44）　　礱，音聾。（13-71）

蒚，音翮。（13-86）　　馗，音仇。（13-145）　　梫，音浸。（14-25）

蚿，音瓶。（15-10）　　蜪，音陶。（15-17）　　鼆，音繩。（16-15）

鮥，音洛。（16-16）　　鱏，音蕈。（16-38）　　鷣，音甯。（17-34）〔註829〕

鷂，音遙。（17-69）　　鷷，音遵。（17-69）　　貒，音暄。（18-14）

豻，音岸。（18-19）　　鮐，音笞。（18-60）

2. 以所得音之聲符注音，計 17 例：

袝，音付。（1-142）　　稺，音逐。（3-50）　　鼐，音乃。（6-16）

鼒，音才。（6-16）　　涷，音東。（8-19）　　蠜，音厥。（9-35）

萁，音其。（13-154）　　楸，音秋。（14-51）　　蛑，音牟。（15-23）

蠪，音龍。（15-36）　　鯠，音來。（16-24）　　蚆，音巴。（16-38）

蟦，音賁。（16-38）　　鴸，音又。（17-25）　　庳，音卑。（17-43）

甡，音生。（18-52）　　狣，音兆。（19-37）

3. 以衍生孳乳之聲子注聲母之音，計 4 例：

喬，音橋。（1-31）　　酋，音遒。（1-149）　　藋，音灌。（13-81）

喬，音驕。（14-72）

4. 以不同聲符之同音字注音，計 50 例：

艘，音屈。（1-5）　　媲，音譬。（1-20）　　摰，音遒。（1-46）

勖，音謐。（1-54）　　熯，音罕。（1-58）　　嘯，音聿。（1-61）

瘥，音翳。（1-70）　　梏，音角。（1-75）　　徇，音巡。（2-5）

啜，音銳。（2-49）　　浹，音接。（2-76）　　洴，音孚。（2-111）

洵，音巡。（2-112）　　剺，音駏。（2-179）　　燬，音貨。（2-216）

赫，音釋。（3-30）　　畇，音巡。（3-46）　　恂，音峻。（3-86）

〔註829〕《說文》用部：「甯，所願也。從用、寧省聲。」

搏，音付。(3-99)
蘮，音輩。(6-12)
虹，音講。(8-15)
敦，音頓。(10-1)
畫，音獲。(10-10)
薢，音皆。(13-47)
蚍，音疕。(13-64)
莞，音桓。(13-86)
葍，音服。(13-123)
醆，音摠。(13-152)
蘁，音丘。(13-187)
荄，音皆。(13-191)
柜，音舉。(14-16)
欇，音涉。(14-31)
檄，音夕。(14-70)
梢，音朔。(14-70)
蝣，音由。(15-9)
蟥，音王。(15-10)
蚸，音歷。(15-21)
蜆，音龜。(15-34)
蝵，音秋。(15-37)
蛸，音蕭。(15-41)
鮎，音胡。(16-17)
鯖，音步。(16-19)
蟣，音祈。(16-26)
鶌，音駮。(17-12)
鴐，音加。(17-13)
鴢，音杳。(17-45)
貐，音育。(18-30)
驈，音術。(19-9)
驔，音虔。(19-14)
犈，音權。(19-30)

（二）切音例

《釋文》引郭璞音，以切音方式標示音讀者，計有 149 例，佔《釋文》引郭音總數之 39.95%。今依序條列如下：

菿，陟孝反。(1-3)
昄，方滿反。(1-3)
綝，勑淫反。(1-8)
戛，苦八反。(1-13)
頠，五果反。(1-22)
逷，湯革反。(1-25)
寀，七代反。(1-28)
餤，羽鹽反。(1-36)
劼，苦八反。(1-39)
鞏，胡郭反。(1-48)
行，下孟反。(1-65)
俌，方輔反。(1-85)
串，五患反。(1-91)
閒，古鴈反。(1-97)
觖，苦槩反。(1-104)
齂，海拜反。(1-104)
呬，許四反。(1-104)
契，苦計反。(1-109)
算，息轉反。(1-115)
妥，他回反。(1-144)
幠，火孤反。(2-19)
荐，徂很反。(2-30)
敉，敷靡反。(2-31)
佻，唐了反。(2-46)
諈，置睡反。(2-63)
諉，女睡反。(2-63)
庥，許州反。(2-65)
琛，舒金反。(2-79)
紕，方寐反。(2-83)
烘，巨凶反。(2-101)
遝，徒荅反。(2-113)
窕，徒了反。(2-168)
檢，居儉反。(2-171)
獘，步計反。(2-174)
跪，巨几反。(2-245)
業，五荅反。(3-10)
萌，武耕反。(3-27)
旭，呼老反。(3-34)
蹻，居夭反。(3-34)
挃，丁秩反。(3-52)
溞，蘇刀反。(3-54)
卬，魚殃反。(3-61)

儵，徒的反。（3-67）　　謞，虛各反。（3-72）　　匿，女陟反。（3-72）

扞，音古案反。（3-87）　　殿，丁念反。（3-108）　　柣，千結反。（5-4）

勠，殀柳反。（5-6）　　杙，羊北反。（5-7）　　矗，丘屯反。（5-23）

徛，居義反。（5-27）　　斫，巨俱反。（6-3）　　繴，卑覓反。（6-5）

裯，辭見反。（6-10）　　袺，居黠反。（6-10）　　袡，昌占反。（6-10）

捐，與專反。（6-11）　　䕀，魚謁反。（6-11）　　餀，呼帶反。（6-12）

檗，普厄反。（6-12）　　鬵，財金反。（6-17）　　辨，普遍反。（6-37）

棧，側簡反。（7-9）　　霓，五擊反。（8-15）　　霽，祖禮反。（8-19）

咮，張救反。（8-29）　　陓，烏花反。（9-12）　　阞，尸愼反。（9-20）

枳，巨宜反。（9-37）　　宛，於粉反。（10-15）　　隩，於六反。（10-24）

伾，撫梅反。（11-2）　　厜，才規反。（11-9）　　羬，語規反。（11-9）

嶮，魚檢反。（11-12）　　湀，巨癸反。（12-4）　　薜，布革反。（13-2）

蘦，五革反。（13-20）　　葵，他忽反。（13-32）　　蘆，力何反。（13-32）

葾，女委反。（13-43）　　薦，匹殄反。（13-45）　　虋，亡津反。（13-58）

秠，芳婦反。（13-58）　　芣，芳九反。（13-64）　　蘮，巨例反。（13-79）

藚，巨阮反。（13-84）　　蘬，匡龜反。（13-88）　　濼，舒若反。（13-95）

蕩，他羊反。（13-97）　　藒，去謁反。（13-129）　　薊，巨隝反。（13-145）

芏，他古反。（13-153）　　莖，於耕反。（13-156）　　蔞，音力侯反。（13-169）

蔍，方驕反。（13-185）　　栲，姑老反。（14-2）　　杻，汝九反。（14-9）

荎，直基反。（14-19）　　槐，古回反。（14-50）　　楝，霜狄反。（14-53）

瘣，胡罪反。（14-56）　　瘣，盧罪反。（14-58）　　鑽，祖端反。（14-75）

蜺，牛結反。（15-4）　　蝮，蒲篤反。（15-17）　　蝬，仕板反。（15-20）

蚣，先工反。（15-21）　　蝑，才與反。（15-21）　　蚓，餘忍反。（15-22）

蚓，許謹反。（15-22）　　蚚，胡輩反。（15-32）　　打，唐耕反。（15-36）

蛭，豬秩反。（15-42）　　鮎，奴謙反。（16-4）　　鯇，胡本反。（16-6）

鱖，古滑反。（16-19）　　蜎，狂袞反。（16-25）　　蠸，香袞反。（16-25）

麠，毗支反。（16-31）　　魧，胡黨反。（16-38）　　頯，匡軌反。（16-38）

攝，祛浹反。（16-43）　　鴶，古八反。（17-3）　　鵖，巨立反。（17-4）

鷜，力于反。(17-10)　鳽，五革反。(17-14)　鴮，火布反。(17-16)
鶨，丑絹反。(17-21)　鳦，烏拔反。(17-33)　鴔，房汲反。(17-40)
鵖，北及反。(17-40)　來，所丈反。(17-62)　鷩，古狄反。(17-66)
鷩，方世反。(17-69)　鬲，徒留反。(17-69)　虦，昨閑反。(18-7)
貗，其禹反。(18-15)　猱，女救反。(18-38)　馬，式喻反。(19-8)
踦，去宜反。(19-8)　駽，火玄反。(19-14)　粼，良忍反。(19-14)
駰，央珍反。(19-14)　犩，魚威反。(19-19)　觭，去宜反。(19-23)
觢，常世反。(19-23)　羭，羊朱反。(19-29)

（三）又音例

一字有數音並存者，則出又音之例。《釋文》引郭璞音，其有又音者計 91 例，佔《釋文》引郭音總數之 24.4%。若再詳細分析，又可分爲以下三種類型：

1. **諸音皆為直音，計 29 例：**

湮，音因，又音烟，又音翳。(1-23)
廞，音歆，又音欽。(1-101)
稹，振、眞二音。(2-140)
慅，騷、草、蕭三音。(3-29)
桴，音浮，又音孚。(5-11)
涔，岑、潛二音。(6-4)
裾，居、渠二音。(6-10)
紟，今、鉗二音。(6-10)
甗，音言，又音彥。(11-12)
岫，音胄，又音由。(11-23)
潏，述、決二音。(12-25)
蒡，音彭，又音旁。(13-72)
莤，音由，又音酉。(13-73)
蒚，音翮，又音歷。(13-86)
筡，音徒，又音攄。(13-151)
荼，音徒，又音蛇。(13-185)
粘，音芠，又音纖。(14-7)
楰，音庾，又音瑜。(14-35)
榹，音斯，又音雌。(14-42)
蜻，音情，又音精。(15-4)
蠰，音餉，又音霜。(15-7)
蟼，驚、景二音。(15-19)
鷧，懿、翳二音。(17-42)
麎，音辰，又音腎。(18-1)
麉，音堅，又音牽，又音磬。(18-2)
豜，音堅，又音牽，又音磬。(18-3)
騱，音奚，又音雞。(19-8)
狗，音劬，又音矩。(19-8)
馻，兗、允二音。(19-11)

2. **諸音皆為反切，計 40 例：**

虧，祛危反，又許宜反。(1-26)
褫，常支、巨移二反。(1-56)
妥，他回反，又他罪反。(1-71)
覭，亡革反，又莫經反。(1-82)
妯，盧篤反，又徒歷反。(1-107)
淈，古沒反，又胡忽反。(1-118)
蓁，側巾反，又子人反。(3-23)
爞，徒冬反，又直忠反。(3-39)
痯，古夘反，又古玩反。(3-44)
慱，徂兗、徂沿二反。(3-45)
屎，香惟反，又許利反。(3-108)
椳，烏回反，又吾回反。(5-4)
樀，丁狄反，又他赤反。(5-11)
撩，力堯反，又力弔反。(6-4)
槮，霜甚反，又疏隂反，又心廩反。(6-4)
罬，姜悅、姜穴二反。(6-5)
沂，魚斤反，又魚靳反。(7-7)
灘，勑丹、勑旦二反。(8-7)
寎，孚柄反，又況病反，又匡詠反。(8-10)
何，胡可反，又胡多反。(8-31)
沮，辭與、慈呂二反。(10-11)
陘，胡經、古定二反。(11-15)
礉，五交、五角二反。(11-16)
礐，苦角反，又戶角反。(11-16)
嶨，火篤反，又徂學反。(11-19)
灡，力旦反，又力安反。(12-13)
蘧，才河、采苦二反。(13-74)
苖，他六反，又徒的反。(13-116)
蓨，湯彫、他周二反。(13-116)
蘻，古系反，又苦系反。(13-121)
藨，蒲表反，又苻嚻反。(13-167)
稻，地刀反，又他皓反。(14-1)
炕，呼郎反，又口浪反。(14-50)
槸，云逝、魚例二反。(14-70)
蝒，求隕反，又丘筠反。(16-38)
鳺，方買反、苻尸反。(17-4)
鷇，工豆反，又古互反。(17-37)
鳪，方木反，又方角反。(17-69)
躔，直連反，又持展反。(18-1)
獫，力占、況檢二反。(19-36)

3. 直音與反切並見，計 22 例：

樂，音洛，又力角反。(1-82)
跋，音貝，又補葛反。(2-160)
跲，其業反，又居業反，又音甲。(2-160)
搴，九輦反，又音騫。(2-255)
般，音班，一音蒲安反。(2-262)
烰，音浮，又符彪反。(3-55)
扆，音依，又意尾反。(5-2)
窔，烏叫反，又音杳。(5-3)
栱，九勇反，又音邛。(5-7)
篧，士角反，又捉、廓二音。(6-4)
篎，音妙，又亡小反。(7-11)
籈，之仁反，又音戰。(7-14)
嶠，渠驕反，又音驕。(11-4)
茭，胡卯反，又音交。(13-31)

菫，音靳，居覲反。（13-118）　　栩，香羽反，又音羽。（14-17）

杽，音糾，又居幽反，又音皎。（14-23）　蕈，音淫，又徒南反。（15-28）

蜏，音劣，又力活反。（15-33）　　鸑，音握，又音學，又才五反。（17-18）

狒，簿昧反，又音備。（18-36）　　鼺，音言，又魚輦反。（19-4）

（四）直音與切音重用例

　　《釋文》引郭璞音，有先出直音，再出反切，而直音與反切音讀無別者，計 21 例，佔《釋文》引郭音總數之 5.63%。這種注音方式，可能是郭璞注音時即採用此法，也可能其中一音出自郭璞《爾雅注》，一音出自郭璞《音義》，或是郭璞本出直音，陸德明又以反切明其音讀，然而均已無法詳考。若再詳細分析，這類注音又可分為以下二種類型：

1. 直音與切音重用，計 17 例：

誂，音紹，他刀反。（1-83）　　　氐，音觝，丁禮反。（8-20）

笣，音菔，蒲北反。（13-32）　　蘜，音氊，巨俱反。（13-76）

蔬，音毹，山俱反。（13-76）　　藨，音瓢，婢遙反。（13-98）

薅，音綣，丘阮反。（13-187）　芛，音獮，羊捶反。（13-188）

蝃，音黃，徒低反。（15-4）　　蛢，音苹，亡婢反。（15-14）

蟺，音憚，徒旦反。（15-38）　鰝，音部，戶老反。（16-12）

鶜，音繆，亡侯反。（17-9）　　鸍，音施，尸支反。（17-44）

鸙，音雀，將略反。（18-56）　貜，音覡，戶狄反。（18-59）

酈，音泄，息列反。（18-60）

2. 直音與切音重用，又別有又音，計 4 例：

茇，音沛，補蓋反，又音撥。（13-147）　鷄，音髐，虛交反，又音交。（17-45）

鵯，音罩，陟孝反，又音卓。（17-69）

㺚，音練，力見反，又力健、力展二反。（19-40）

（五）增字辨音例

　　字有多音，更有以音別義者。對於多音之字，除直音或反切外，亦可採用增字辨音的方法明其音讀。《釋文》引郭璞音，屬增字辨音者計 6 例，佔《釋文》引郭音總數之 1.61%。若再詳細分析，又可分為以下三種類型：

1. 增字辨音，計 3 例：

掔，本與慳惄物同。（1-39）　　悆，音與稷契同。（2-119）

萎，音痿癬，同。（13-43）

2. 增字辨音，又附同音反切，計 2 例：

怟，徒啓反。與愷悌音同。（3-21）　　踦，音崎嶇之崎，袟宜反。（15-41）

3. 增字辨音，又別有又音，計 1 例：

齝，音牛齝，又音丑之反。（2-267）

（六）改字注音例

前已提及，郭璞為《爾雅》注音時，同時也進行相關的文字考釋及版本校勘等工作，並且實際反映於音注之中。《釋文》引郭璞音，屬於此類者計 6 例，佔《釋文》引郭音總數之 1.61%：

洄，本或作幗，音韋。（3-37）　　　鍬，古鍬字，並七遙反。（6-3）

鐉，古鋪字，並楚洽反。（6-3）　　　陂，又作坡，皆普何反。（9-41）

枊，音卭。又作柳，良久反。（14-16）　蟁，本或作鷗，皆古蚊字，音文。（17-57）

（七）如字例

《釋文》引郭璞音稱「如字」者計 3 例，佔《釋文》引郭音總數之 0.8%。今依序條列《釋文》原文如下：

思，息嗣反，郭音如字。（3-66）

歧，郭如字，樊本作坹，音支。（5-25）

康，孫、郭如字。字書《埤蒼》作瓶，音同。李本作光。《字林》作瓶，口光反。（6-2）

從以上三例可知，《釋文》所謂「如字」，即取其字之本音，以有別於其他異讀。惟究係郭氏注音即自注「如字」，或郭氏本有音切，陸氏引郭音時，因郭音即字之本音，遂改稱如字，則不可考。

附表　各家輯錄郭璞《爾雅音義》、《爾雅注》佚文與本書新定佚文編次比較表

　　本表詳列清儒輯本與本書所輯佚文編次之比較。專輯一書之輯本，其佚文均依原輯次序編上連續序號；如有本書輯爲數條，舊輯本合爲一條者，則按舊輯本之次序，在序號後加-1、-2 表示。合輯群書之輯本，因無法爲各條佚文編號，表中僅以「ˇ」號表示。舊輯本所輯佚文有增衍者，加注「＋」號；有缺脫者，加注「－」號。但其差異僅只一二字，未能成句者，一般不予注記。

　　各家所輯，偶有失檢，亦難免誤輯。專輯本誤輯而爲本書刪去的佚文，在本表「刪除」欄中詳列佚文序號；合輯本誤輯者不注記。

本文編次	余蕭客	嚴可均	董桂新	馬國翰	黃奭	葉蕙心	王樹枏	其他
1.	ˇ		ˇ	1	1-1	ˇ		
2.			ˇ	2-1	1-2			
3.				2-2	1-3	ˇ		
4.			ˇ	3	2	ˇ		
5.			ˇ	4-1	3-1	ˇ －		
6.			ˇ	4-2	3-2	ˇ		
7.			ˇ		4	ˇ	ˇ	
8.								
9.			ˇ	5	5	ˇ		
10.							ˇ	
11.			ˇ	6	6	ˇ		
12.			ˇ	7	7	ˇ		
13.			ˇ －	8	8	ˇ －		
14.			ˇ －	9＋	9＋	ˇ		
15.			ˇ	10	10	ˇ		
16.			ˇ －	11	11－	ˇ －		
17.			ˇ	12	12	ˇ		
18.								

本文編次	余蕭客	嚴可均	董桂新	馬國翰	黃奭	葉蕙心	王樹枏	其他
19.								
20.			∨	13＋	13＋	∨		
21.								
22.			∨	14	14	∨		
23.			∨	15-1	15-1	∨		
24.							∨	
25.		∨	∨	15-2	15-2	∨		
26.								
27.			∨	17	16	∨		
28.			∨	18-1	17-1	∨		
29.		∨	∨ －	18-2	17-2	∨	∨	
30.								
31.		∨	∨ ＋	19-1＋	18＋	∨ ＋		
32.			∨	20＋	19	∨ ＋		
33.			∨	21	20			
34.			∨	22	21			
35.			∨	23	22	∨		
36.			∨	24	23	∨		
37.			∨	25	24	∨		
38.			∨	26	25			
39.							∨	
40.			∨	27	26	∨		
41.							∨ ＋	
42.			∨ －	28	27	∨		
43.			∨	29	28	∨		
44.			∨ －	30	29	∨ －		
45.			∨ －	31	30			
46.			∨ －	32	31	∨		
47.			∨	33	32	∨		

本文編次	余蕭客	嚴可均	董桂新	馬國翰	黃奭	葉蕙心	王樹枏	其他
48.			∨	34	33	∨		
49.			∨	35	35	∨		
50.			∨	36	36	∨		
51.			∨ 一	37	37	∨		
52.			∨	38-1＋	38-1	∨		
53.			∨	38-2	38-2	∨		
54.			∨	38-3	38-3	∨		
55.							∨	
56.			∨ 一	39 一	39	∨		
57.			∨	40＋	40	∨		
58.			∨	41	41			
59.		∨					∨	
60.			∨ 一	42	42			
61.							∨	
62.								
63.							∨	
64.								
65.								
66.							∨	
67.		∨					∨	
68.			∨	43	43			
69.		∨						
70.								
71.			∨	44	44			
72.								
73.			∨	45	45	∨		
74.			∨	46	46	∨		
75.		∨	∨	47	47	∨		
76.					48	∨	∨	

本文編次	余蕭客	嚴可均	董桂新	馬國翰	黃奭	葉蕙心	王樹枏	其他
77.			∨	48	49	∨		
78.		∨			50	∨	∨	
79.		∨	∨		51-2	∨	∨	
80.					51-1			
81.			∨	49	52	∨		
82.			∨	50	53	∨		
83.							∨	
84.		∨＋						
85.				51	54			
86.			∨	52	55			
87.							∨	
88.							∨	
89.						∨		
90.			∨	53-1	56-1	∨		
91.			∨	53-2	56-2			
92.			∨	54	57	∨		
93.							∨	
94.			∨	55	58	∨		
95.			∨	56	59	∨		
96.			∨	57	60	∨		
97.		∨			61	∨	∨	
98.			∨	58	62	∨		
99.			∨	59	63	∨		
100.			∨	60＋	64-1＋			
101.		∨＋			64-2	∨	∨	
102.			∨	61	65	∨		
103.			∨	62	66	∨		
104.							∨	
105.			∨	63	67			

本文編次	余蕭客	嚴可均	董桂新	馬國翰	黃奭	葉蕙心	王樹柟	其他
106.			∨	64	68	∨		
107.			∨—	65	69	∨—		
108.			∨—	66	70—	∨—		
109.			∨	67	71	∨		
110.			∨	68	72	∨		
111.			∨	69	73			
112.								
113.			∨	70	74	∨		
114.				71	117			
115.							∨	
116.							∨	
117.								
118.							∨	
119.							∨—	
120.		∨			75		∨	
121.					76	∨		
122.				72	77			
123.							∨	
124.							∨	
125.							∨	
126.								
127.							∨	
128.					78			
129.							∨	
130.		∨—					∨	
131.			∨—	73+—	79—			
132.			∨—	74	80			
133.							∨	
134.			∨—	75	81	∨—		

本文編次	余蕭客	嚴可均	董桂新	馬國翰	黃奭	葉蕙心	王樹枏	其他
135.					82		˅	
136.		˅					˅	
137.							˅	
138.			˅	77	83			
139.								
140.							˅	
141.								
142.			˅ －		84	˅		
143.			˅ －	78	85			
144.			˅	79	86	˅		
145.			˅	80	87	˅		
146.			˅	81	88	˅		
147.			˅	83-1＋	89-1	˅ －		
148.			˅	83-2	89-2	˅		
149.								
150.		˅	˅	84	90	˅		
151.			˅ －	85	91	˅ －		
152.							˅	
153.			˅	86	92	˅		
154.			˅ －	87	93			
155.	˅ －	˅ －	˅	88	94	˅		
156.			˅	89	95	˅		
157.			˅	90	96			
158.		˅			97	˅		
159.			˅ －	91	98 －	˅ －		
160.			˅ －	92 －	99	˅		
161.			˅ －	93	100	˅ －		
162.			˅	94	101			
163.			˅	95-1＋	102＋	˅		

本文編次	余蕭客	嚴可均	董桂新	馬國翰	黃奭	葉蕙心	王樹枏	其他
164.				95-2				
165.			∨	96	103	∨		
166.	∨	∨		97		∨		
167.			∨	98	104＋			
168.								
169.								
170.			∨	99	105			
171.			∨	100-1	106-1	∨		
172.			∨	100-2	106-2	∨		
173.			∨	101	107	∨		
174.			∨	102	108			
175.			∨	103	109	∨		
176.							∨	
177.								
178.		∨				∨	∨	
179.			∨ －	104	110	∨		
180.								
181.			∨ －	105	111 －	∨ －		
182.			∨	106	112	∨	∨	
183.			∨ －	107	113 －	∨ －		
184.							∨	
185.			∨	108	115	∨		
186.							∨	
187.							∨	
188.				109				
189.								
190.			∨ －	110	116 －			
191.							∨	
192.								

本文編次	余蕭客	嚴可均	董桂新	馬國翰	黃奭	葉蕙心	王樹枏	其他
193.			ˇ －	111	118	ˇ		
194.					119－		ˇ －	
195.			ˇ －	112＋	120－	ˇ ＋－		
196.							ˇ	
197.			ˇ	113＋	122			
198.				114		ˇ		
199.							ˇ	
200.			ˇ	115	123			
201.			ˇ	116	125	ˇ		
202.			ˇ	117	126	ˇ		
203.				118－	127	ˇ －		
204.				119		ˇ －		
205.							ˇ	
206.			ˇ －	120	128	ˇ		
207.			ˇ ＋－	121-1－	129-1＋	ˇ ＋－		
208.			ˇ	121-2	129-2	ˇ		
209.		ˇ			130	ˇ	ˇ	
210.								
211.			ˇ －	122－	131-1－	ˇ －	ˇ －	
212.			ˇ －	123	131-2＋	ˇ －		
213.					471			
214.								
215.							ˇ	
216.							ˇ	
217.			ˇ	124	134			
218.			ˇ	125-1＋	135-1＋			
219.			ˇ	125-2	135-2	ˇ		
220.			ˇ	126	136	ˇ		
221.		ˇ					ˇ	

本文編次	余蕭客	嚴可均	董桂新	馬國翰	黃奭	葉蕙心	王樹枏	其他
222.			∨	127	137＋			
223.							∨	
224.			∨	128	138			
225.			∨	129	139-1			
226.			∨	130	140	∨		
227.								
228.			∨	131	141	∨		
229.			∨	132	142	∨		
230.			∨	133	143			
231.								
232.							∨	
233.							∨	
234.		∨					∨	
235.			∨	134	144			
236.			∨	135	145	∨		
237.			∨	136	146-1	∨		
238.					146-2－			
239.	∨＋	∨		137＋	147＋	∨	∨	
240.							∨	
241.					148		∨	
242.							∨	
243.					149			
244.		∨			150	∨		
245.							∨	
246.							∨	
247.							∨	
248.		∨－					∨	
249.								
250.			∨	138	151	∨		

本文編次	余蕭客	嚴可均	董桂新	馬國翰	黃奭	葉蕙心	王樹枬	其他
251.							˅	
252.					152－		˅ －	
253.			˅ －	139	153	˅		
254.			˅	140	155-1	˅		
255.			˅	141	155-2	˅		
256.			˅ －	142	156	˅ －		
257.			˅ －	143	157	˅		
258.					158			
259.								
260.								
261.								
262.					159			
263.					160		˅	
264.					161		˅	
265.			˅ －	144－	162		˅ －	
266.	˅ －	˅ －	˅ －	145	165	˅ －		
267.								
268.							˅ －	
269.		˅	˅ －	146-3	168-2	˅		
270.			˅	146-1＋	167＋	˅ ＋		
271.			˅	146-2	168-1	˅		
272.							˅ －	
273.			˅	148＋	170-1＋			
274.		˅			171-2	˅		
275.			˅ －	149	171-1	˅		
276.							˅	
277.							˅	
278.				150	470		˅	
279.			˅ －	151	172	˅		

本文編次	余蕭客	嚴可均	董桂新	馬國翰	黃奭	葉蕙心	王樹枏	其他
280.							✓＋	
281.							✓	
282.							✓	
283.								
284.							✓	
285.		✓			173-2－		✓	
286.							✓－	
287.							✓	
288.							✓	
289.					174			
290.			✓	153	176	✓		
291.							✓	
292.			✓	154	177			
293.	✓	✓		155	178-1	✓		
294.							✓	
295.		✓－					✓	
296.								
297.							✓	
298.			✓	157	180			
299.							✓	
300.			✓－	158－	181－			
301.			✓	159	182＋	✓	✓	
302.			✓	161	185			
303.			✓		186			
304.							✓	
305.			✓	162	187-1＋	✓＋		
306.					188		✓	
307.			✓	163＋	190	✓		
308.							✓	

本文編次	余蕭客	嚴可均	董桂新	馬國翰	黃奭	葉蕙心	王樹枬	其他
309.					191	∨		
310.							∨	
311.		∨				∨	∨	
312.							∨	
313.		∨			192			
314.				164				
315.			∨ －	165	193 －			
316.								
317.					194 ＋	∨		
318.			∨	166-1	195-1			
319.			∨	166-2	195-2			
320.					472		∨	
321.			∨ －	167-1	197-1			
322.			∨	167-2	197-2			
323.			∨	168	198			
324.			∨	169-1	199	∨		
325.			∨ －	169-2 －	200	∨ －		
326.			∨ －	170	201	∨		
327.			∨ －	171	202	∨		
328.		∨					∨	
329.		∨					∨	
330.		∨			203	∨		
331.		∨					∨	
332.							∨	
333.								
334.			∨	172	204	∨		
335.		∨		173	205	∨		
336.	∨	∨		174	207	∨		
337.								

本文編次	余蕭客	嚴可均	董桂新	馬國翰	黃奭	葉蕙心	王樹枏	其他
338.			ˇ －	175＋	208	ˇ		
339.	ˇ	ˇ		176	209	ˇ		
340.			ˇ		210	ˇ		
341.		ˇ	ˇ				ˇ	
342.		ˇ		177＋	211－	ˇ －		
343.		ˇ	ˇ	178	212	ˇ	ˇ	
344.						ˇ	ˇ	
345.						ˇ	ˇ	
346.		ˇ －			213－		ˇ	
347.			ˇ	180	215-1			
348.				181	217-1			
349.		ˇ －		182－	219－	ˇ －	ˇ	
350.							ˇ	
351.			ˇ －	183	220＋			
352.			ˇ －	184-1－	221-1－		ˇ ＋	
353.			ˇ	184-2	221-2			
354.			ˇ －	184-3－	221-3			
355.		ˇ ＋ －					ˇ ＋	
356.			ˇ	185-1＋		ˇ		
357.			ˇ	185-2	224	ˇ		
358.				186	225＋			
359.							ˇ	
360.								
361.			ˇ	188	229-1＋	ˇ		
362.					474			
363.		ˇ					ˇ	
364.							ˇ	
365.			ˇ	189-1	231-1			
366.			ˇ	189-2	231-2	ˇ		

本文編次	余蕭客	嚴可均	董桂新	馬國翰	黃奭	葉蕙心	王樹枬	其他
367.			✓	190	232	✓		
368.					234-1			
369.			✓ －	191	235	✓		
370.							✓	
371.			✓ －	192	236-1			
372.			✓	194	237	✓		
373.				195-1	238-1			
374.				195-2	238-2			
375.							✓	
376.			✓	196	239-1	✓		
377.			✓	197	240	✓		
378.								
379.			✓	198	241-1			
380.			✓	199-1	243-1			
381.			✓ －	199-2	243-2			
382.					245＋	✓ ＋	✓	
383.								
384.							✓	
385.			✓	200	247			
386.							✓	
387.			✓ ＋	201＋	248＋	✓ ＋		
388.							✓	
389.			✓	202	249	✓		
390.			✓	203	250			
391.							✓	
392.				204		✓		
393.								
394.			✓ －	205-1	251-1 －			
395.			✓	205-2	251-2			

本文編次	余蕭客	嚴可均	董桂新	馬國翰	黃奭	葉蕙心	王樹枏	其他
396.							∨	
397.			∨ —	206	252-1	∨		
398.			∨ —	207	253	∨		
399.			∨	208	254	∨ ＋		
400.			∨	209	255	∨		
401.								
402.		∨						
403.			∨	210-1	259-1＋	∨ ＋		
404.			∨	210-2	259-2	∨		
405.							∨	
406.							∨	
407.			∨ —	211	260-1			
408.		∨ —			261	∨	∨ —	
409.			∨ —	212	262			
410.								
411.								
412.			∨	213		∨		
413.			∨	214	264	∨		
414.			∨	215＋	265	∨		
415.							∨	
416.			∨	216	266			
417.								
418.							∨	
419.			∨ —	217—	268—			
420.		∨	∨ —	218	269	∨ —	∨ —	
421.					273		∨	
422.			∨ —	219	275			
423.			∨	220	276			
424.			∨ —	222	278-1	∨		

本文編次	余蕭客	嚴可均	董桂新	馬國翰	黃奭	葉蕙心	王樹柟	其他
425.							ˇ	
426.			ˇ—	223	279-1			
427.			ˇ		281			
428.				224—	283			
429.								
430.			ˇ—	225	284—	ˇ—		
431.		ˇ			285-2	ˇ	ˇ	
432.			ˇ	226	285-1	ˇ		
433.						ˇ		
434.			ˇ—	227	287＋	ˇ—		
435.			ˇ	228	288-1	ˇ		
436.					292		ˇ	
437.					293			
438.		ˇ			294	ˇ		
439.				229-1	295-1	ˇ		
440.				229-2	295-2—			
441.				230—	296—			
442.								
443.		ˇ				ˇ	ˇ	
444.			ˇ		297	ˇ		
445.			ˇ—	231	298			
446.			ˇ	232	299＋	ˇ		
447.			ˇ—	234	301	ˇ—		
448.								
449.							ˇ	
450.			ˇ—	235	303			
451.							ˇ	
452.				236	307	ˇ		
453.			ˇ—	237	308-1			

本文編次	余蕭客	嚴可均	董桂新	馬國翰	黃奭	葉蕙心	王樹枬	其他
454.					308-2－	ˇ －	ˇ －	
455.				238＋	309			
456.			ˇ	239＋	310	ˇ		
457.			ˇ	240	311	ˇ		
458.			ˇ	241	312			
459.							ˇ	
460.		ˇ －					ˇ －	
461.							ˇ	
462.		ˇ			316		ˇ	
463.							ˇ	
464.			ˇ	242	317			
465.			ˇ	243	318			
466.			ˇ	244	319			
467.			ˇ	245＋	320			
468.			ˇ	246	322			
469.				247				
470.			ˇ －		324	ˇ		
471.			ˇ	248	326			
472.							ˇ	
473.			ˇ －	249	328			
474.			ˇ	250＋	329＋			
475.			ˇ	251-1＋	330-1＋	ˇ		
476.			ˇ －	252＋	331-1＋			
477.	ˇ	ˇ	ˇ	253-1	333-1	ˇ		
478.			ˇ	253-2	333-2	ˇ		
479.			ˇ	254	334	ˇ	ˇ	
480.								
481.			ˇ	255	335			
482.			ˇ	256-1	336-1			

本文編次	余蕭客	嚴可均	董桂新	馬國翰	黃奭	葉蕙心	王樹枏	其他
483.			∨	256-2	336-2			
484.			∨	257	337			
485.			∨ 一	258	338-1			
486.			∨	259	339-1	∨		
487.			∨ 一	260	341			
488.			∨	261	342			
489.			∨ 一	262	343			
490.			∨		344			
491.							∨	
492.			∨	263-1	345-1			
493.			∨	263-2	345-2			
494.			∨	264	346			
495.				265				
496.							∨	
497.							∨	
498.				266-1	347-1			
499.			∨ 一	266-2	347-2	∨		
500.			∨	267	348			
501.							∨	
502.							∨	
503.					351	∨		
504.								
505.							∨	
506.		∨			352-3	∨	∨ ＋	
507.			∨	268	352-2			
508.					353		∨ 一	
509.			∨	269	354			
510.								
511.								

本文編次	余蕭客	嚴可均	董桂新	馬國翰	黃奭	葉蕙心	王樹枏	其他
512.			∨ —	270	357-1			
513.		∨					∨ —	
514.		∨ —			359-2—	∨ —		
515.			∨	274-1	362-1			
516.			∨	274-2	362-2			
517.					364		∨	
518.							∨	
519.			∨	275	366	∨		
520.			∨	276-1	367-1	∨		
521.			∨	276-2	367-2	∨		
522.			∨		368	∨	∨	
523.		∨ —	∨ —		369—		∨	
524.			∨	277	370			
525.							∨	
526.							∨	
527.					371		∨	
528.							∨	
529.								
530.					373-3		∨	
531.								
532.							∨	
533.			∨	278	375-1			
534.			∨	279＋		∨		
535.			∨	280-1	377-1			
536.			∨	280-2	377-2			
537.			∨ —	281	378			
538.			∨	282	379-1			
539.								
540.							∨	

本文編次	余蕭客	嚴可均	董桂新	馬國翰	黃奭	葉蕙心	王樹枏	其他
541.		ˇ－			381－		ˇ	
542.							ˇ	
543.		ˇ			382	ˇ	ˇ	
544.		ˇ			383		ˇ	
545.			ˇ	283	384-1			
546.		ˇ－			384-2	ˇ	ˇ	
547.		ˇ			385		ˇ	
548.							ˇ	
549.		ˇ			386	ˇ		
550.		ˇ			387＋	ˇ＋	ˇ＋	
551.			ˇ	284	388	ˇ		
552.			ˇ	285-1	389-1	ˇ		
553.			ˇ	285-2	389-2	ˇ－		
554.			ˇ－	286	391-1	ˇ		
555.			ˇ	287	392			
556.		ˇ					ˇ	
557.			ˇ	290	395-1			
558.			ˇ	291	396			
559.			ˇ－	292	397-1	ˇ－		
560.			ˇ	293	399-1	ˇ		
561.			ˇ	294	401-1	ˇ		
562.		ˇ＋			401-2		ˇ＋	
563.							ˇ	
564.					403		ˇ	
565.				295				
566.							ˇ	
567.				296＋	404			
568.			ˇ－	297	406-1			
569.							ˇ	
570.			ˇ	298-1	407-1			
571.			ˇ	298-2	407-2			
572.			ˇ	299	408-1			

本文編次	余蕭客	嚴可均	董桂新	馬國翰	黃奭	葉蕙心	王樹枏	其他
573.			∨	300	409	∨		
574.							∨	
575.			∨ 一	301	410-1			
576.			∨	302-1	411-1			
577.			∨ 一	302-2 一	411-2			
578.		∨ 一			412 一	∨ 一	∨	
579.							∨	
580.			∨ 一		414	∨ 一		
581.							∨ 一	
582.							∨	
583.				303＋	415＋			
584.								
585.					416		∨ 一	
586.			∨	304	417			
587.			∨	305＋	418			
588.			∨ 一	306	419			
589.			∨	307	420			
590.							∨	
591.			∨ 一	308	421			
592.		∨					∨	
593.					422		∨	
594.			∨	309	423			
595.			∨	310	424			
596.							∨	
597.							∨	
598.			∨ 一	311	427-1	∨ 一		
599.			∨ 一	312	427-2			
600.								
601.			∨ 一	313	428	∨		
602.		∨			429			
603.			∨	314	430			
604.					431-2		∨	

本文編次	余蕭客	嚴可均	董桂新	馬國翰	黃奭	葉蕙心	王樹枏	其他
605.			ˇ	315	431-1			
606.							ˇ	
607.								
608.		ˇ					ˇ	
609.				316	432＋			
610.			ˇ	317	433			
611.							ˇ＋	
612.							ˇ	
613.					435			
614.					436		ˇ＋	
615.							ˇ	
616.			ˇ	319	438	ˇ		
617.			ˇ －	320	439	ˇ		
618.			ˇ	321	440＋			
619.							ˇ	
620.							ˇ	
621.							ˇ	
622.							ˇ	
623.					441	ˇ	ˇ	
624.								
625.							ˇ	
626.				322				
627.				323		ˇ －		
628.				324	445-1	ˇ		
629.			ˇ	325	446			
630.			ˇ －	326＋	447＋			
631.							ˇ	
632.			ˇ －	327	448-1			
633.		ˇ＋			453		ˇ＋	
634.			ˇ	328＋	449-1			
635.			ˇ －	329	450－	ˇ －		
636.			ˇ －	330	451	ˇ －		

本文編次	余蕭客	嚴可均	董桂新	馬國翰	黃奭	葉蕙心	王樹枏	其他
637.			∨	331	452			
638.			∨	332	454			
639.			∨	333	455			
640.			∨	334	457	∨		
641.			∨	335	458	∨		
642.		∨—					∨	
643.			∨	336	459＋	∨		
644.		∨					∨	
645.			∨	337	460			
646.		∨					∨	
647.							∨＋	
648.			∨	338	461-1	∨		
649.			∨	339	462	∨		
650.			∨	340	463			
651.							∨	
652.			∨	341	465	∨		
653.			∨	342	466	∨		
654.							∨	
655.			∨	343	467			
656.			∨	344	468			
657.			∨—	345	469-1	∨—		
658.							∨	
刪除	馬國翰：16, 19-2, 76, 82, 147, 152, 156, 160, 179, 187, 193, 221, 233, 251-2, 271, 272, 273, 288, 289, 318 黃奭：34, 114, 121, 124, 131-3, 132, 133, 139-2, 154, 163, 164, 166, 169, 170-2, 173-1, 173-3, 175, 178-2, 179, 183, 184, 187-2, 189, 196, 206-1, 206-2, 214, 215-2, 216, 217-2, 218, 222, 223, 226, 227, 228, 229-2, 230, 233, 234-2, 236-2, 238-3, 239-2, 241-2, 242, 243-3, 243-4, 244, 246, 252-2, 256, 257, 258, 260-2, 263, 267, 270, 271, 272, 274, 277, 278-2, 279-2, 280, 282, 286, 288-2, 289, 290, 291, 300, 302, 304, 305, 306, 313, 314, 315, 321, 323, 325, 327, 330-2, 331-2, 332, 338-2, 339-2, 340, 349, 350, 352-1, 355, 356, 357-2, 358, 359-1, 360, 361, 363, 365, 372, 373-1, 373-2, 374, 375-2, 376, 377-3, 379-2, 380, 390, 391-2, 393, 394, 395-2, 397-2, 398, 399-2, 400, 402, 405, 406-2, 408-2, 410-2, 411-3, 413, 425, 426, 431-3, 434, 437, 442, 443, 444, 445-2, 448-2, 449-2, 456, 461-2, 464, 469-2							

第三章　郭璞《爾雅圖》、《爾雅圖讚》輯考

第一節　輯　本

　　歷來輯有郭璞《爾雅圖》、《爾雅圖讚》之輯本，計有專輯八種、合輯三種：

一、專　輯

（一）張溥《漢魏六朝一百三家集》

　　張溥編《漢魏六朝一百三家集》（本章以下簡稱「張本」）中，有《郭弘農集》二卷，其第二卷前半收錄郭璞讚語 303 條，其中前 259 條全抄自《道藏》本《山海經圖讚》，其餘 44 條列爲補遺。每條之前訂有標題，但均未注明出處。補遺部分《爾雅圖讚》與《山海經圖讚》間雜不分，了無次序，除前 14 條係抄自沈士龍、胡震亨《秘冊彙函》所輯郭璞《山海經圖讚·補遺》外，其餘應係張氏隨手輯得。經重新整理後，檢得《爾雅圖讚》36 條，《山海經圖讚》265 條（不含重收 2 條）。《爾雅圖讚》部分，對勘本書所輯 53 條，張本所輯約佔 67.92%。

（二）王謨《漢魏遺書鈔·爾雅圖贊》

　　王謨輯《漢魏遺書鈔》中，有郭璞《爾雅圖贊》一卷（本章以下簡稱「王本」），從陸德明《經典釋文》、《藝文類聚》、《初學記》、《太平御覽》、邢昺《爾雅疏》等書中輯得郭璞讚語 55 條。每條之前訂有標題，標題下夾注《爾雅》訓語；讚語之首冠以「贊曰」二字，末注出處。其排序未完全按照《爾雅》順序，間亦雜有《山海經圖讚》佚文。經重新整理後，檢得《爾雅圖讚》45 條，《山海經圖讚》10 條。《爾雅圖讚》部分，對勘本書所輯 53 條，王本所輯約佔 84.91%。

（三）孫志祖《讀書脞錄》

孫志祖撰《讀書脞錄》卷二〈郭璞尒疋贊〉（本章以下簡稱「孫本」）中，從陸德明《經典釋文》、《初學記》、《太平御覽》、徐鍇《說文繫傳》、邢昺《爾雅疏》、羅願《爾雅翼》、邵晉涵《爾雅正義》等書中輯得郭璞讚語 14 條。其排序未按照《爾雅》順序，間亦雜有《山海經圖讚》佚文，顯是孫氏隨手輯得。經重新整理後，檢得《爾雅圖讚》11 條，其中脫漏佚文者 1 條；又《山海經圖讚》3 條。《爾雅圖讚》部分，對勘本書所輯 53 條，孫本所輯約佔 20.75%。

（四）嚴可均《全晉文》、葉德輝《觀古堂彙刻書》

嚴可均編《全晉文》卷一百二十一，有郭璞《爾雅圖贊》一卷（本章以下簡稱「嚴（全文）本」），從《藝文類聚》、《初學記》、《太平御覽》、《大觀本草》等書中輯得佚文 48 條。又葉德輝刊《觀古堂彙刻書》中，亦收錄嚴氏所輯《爾雅圖贊》一卷（本章以下簡稱「嚴（葉刻）本」），佚文條數相同。

嚴氏所輯，每條之前訂有標題，且逐條注明出處。全文本與葉刻本輯文內容與文字均略有不同，如葉刻本將〈釋獸〉〈犀〉與《山海經圖讚·犀》對調，即與全文本相異；二本文字有異者分類表列如下：〔註1〕

1. 全文本與類書所引相同，葉刻本不同

標　題	佚文出處	原　文	全文本	葉刻本	註音本
金銀	《藝文類聚》卷 83 《初學記》卷 27	五材之珍	五材之珍	五材所珍	五材之珍
珪	《藝文類聚》卷 83	辯章有國 時惟文則	辯章有國 時惟文則	辨章有國 時唯文則	（未輯錄）
比翼鳥	《藝文類聚》卷 99	氣同體隔	氣同體隔	形同體隔	氣同體隔
比肩獸	《藝文類聚》卷 99	彼我俱舉 同心共脅	彼我俱舉 同心共脅	彼我俱聚 同兀共脅	（未輯錄）
芙蓉	《藝文類聚》卷 82	芙蓉麗草 泛葉雲布	芙蓉麗草 泛葉雲布	芙渠麗艸 泛葉盈布	（未輯錄）

〔註 1〕古書校刻常見的異字，如「以」與「㠯」，「似」與「佀」，「恒」與「恆」，「草」與「艸」，「藝」與「蓺」，「虵」與「蛇」，「於」與「于」，「往」與「徃」等，均不收錄。嚴氏另有《爾雅一切註音》一書，輯有郭璞《爾雅圖讚》15 條。表中所列佚文亦見收於該書者，亦予注出，以資參閱。

菊	《藝文類聚》卷81 《太平御覽》卷996	菊名日精	菊名日精	鞠名日精	菊爲日精
	《太平御覽》卷996	薄採薄捋	薄採薄捋	薄采薄捋	薄采薄捋
茉苢	《藝文類聚》卷81	別名茉苢	別名茉苢	別云茉苢	（未輯錄）
卷施	《藝文類聚》卷81	卷施之草 屈平嘉之 諷詠以比	卷施之草 屈平嘉之 諷詠已比	卷菔之艸 屈平賦之 諷諫以比	卷施之草 屈平嘉之 諷詠以比
柚	《藝文類聚》卷87 《太平御覽》卷966	厥苞橘柚 屈生嘉歎	厥苞橘柚 屈生嘉歎	厥包橘柚 屈子嘉歎	（未輯錄）
棗	《初學記》卷28	藹藹卿士	藹藹卿士	藹藹吉士	（未輯錄）
梧桐	《藝文類聚》卷88	鳳凰所栖 歌以永言	鳳凰所栖 歌已永言	鳳皇所棲 謌以永年	（未輯錄）
五果	《太平御覽》卷964	雖曰微肴	雖曰微肴	雖曰微質	（未輯錄）
蟬	《藝文類聚》卷97	蟲之精絜	蟲之精絜	蟲之清絜	（未輯錄）
蚯蚓	《太平御覽》卷947	交不以分 觸而感物 無乃常雄	交不已分 觸而感物 无乃常雄	交不必分 解而感物 無有常雄	交不以分 觸而感物 無有常雄
蚍蜉	《太平御覽》卷947	感陽而出	感陽而出	感陽而生	（未輯錄）
尺蠖	《藝文類聚》卷97 《太平御覽》卷948	嗟茲尺蠖	嗟茲尺蠖	嗟彼尺蠖	嗟茲尺蠖
龜	《藝文類聚》卷96 《初學記》卷30	極數盡幾	極數盡幾	極數近幾	（未輯錄）
貝	《藝文類聚》卷84	簡則易資	簡則易資	簡則易從	（未輯錄）
燕	《藝文類聚》卷92	詠之弦管	詠之弦管	詠之弦筦	（未輯錄）
鼺鼠	《藝文類聚》卷95	食煙栖林 皮籍孕婦	食煙棲林 皮籍孕婦	含煙棲林 皮藉孕婦	（未輯錄）
麟	《藝文類聚》卷98	麟惟靈獸	麟惟靈獸	麟爲靈獸	（未輯錄）
鼮鼠	《藝文類聚》卷95	徵乎其覺	徵乎其覺	微乎其覺	（未輯錄）
鼯鼠	《藝文類聚》卷95	翻飛駕集	翻飛駕集	翻飛駕集	（未輯錄）
鼸鼠	《藝文類聚》卷95	厥號爲鼸	厥號爲鼸	厥號曰鼸	（未輯錄）

2. 葉刻本與類書所引相同，全文本不同

標　題	佚文出處	原　文	全文本	葉刻本	註音本
萍	《藝文類聚》卷 82	孰知所寄	孰之所寄	孰知所寄	（未輯錄）
菊	《藝文類聚》卷 81	仙客薄採	仙客薄采	仙客薄採	（未輯錄）
柚	《藝文類聚》卷 87 《太平御覽》卷 966	精者曰甘	精者曰柑	精者曰甘	（未輯錄）
虵蜉	《太平御覽》卷 947	應雨講臺	應雨講台	應雨講臺	（未輯錄）
貔	《藝文類聚》卷 95	如虎如貔 貔蓋豹屬	如虎如貔 貔蓋豹屬	如虎如貔 貔蓋豹屬	（未輯錄）
犀	《藝文類聚》卷 95	因乎角椅	因乎角猗	因乎角椅	（未輯錄）

3. 二本並與類書所引不同，但二本相同

標　題	佚文出處	原　文	全文本	葉刻本	註音本
祭天地圖	《藝文類聚》卷 1 《初學記》卷 1	郊天致煙	郊天致禮	郊天致禮	（未輯錄）
釋水	《藝文類聚》卷 8 《初學記》卷 6	經營華外	經管華外	經管華外	經營華外
梧桐	《藝文類聚》卷 88	桐寔嘉木	桐實嘉木	桐實嘉木	（未輯錄）
蟬	《藝文類聚》卷 97	潛蛻弃歲	潛蛻棄穢	潛蛻棄穢	（未輯錄）
虵蜉	《太平御覽》卷 947	物之蕪壞	物之无懷	物之無懷	（未輯錄）
尺蠖	《藝文類聚》卷 97 《太平御覽》卷 948	體此屈申	體此屈伸	體此屈伸	體此屈伸
燕	《藝文類聚》卷 92	鷰鷰于飛	燕燕于飛	燕燕于飛	（未輯錄）
翠	《藝文類聚》卷 92	翠雀麋鳥	翠雀麋鳥	翠雀麋鳥	（未輯錄）
鼺鼠	《藝文類聚》卷 95	食煙栖林	食煙棲林	含煙棲林	（未輯錄）
狌狌	《藝文類聚》卷 95 《太平御覽》卷 908	厥狀似猴 厥狀似玃	厥狀仳玃	厥狀似玃	（未輯錄）

4. 二本並與類書所引不同，且二本互異

標 題	佚文出處	原 文	全文本	葉刻本	註音本
鼎	《藝文類聚》卷 99	鑒于覆蔌	鑒于覆蘛	鑒於覆蔌	（未輯錄）
星圖	《藝文類聚》卷 1	粲爛天文	燦爛天文	粲粲天文	（未輯錄）
太室山	《藝文類聚》卷 7	嵩惟岳宗	嵩惟嶽宗	嵩為嶽宗	（未輯錄）
五果	《太平御覽》卷 964	剖噬因宜	割喠因宜	割噬因宜	（未輯錄）
蚯蚓	《太平御覽》卷 947	媱於阜螽	淫于阜螽	婬于阜螽	婬於阜螽

5. 數種類書所引互異，二本各從其一

標 題	佚文出處	原 文	全文本	葉刻本	註音本
太室山	《藝文類聚》卷 7	氣通元漢	氣通元漢		（未輯錄）
	《道藏》本《山海經》卷 5	氣通天漢		氣通天漢	
蘪蕪	《藝文類聚》卷 81	蘪蕪善草	蘪蕪善草		
	《太平御覽》卷 983	蘪蕪善草		蘪蕪善艸	蘪蕪善草
螳蜋	《藝文類聚》卷 97	厲之以義		厲之以義	（未輯錄）
	《太平御覽》卷 946	勵之以義	勵之已義		
蚌	《藝文類聚》卷 97	與月盈虧協氣晦望	與月盈虧協氣晦望		（未輯錄）
	《初學記》卷 27	與月虧盈氣協晦望		與月虧盈氣協晦望	
貔	《藝文類聚》卷 95	自是而非	自是而非		（未輯錄）
	《爾雅翼》卷 19	似是而非		似是而非	
狌狌	《藝文類聚》卷 95	號音若嬰顏識物情	號音若嬰顏識物情		（未輯錄）
	《太平御覽》卷 908	號音若嬰顏測物情		號音若嬰顏測物情	

此外，嚴氏所輯《爾雅圖讚》亦與《山海經圖讚》相混，如〈釋山〉〈太室山〉、《山海經圖讚・羬羊〉、〈飛鼠〉三讚既輯入《爾雅圖讚》，又輯入《山海經圖讚》；《山海經圖讚・螣虵》誤輯入《爾雅圖讚》均是。惟與前輯相較，嚴氏所輯不僅校勘更

勝前本，且佚文次序大抵按照《爾雅》順序。經重新整理後，嚴（全文）本檢得《爾雅圖讚》45 條，《山海經圖讚》3 條；嚴（葉刻）本檢得《爾雅圖讚》45 條（含誤輯入《山海經圖讚》者 1 條），《山海經圖讚》4 條。《爾雅圖讚》部分，對勘本書所輯 53 條，嚴本所輯約佔 84.91%。

（五）錢熙祚《指海‧爾雅圖贊》

錢熙祚校刊《指海》中，有郭璞《爾雅圖贊》一卷（本章以下簡稱「錢本」），從陸德明《經典釋文》、《藝文類聚》、《初學記》、《一切經音義》、《太平御覽》、邢昺《爾雅疏》等書中輯得郭璞讚語 44 條。每條之前訂有標題，且逐條注明出處。佚文次序大抵按照《爾雅》順序，且未見有《山海經圖讚》摻入，顯見其輯校之精善。對勘本書所輯 53 條，錢本所輯約佔 83.02%。

（六）馬國翰《玉函山房輯佚書‧爾雅圖讚》

馬國翰《玉函山房輯佚書》中，有郭璞《爾雅圖讚》一卷（本章以下簡稱「馬本」），從陸德明《經典釋文》、玄應《一切經音義》、《藝文類聚》、《初學記》、《太平御覽》、《記纂淵海》、邢昺《爾雅疏》、羅願《爾雅翼》等書中輯得佚文 55 條。每條之前訂有標題，且逐條注明出處。佚文次序大抵按照《爾雅》順序，但亦間雜有《山海經圖讚》佚文。經重新整理後，檢得《爾雅圖》2 條，《爾雅圖讚》46 條，《山海經圖讚》8 條。《爾雅圖》及《爾雅圖讚》部分，對勘本書所輯 53 條，馬本所輯約佔 90.57%。

（七）黃奭《黃氏逸書考‧爾雅郭璞圖贊》

黃奭《黃氏逸書考》中，有《爾雅郭璞圖贊》一卷（本章以下簡稱「黃本」），從陸德明《經典釋文》、玄應《一切經音義》、《藝文類聚》、《初學記》、《太平御覽》、《記纂淵海》、《廣韻》、《埤雅》、《韻會》、邢昺《爾雅疏》、羅願《爾雅翼》、邵晉涵《爾雅正義》、郝懿行《爾雅義疏》等書中輯得佚文 66 條。每條之前引述《爾雅》訓語，未定標題，又逐條注明出處。佚文次序大抵按照《爾雅》順序，但亦間雜有《山海經圖讚》佚文。經重新整理後，檢得《爾雅圖》2 條，《爾雅圖讚》49 條，《山海經圖讚》13 條，另又誤輯 2 條（詳見本章第四節）。《爾雅圖》及《爾雅圖讚》部分，對勘本書所輯 53 條，黃本所輯約佔 96.23%。

二、合　輯

（一）余蕭客《古經解鉤沉‧爾雅》

余蕭客《古經解鉤沉》（本章以下簡稱「余本」）據陸德明《經典釋文》、《初學

記》、《太平御覽》、《記纂淵海》、羅願《爾雅翼》等書輯錄郭璞《爾雅圖》佚文 1 條，《爾雅圖讚》佚文 5 條，計共 6 條，其中脫漏佚文者 2 條。對勘本書所輯 53 條，余本所輯約佔 11.32%。

（二）嚴可均《爾雅一切註音》

　　嚴可均《爾雅一切註音》（本章以下簡稱「嚴（註音）本」）輯錄郭璞《爾雅圖》佚文 2 條，《爾雅圖讚》佚文 15 條，計共 17 條。對勘本書所輯 53 條，嚴（註音）本所輯約佔 32.08%。

（三）葉薫心《爾雅古注斠》

　　葉薫心《爾雅古注斠》（本章以下簡稱「葉本」）輯錄郭璞《爾雅圖》佚文 2 條，《爾雅圖讚》佚文 47 條，計共 49 條。對勘本書所輯 53 條，葉本所輯約佔 92.45%。

　　除上開諸輯本外，亦有輯郭璞《山海經圖讚》者，誤採錄《爾雅圖讚》佚文。如《正統道藏》本《山海經》所收圖讚中檢得 1 條；沈士龍、胡震亨同校《秘冊彙函》所收郭璞《山海經圖讚》檢得 7 條；盧文弨《群書拾補初編・山海經圖讚》檢得 36 條；郝懿行《山海經箋疏》末附《山海經圖讚》檢得 1 條；嚴可均輯《山海經圖讚》全文本檢得 1 條，葉刻本檢得 2 條。凡此在本書中均予收錄校勘。

第二節　《爾雅圖》佚文

〈釋水〉

1. 舟圖　12-20〈釋水〉：「天子造舟，諸侯維舟，大夫方舟，士特舟，庶人乘泭。」

　　天子並七船，諸侯四，大夫二，士一。

　　案：本條佚文輯自陸德明《經典釋文・爾雅音義》「造」下引郭《圖》。

　　嚴（註音）、葉本引並同。余本僅輯錄首二句。馬、黃本並輯入《爾雅圖讚》，黃本「船」作「舟」。張、王、孫、嚴（全文、葉刻）、錢本均未輯錄。

　　馬本標題作「舟圖」，今從之。

2. 洲滴圖　12-25〈釋水〉：「水中可居者曰洲，小洲曰陼，小陼曰沚，小沚曰坻，人所爲爲潏。」

　　水中自然可居者爲洲，人亦於水中作洲，而小不可止住者名潏，水中地也。

案：本條佚文輯自陸德明《經典釋文・爾雅音義》「潚」下引郭《圖》。

嚴（註音）、馬、黃本引均同，惟馬、黃本並輯入《爾雅圖讚》。葉本「住」作「居」。張、余、王、孫、嚴（全文、葉刻）、錢本均未輯錄。

馬本標題作「洲潚圖」，今從之。

第三節　《爾雅圖讚》佚文

〈釋器〉

1. 鼎　6-16〈釋器〉：「鼎絕大謂之鼐。」

九牧貢金，鼎出夏后。和味養賢，以無化有。赫赫三事，鑒于覆餗。

案：本條佚文輯自《藝文類聚》卷九十九〈祥瑞部下・鼎〉引晉郭璞〈贊〉。

「養」，王、葉本並作「養」。「以」，嚴（全文）本作「已」。「于」，王、嚴（葉刻）、黃、葉本均作「於」。「餗」，王、嚴（葉刻）、葉本均作「蔌」，張、嚴（全文）、錢、馬本均作「餗」，錢本注云：「同餗。」黃本作「糤」。按錢注可從，《說文》鬲部：「鬵，鼎實。……餗，鬵或从食束。」又《爾雅・釋器》：「菜謂之蔌」，〔註2〕郝懿行云：

　　　　蔌者，餗之叚音也。〔註3〕

是其正字作「鬵」，或作「餗」；「蔌」、「蔌」、「糤」等字均爲同音通假。「蔌」字字書未見，應爲「糤」字之謬。

余、孫、嚴（註音）本均未輯錄。

盧文弨將本條輯入《山海經圖讚》，「蔌」作「糤」，餘同《類聚》。

張、盧、王、嚴（全文、葉刻）、錢、黃本標題均作「鼎」，今從之。馬本作「鼎讚」。

馬本《類聚》出處標注作「卷十九」，非。

2. 金銀　6-23〈釋器〉：「黃金謂之璗，其美者謂之鏐。白金謂之銀，其美者謂之鐐。」

惟金三品，揚越作貢。五材之珍，是謂國用。務經軍農，爰及雕弄。

案：本條佚文輯自《藝文類聚》卷八十三〈寶玉部上・銀〉引晉郭璞〈金銀贊〉；

〔註2〕阮刻本「蔌」作「蔌」，阮元云：「閩本、監本、毛本『蔌』作『蔌』，非。《釋文》亦作『蔌』。」（《爾雅挍勘記》，《皇清經解》，卷1033，頁15上。）

〔註3〕郝懿行《爾雅義疏》，《爾雅廣雅方言釋名清疏四種合刊》，頁175下。

《初學記》卷二十七〈寶器部・金第一〉引晉郭璞〈金銀讚〉同。

張、嚴（註音、全文）、錢、馬本引同。余、孫本並未輯錄。

「之」，王、嚴（葉刻）、葉本均作「所」。「雕」，王、黃本並作「彫」。

盧文弨將本條輯入《山海經圖讚》，引同《類聚》。

盧、王、嚴（全文、葉刻）、錢本標題均作「金銀」，今從之。張、馬本並作「金銀讚」。

馬本《初學記》出處標注作「卷二十一」，非。

3. 筆 6-27〈釋器〉：「不律謂之筆。」

上古結繩，易以書契。經緯天地，錯綜群藝。日用不知，功蓋萬世。

案：本條佚文輯自《藝文類聚》卷五十八〈雜文部四・筆〉引晉郭璞〈筆讚〉；《初學記》卷二十一〈文部・筆第六〉引晉郭璞〈筆讚〉同。

馬、葉本引並同。余、孫、嚴（註音）本均未輯錄。

「以」，嚴（全文）本作「弖」。「藝」，張本作「𦬊」，嚴（全文、葉刻）本並作「蓺」。「蓋」，張、王、嚴（葉刻）、錢、黃本均作「葢」。

盧文弨將本條輯入《山海經圖讚》，「蓋」作「葢」，餘同《類聚》。

盧、王、嚴（全文、葉刻）、錢本標題均作「筆」，今從之。張、馬本並作「筆讚」。

4. 珪 6-31〈釋器〉：「珪大尺二寸謂之玠。」

玉作五瑞，辯章有國。君子鳴佩，亦以表德。永觀厥祭，時惟文則。

案：本條佚文輯自《藝文類聚》卷八十三〈寶玉部上・珪〉引晉郭璞〈珪讚〉。

張、王、錢、黃本引均同。余、孫、嚴（註音）本均未輯錄。

「辯」，嚴（葉刻）、葉本並作「辨」。「以」，嚴（全文）本作「弖」。「惟」，嚴（葉刻）本作「唯」，馬本作「維」。

盧文弨將本條輯入《山海經圖讚》，引同《類聚》。

張、盧、王、嚴（全文、葉刻）、錢本標題均作「珪」，今從之。馬本作「珪讚」。

馬本《類聚》出處標注作「卷八十二」，非。

〈釋天〉

5. 星圖

茫茫地理，粲爛天文。四靈垂象，萬類群分。眇觀六沴，咎徵惟君。

案：本條佚文輯自《藝文類聚》卷一〈天部上・星〉引晉郭璞〈星圖讚〉。

張、王、馬本引均同。余、孫、嚴（註音）本均未輯錄。

「粲爛」，嚴（全文）、錢、黃本均作「燦爛」；嚴（葉刻）、葉本並作「粲粲」。「眇」，錢本作「渺」。《說文》有「眇」無「渺」，《史記・司馬相如列傳》：「紅杏渺以眩湣兮，猋風涌而雲浮」，《漢書・司馬相如傳》作「眇」，顏師古注引晉灼曰：「杏眇，深遠也。」

盧文弨將本條輯入《山海經圖讚》，引同《類聚》。

盧、王、錢本標題均作「星圖」，今從之。嚴（全文、葉刻）、黃本均作「星」，張、馬本並作「星圖讚」。

6. 祭天地圖　8-36〈釋天〉：「祭天曰燔柴，祭地曰瘞薶。」

祭地肆瘞，郊天致煙。氣升太一，精淪九泉。至敬不文，明德惟鮮。

案：本條佚文輯自《藝文類聚》卷一〈天部上・天〉引晉郭璞〈釋天地圖贊〉；《初學記》卷一〈天部上・天第一〉引郭璞〈釋天地圖讚〉同。

張、馬本引並同。余、孫、嚴（註音）本均未輯錄。

「煙」，王、嚴（全文、葉刻）、黃、葉本均作「禋」；錢本作「烟」。《說文》火部：「煙，火气也。从火、𡙇聲。烟，或从因。」又示部：「禋，潔祀也。一曰精意以享爲禋。从示、𡙇聲。」是「禋」爲祭名，「煙」爲祭中燔燎所形成之煙氣。《周禮・春官・大宗伯》：「以禋祀祀昊天上帝」，鄭玄注云：「禋之言煙。周人尚臭，煙，氣之臭聞者。……三祀皆積柴實牲體焉，或有玉帛，燔燎而升煙，所以報陽也。」按郭璞此讚，二字義皆可通。

盧文弨將本條輯入《山海經圖讚》，引同《類聚》。

《類聚》、《初學記》稱引本條佚文並作「釋天地圖讚」，惟其內容僅提及祭地、郊天，因此嚴可均、黃奭並將本條佚文輯入〈釋天〉「祭天曰燔柴，祭地曰瘞薶」條下，並置於〈星圖讚〉後，其說可從。嚴（全文、葉刻）本標題並作「祭天地」，今從之，又據《類聚》補一「圖」字。盧、王本並作「釋天地圖」，錢本作「天地圖」，張、馬本並作「釋天地圖讚」。

〈釋地〉

7. 比目魚　9-33〈釋地〉：「東方有比目魚焉，不比不行，其名謂之鰈。」郭注：「狀似牛脾，鱗細，紫黑色，一眼，兩片相合乃得行，今水中所在有之。江東又呼爲王餘魚。」

比目之鱗，別號王餘。雖有二片，其實一魚。協不能密，離不爲疏。

案：本條佚文輯自《藝文類聚》卷九十九〈祥瑞部下・魚〉引晉郭璞〈比目魚贊〉。

王、嚴（全文、葉刻）、黃、葉本引均同。張、余本並未輯錄。

「有」，馬本作「則」。「二」，嚴（註音）本作「兩」。「能」，孫本作「得」。「疏」，錢本作「疎」。

嚴（全文、葉刻）、錢本標題均作「比目魚」，今從之。王本作「比目」，馬本作「比目魚讚」。

8. 比翼鳥　9-34〈釋地〉：「南方有比翼鳥焉，不比不飛，其名謂之鶼鶼。」郭注：「似鳧，青赤色，一目一翼，相得乃飛。」

鳥有鶼鶼，似鳧青赤。雖云一質，氣同體隔。延頸離鳴，翻能合翮。

案：本條佚文輯自《藝文類聚》卷九十九〈祥瑞部下・比翼〉引晉郭璞〈比翼鳥贊〉。

王、嚴（註音）、錢、馬本引均同。張、余本並未輯錄。

「似」，嚴（全文）本作「侣」。「氣」，嚴（葉刻）、葉本並作「形」。「翻」，孫本作「飛」，嚴（葉刻）本作「翩」。「合」，黃本譌作「全」。

嚴（全文、葉刻）、錢本標題均作「比翼鳥」，今從之。王本作「比翼」，馬本作「比翼鳥讚」。

又案：《正統道藏》本《山海經》卷二〈西山經圖讚・蠻蠻〉云：「比翼之鳥，似鳧青赤。雖云一形，氣同體隔。延頸離鳴，翻飛合翮。」文與此稍異，今輯入《山海經圖讚》。

9. 比肩獸　9-35〈釋地〉：「西方有比肩獸焉，與邛邛岠虛比，爲邛邛岠虛齧甘草，即有難，邛邛岠虛負而走，其名謂之蟨。」郭注：「《呂氏春秋》曰：『北方有獸，其名爲蟨，鼠前而兔後，趨則頓，走則顛。』然則邛邛岠虛亦宜鼠後而兔前，前高不得取甘草，故須蟨食之。今鴈門廣武縣夏屋山中有獸，形如兔而大，相負共行，土俗名之爲蟨鼠。音厥。」

蟨與岠虛，乍兔乍鼠。長短相濟，彼我俱舉。有若自然，同心共瞽。

案：本條佚文輯自《藝文類聚》卷九十九〈祥瑞部下・比肩〉引晉郭璞〈比肩獸贊〉。

張、嚴（全文）、錢、馬、黃本引均同。余、孫、嚴（註音）本均未輯錄。

「乍鼠」，王本譌作「作鼠」。「舉」，嚴（葉刻）、葉本並作「聚」，作「舉」於義爲長。「心」，嚴（葉刻）、葉本並譌作「兀」。

盧文弨將本條輯入《山海經圖讚》，引同《類聚》。

張、盧、嚴（全文、葉刻）、錢本標題均作「比肩獸」，今從之。王本作「比肩」，馬本作「比肩獸讚」。

10. 枳首蛇　9-37〈釋地〉：「中有枳首蛇焉。」郭注：「岐頭蛇也。或曰今江東呼兩頭蛇爲越王約髮，亦名弩弦。」

夔稱一足，虵則二首。少不知無，多不覺有。雖資天然，無異駢拇。

案：本條佚文輯自《藝文類聚》卷九十六〈鱗介部上・虵〉引晉郭璞〈枳首虵讚〉。

嚴（全文）、馬本引並同。余本未輯錄。

「虵」，張、王、孫、嚴（註音、葉刻）、錢、黃、葉本及邵晉涵《正義》、郝懿行《義疏》引均作「蛇」。「二」，嚴（註音）本作「兩」，錢本譌作「三」。按郭注云「兩頭蛇」，陸德明《經典釋文・爾雅音義》「枳」注云：「枳首謂蛇有兩頭」，可證錢本作「三首」非是。

「駢拇」，喻多餘無用之物。《莊子・駢拇》：「駢拇枝指，出乎性哉」，成玄英云：

> 駢，合也；拇，足大指也；謂足大拇指與第二指相連，合爲一指也。枝指者，謂手大拇指傍枝生一指，成六指也。出乎性者，謂此駢枝二指，並稟自然，性命生分中有之。〔註4〕

郭璞云「雖資天然，無異駢拇」，義與此同。

沈士龍、盧文弨並將本條輯入《山海經圖讚》，「虵」並作「蛇」，餘同《類聚》。

沈、張、盧、嚴（全文、葉刻）、錢本標題均作「枳首蛇」，今從之。王本作「軹首」，馬本作「軹首蛇讚」，黃奭引〈釋地〉字亦作「軹」。

〈釋山〉

11. 太室山　11-3〈釋山〉：「山大而高，崧。」又：「河南，華。河西，嶽。河東，岱。河北，恆。江南，衡。」

嵩惟岳宗，華岱恆衡。氣通元漠，神洞幽明。嵬然中立，眾山之英。

案：本條佚文輯自《藝文類聚》卷七〈山部上・嵩高山〉引晉郭璞〈太室山讚〉。《正統道藏》本《山海經》卷五〈中山經圖讚〉引「惟」作「維」，「恆」作「恒」，「元漠」作「天漢」。

嚴（全文）本「岳」作「嶽」，餘同《類聚》。張本「嵬」作「巍」；嚴（葉刻）

〔註4〕郭慶藩《莊子集釋》，頁311。

本「惟岳」作「爲嶽」，餘並同《道藏》。嚴（全文）本注云：「案《道藏》本《山海經》已此爲〈中山經贊〉，驗文與《爾雅》上下文合，今移正。」〔註5〕惟嚴氏又將本條佚文輯入《山海經圖讚》，全文本「恒」作「恆」，餘同《道藏》；葉刻本「元漠」作「天漢」，餘同《類聚》，注云：「此當屬《爾雅贊》，今姑從藏本。」

余、王、孫、嚴（註音）、錢、馬、黃、葉本均未輯錄。

沈士龍、盧文弨、郝懿行均將本條輯入《山海經圖讚》，沈、盧本「嵬」作「巍」，盧本「恒」作「恆」，郝本「天漢」作「元漠」，餘均同《道藏》。

郝懿行《山海經箋疏》亦輯錄本條佚文，「岳」作「嶽」，「恆」作「恒」，餘同《類聚》。

嚴氏《爾雅圖贊》輯本標題作「太室山」，今從之。《道藏》、沈、盧、郝、嚴氏《山海經圖贊》輯本均作「泰室」，張本譌作「泰室」。

〈釋水〉

12. **河源**　　12-26〈釋水〉：「河出崑崙虛，色白。」又 10-1〈釋丘〉：「三成爲崑崙丘。」郭注：「崑崙山三重，故以爲名。」

崑崙三層，號曰天柱。實惟河源，水之靈府。

案：本條佚文輯自陸德明《經典釋文·爾雅音義》「色白」下引《圖讚》；《初學記》卷六〈地部中·河第三〉引東晉郭璞〈爾雅圖讚〉「崑崙」作「崑崙」。

「崑崙」，余、王、嚴（註音）、馬、黃本均作「崑崙」，孫、錢本並作「昆侖」。「惟」，馬本作「維」，黃本作「爲」。

張、嚴（全文、葉刻）、葉本均未輯錄。

王本標題作「河源」，今從之。錢本作「昆侖虛」。

葉本在〈釋水〉「河出崑崙虛，色白」下據《藝文類聚》輯錄「崑崙月精，水之靈府。惟帝下都，西羌之宇。嵷然中峙，號曰天柱」二十四字，又云：

案《釋文》引郭《讚》云：「崑崙三層，號曰天柱。實惟河源，水之靈府。」

與《藝文》異，疑當在〈釋邱〉。〔註6〕

葉氏疑郭璞此讚當在〈釋丘〉，亦有理可說；惟《類聚》引「崑崙月精」云云，應爲郭璞《山海經圖讚》語，葉氏輯入《爾雅圖讚》，說不可信。

13. **釋水**

〔註5〕嚴（葉刻）本案語「已」作「以」，脫「贊」字，「爾雅」作「尒疋」，「移」作「迻」，「正」下有「于此」二字。

〔註6〕葉蕙心《爾雅古注斠》，卷中，頁 48 下。

川瀆綺錯，渙瀾流帶。潛潤旁通，經營華外。殊出同歸，混之東會。

案：本條佚文輯自《藝文類聚》卷八〈水部上·總載水〉引晉郭璞〈釋水贊〉；《初學記》卷六〈地部中·總載水第一〉引晉郭璞〈釋水讚〉「旁」作「傍」。

余、嚴（註音）、錢、〔註7〕葉本引均同《類聚》。張本未輯錄。

「營」，王本作「縈」，嚴（全文、葉刻）、馬本均作「管」。按當作「經營」為是，《文選》司馬相如〈上林賦〉：「終始灞滻，出入涇渭。酆鎬潦潏，紆餘委蛇，經營乎其內。蕩蕩乎八川分流，相背而異態」，李善注引郭璞曰：「經營其內，周旋苑中也。」

「混之」，孫、黃本並作「混混」。「混混」即「滾滾」，義亦可通。《孟子·離婁下》：「源泉混混，不舍晝夜。」《晉書·傅玄傳》：「江海之流混混，故能成其深廣也。」

王本標題作「釋水」，今從之。嚴（全文、葉刻）、黃本均作「水」，錢本作「水泉」，馬本作「釋水讚」。

又《正統道藏》本《山海經》卷十三〈海內東經圖讚·大江北江南江浙江廬淮湘漢濛溫潁汝涇渭白沅贛泗鬱肆潢洛汾沁濟潦虖池漳水〉云：「川瀆交錯，渙瀾流帶。通潛潤下，經營華外。殊出同歸，混之東會。」與本條佚文文句稍異。

〈釋草〉

14. 蘪蕪 13-77〈釋草〉：「蘄茝，蘪蕪。」郭注：「香草，葉小如萎狀。《淮南子》云：『似蛇牀。』《山海經》云：『臭如蘪蕪。』」

蘪蕪善草，亂之蛇床。不隕其實，自列以芳。佞人似智，巧言如簧。

案：本條佚文輯自《藝文類聚》卷八十一〈藥香草部上·蘪蕪〉引郭璞〈贊〉；《太平御覽》卷九百八十三〈香部三·蘪蕪〉引郭璞〈讚〉曰：「蘪蕪善草，亂之蛇床。不隕其貴，自別以芳。」金泰和年間晦明軒刊唐慎微《重修政和經史證類備用本草》卷七〈蘪蕪〉引郭璞〈贊〉曰：「蘪蕪香草，亂之蛇床。不隕其貴，自烈以芳。」〔註8〕羅願《爾雅翼》卷二〈蘪蕪〉引郭璞〈贊〉曰：「蘪蕪善草，亂之蛇床。不隕其實，自別以芳。」

「蘪蕪」，王、嚴（註音、葉刻）、馬、黃、葉本均作「蘪蕪」。李時珍《本草綱目》卷十四〈草三·蘪蕪〉：「蘪蕪，一作蘪蕪。其莖葉靡弱而繁蕪，故以名之。當

〔註7〕錢本在本條佚文下注云：「此與〈海內東經贊〉大同，然《初學記》六、《藝文》八並引作〈釋水贊〉，則當屬《爾雅》矣。今兩存之。」

〔註8〕元大德六年宗文書院刊《經史證類大觀本草》（「大觀」一作「大全」）「床」作「牀」；文淵閣《四庫全書》本《證類本草》「隕」譌作「損」。

歸名蘄，白芷名離，其葉似當歸，其香似白芷，故有蘄茝、江離之名。」是作「蘪蕪」亦不誤。

「草」，嚴（葉刻）本作「艸」。「地床」，張本誤作「地牀」，王、嚴（全文）、葉本均作「蛇床」，嚴（註音、葉刻）、錢、馬、黃本均作「蛇牀」。按《淮南子·氾論訓》：「夫亂人者，芎藭之與藁本也，蛇牀之與蘪蕪也，此皆相似者」，故云「亂之地床」。

「列」，張、王、嚴（註音、全文、葉刻）、錢、馬、黃、葉本均作「別」。「以」，嚴（全文）本作「已」。「芳」，嚴（註音）本作「香」。「似」，嚴（全文）本作「侶」。

余、孫本並未輯錄。

盧文弨將本條輯入《山海經圖讚》，「床」作「牀」，「列」作「別」，餘同《類聚》。

張、盧本標題並作「杜若」，嚴（全文）、錢本並作「蘼蕪」，王、嚴（葉刻）本並作「蘪蕪」，馬本作「蘪蕪讚」。按今本《爾雅》作「蘪蕪」，今從之。陸德明《經典釋文·爾雅音義》作「蘪蕪」。

15. 芙蓉　13-87〈釋草〉：「荷，芙渠。」郭注：「別名芙蓉，江東呼荷。」
芙蓉麗草，一曰澤芝。泛葉雲布，映波鮭熙。伯陽是食，饗比靈期。
案：本條佚文輯自《藝文類聚》卷八十二〈草部下·芙藥〉引晉郭璞〈芙蓉讚〉。

嚴（全文）、錢、黃本引均同。余、孫、嚴（註音）本均未輯錄。

「蓉」，張本作「容」，嚴（葉刻）本作「渠」。「草」，嚴（葉刻）本作「艸」。「雲」，王、嚴（葉刻）、葉本均作「盈」。「布」，馬本誤作「中」。「是」，馬本作「之」。「比」，王本作「北」。

盧文弨將本條輯入《山海經圖讚》，「蓉」作「容」，餘同《類聚》。

王、嚴（全文）、錢本標題均作「芙蓉」，今從之。張、盧本並作「芙容」，嚴（葉刻）本作「芙渠」，馬本作「芙藥讚」。

16. 麻　13-90〈釋草〉：「黂，枲實。枲，麻。」
草皮之良，莫貴於麻。用無不給，服無不加。至物在邇，求之好遐。
案：本條佚文輯自《藝文類聚》卷八十五〈百穀部·麻〉引晉郭璞〈麻讚〉。

張、王、嚴（葉刻）、錢、馬、黃、葉本引均同。余、孫、嚴（註音）本均未輯錄。

「於」，嚴（全文）本作「于」。

盧文弨將本條輯入《山海經圖讚》，引同《類聚》。

張、盧、王、嚴（全文、葉刻）、錢本標題均作「麻」，今從之。馬本作「麻讚」。

_17._ 萍 13-98〈釋草〉:「萍,薸。其大者蘋。」郭注:「水中浮薸,江東謂之藻。」

萍之在水,猶卉植地。靡見其布,漠爾鱗被。物無常託,孰知所寄。

案:本條佚文輯自《藝文類聚》卷八十二〈草部下・萍〉引郭璞〈萍贊〉。

張、王、嚴(葉刻)、錢、黃、葉本引均同。余、孫、嚴(註音)本均未輯錄。

「卉」,馬本誤作「舟」。「託」,馬本誤作「記」。「知」,嚴(全文)本作「之」。

盧文弨將本條輯入《山海經圖讚》,引同《類聚》。

張、盧、王、嚴(全文、葉刻)、錢本標題均作「萍」,今從之。馬本作「萍讚」。

_18._ 菊 13-114〈釋草〉:「蘜,治牆。」郭注:「今之秋華菊。」

菊名日精,布華玄月。仙客薄採,何憂華髮。

案:本條佚文輯自《藝文類聚》卷八十一〈藥香草部上・菊〉引《爾雅圖贊》;《太平御覽》卷九百九十六〈百卉部三・菊〉引《圖讚》曰:「菊名日精,布華玄月。仙客是尋,薄採薄挦。」末二句與《類聚》不同。

張、王、嚴(全文、葉刻)、錢、黃本均據《類聚》輯錄。「菊」,嚴(葉刻)本作「蘜」。「日」,張本誤作「白」。按「日精」為菊花之別名,《初學記》卷二十七〈草部・菊第十二〉引周處《風土記》曰:「日精、治薔,皆菊之花莖別名也。」又葛洪《抱朴子・仙藥》亦云:「仙方所謂日精、更生、周盈皆一菊,而根、莖、花、實異名。」「玄」,錢本避諱作「元」。「採」,張、王、嚴(全文)、錢、黃本均作「采」。又王本注云:「《御覽》引作『仙客是尋,採薄挦』」,「採」上誤脫「薄」字。嚴(葉刻)本注云:「《太平御覽》九百九十六引下二句作『仙客是尋,薄采薄挦』,小異。」〔註9〕錢本注云:「《御覽》九百九十六引下二句作『仙客是尋,薄采薄挦』,蓋與《藝文》互有刪節。」

余、孫、嚴(註音)、葉本均據《御覽》輯錄,余本引同。「菊」,孫本作「鞠」。「名」,嚴(註音)、葉本並作「為」。〔註10〕「玄」,孫本作「糸」,葉本避諱作「元」。「採」,孫、嚴(註音)、葉本均作「采」。「挦」,孫本誤作「捋」。又葉本注云:「〈讚〉末《藝文類聚》引作『仙客薄采,何憂華髮』。」邵晉涵《正義》僅引前二句,「名」亦作「為」,「玄」亦作「元」。

馬本綜合《類聚》與《御覽》所引,輯作「菊名日精,布華玄月。仙客是尋,薄採薄挦。仙客薄採,何憂華髮。」又注云:「《藝文類聚》卷八十一引無中二句,《太

〔註 9〕嚴(全文)本注云:「《御覽》九百九十六作『仙客是尋,薄採薄挦』。」

〔註10〕《木犀軒叢書》本嚴可均《爾雅一切註音》字仍作「名」。

平御覽》卷九百九十六引無下二句，互參校補。」惟馬氏之說亦無的證。

　　盧文弨將本條輯入《山海經圖讚》，「玄」作「糸」，「採」作「采」，餘同《類聚》。

　　張、盧、王、嚴（全文）、錢本標題均作「菊」，今從之。嚴（葉刻）本作「蘜」，馬本作「蘜讚」。

19. 款冬　13-144〈釋草〉：「菟奚，顆凍。」郭注：「款凍也。紫赤華，生水中。」

　　吹萬不同，陽煦陰蒸。款冬之生，擢穎堅冰。物體所安，焉知渙凝。

　　案：本條佚文輯自《藝文類聚》卷八十一〈藥香草部上・款冬〉引晉郭璞〈款冬讚〉。

　　孫、嚴（全文、葉刻）、錢、黃本引均同。余、嚴（註音）本並未輯錄。

　　「萬」，馬本作「蕩」。「款」，張、王、馬、葉本及邵晉涵《正義》引均作「欵」，按《字彙》欠部：「欵，俗款字。」「堅」，馬本作「挻」。「體」，張本譌作「休」。

　　沈士龍、盧文弨並將本條輯入《山海經圖讚》，沈本「款」作「欵」，「體」譌作「休」；盧本「體」亦譌作「休」。

　　盧、嚴（全文、葉刻）、錢本標題均作「款冬」，今從之。沈、張、王本均作「欵冬」，馬本作「欵冬讚」。

20. 茉莒　13-177〈釋草〉：「茉莒，馬舄。馬舄，車前。」

　　車前之草，別名茉莒。〈王會〉之云：「其實如李」，名之相亂，在乎疑似。

　　案：本條佚文輯自《藝文類聚》卷八十一〈藥香草部上・茉莒〉引晉郭璞〈茉莒讚〉；羅願《爾雅翼》卷三〈茉莒〉引郭氏〈茉莒讚〉同。

　　王、錢、馬、黃、葉本引均同。余、孫、嚴（註音）本均未輯錄。

　　「草」，嚴（葉刻）本作「艸」。「別名」，嚴（葉刻）本作「別云」。「茉」，張本譌作「荎」。「似」，嚴（全文）本作「侣」。

　　盧文弨將本條輯入《山海經圖讚》，引同《類聚》。

　　盧、王、嚴（全文、葉刻）、錢本標題均作「茉莒」，今從之。馬本作「茉莒讚」，張本譌作「荎莒讚」。

　　「其實如李」語出《逸周書・王會解》，原文及考辨參見第二章第二節郭璞《爾雅音義》、《爾雅注》佚文 13-177「茉莒，馬舄。馬舄，車前」條案語。

21. 卷施　13-189〈釋草〉：「卷施草，拔心不死。」郭注：「宿莽也，〈離騷〉云。」

卷施之草，拔心不死。屈平嘉之，諷詠以比。取類雖邇，興有遠旨。

案：本條佚文輯自《藝文類聚》卷八十一〈藥香草部上・卷施〉引晉郭璞〈卷施贊〉；羅願《爾雅翼》卷二〈卷施〉引郭璞〈贊〉同。

張、余、王、孫、嚴（註音）、錢、馬、黃、葉本引均同。

嚴（葉刻）本「施」作「蓷」，「草」作「艸」，「嘉」作「賦」，「詠」作「諫」。嚴（全文）本「以」作「己」。邵晉涵《正義》、郝懿行《義疏》引「比」並作「此」。按「卷施」亦作「卷蓷」，陸德明《經典釋文・爾雅音義》出「卷施」，注云：「施或作蓷，同。」《玉篇》艸部「蓷」字注云：「卷施草，拔心不死。」

盧文弨將本條輯入《山海經圖讚》，引同《類聚》。

張、盧、王、嚴（全文）、錢本標題均作「卷施」，今從之。嚴（葉刻）本作「卷蓷」，馬本作「卷施草讚」。

「屈平嘉之」云云，典出《楚辭・離騷》，云：「朝搴阰之木蘭兮，夕攬洲之宿莽」，王逸注云：

> 草冬生不死者，楚人名曰宿莽。……木蘭去皮不死，宿莽遇冬不枯，以喻
> 讒人雖欲困己，己受天性，終不可變易也。

洪興祖云：

> 《爾雅》云：「卷施草，拔心不死」，即宿莽也。〔註11〕

〈釋木〉

22. 柚 14-14〈釋木〉：「柚，條。」郭注：「似橙，實酢，生江南。」

厥苞橘柚，精者曰甘。實染繁霜，葉鮮翠藍。屈生嘉歎，以為美談。

案：本條佚文輯自《藝文類聚》卷八十七〈菓部下・柚〉引晉郭璞〈柚贊〉；《太平御覽》卷九百六十六〈果部三・甘〉引郭璞〈柚讚〉曰：「厥苞橘柚，精者曰甘。」又卷九百七十三〈果部十・柚〉引郭璞〈讚〉曰：「屈生嘉歎，以為美談。」

「苞」，嚴（葉刻）本作「包」。《正字通》勹部：「包，《書・禹貢》：『草木漸包』，與苞通。」「甘」，嚴（全文）、黃本並作「柑」。「柑」為今之通用字。《太平御覽》卷九百六十六引《風土記》曰：「甘，橘之屬，滋味甜美，特異者也。」《正字通》木部：「柑，本作甘。」又甘部：「甘，又與柑同。」「繁」，張本「夂」旁作「攴」。「葉」，張本作「葉」，同。按《論語・述而》：「葉公問孔子於子路」，阮元云：

> 唐石經避太宗諱，「葉」字變體作「葉」。〔註12〕

〔註11〕洪興祖《楚辭補注》，頁6。

〔註12〕阮元《論語校勘記》，《皇清經解》，卷1019，頁5下。

「生」，嚴（葉刻）、馬本並作「子」，「屈生」與「屈子」意同。「以」，嚴（全文）本作「已」。

余、王、孫、嚴（註音）、錢、葉本均未輯錄。

盧文弨將本條輯入《山海經圖讚》，引同《類聚》。

張、盧、嚴（全文、葉刻）本標題均作「柚」，今從之。馬本作「柚讚」。

「屈生嘉歎」云云，典出《楚辭·九章·橘頌》，王逸注云：

> 言皇天后土生美橘樹，異於眾木，來服習南土，便其風氣。屈原自喻才德
> 如橘樹，亦異於眾也。〔註13〕

23. 棗 14-44〈釋木〉：「棗，壺棗。邊，要棗。櫅，白棗。樲，酸棗。楊徹，齊棗。遵，羊棗。洗，大棗。煮，填棗。蹶泄，苦棗。皙，無實棗。還味，棯棗。」

建國辨方，外朝九棘。因材制義，赤心鯁直。藹藹卿士，亮此袞職。

案：本條佚文輯自《初學記》卷二十八〈果木部·棗第五〉引晉郭璞〈棗讚〉；《太平御覽》卷九百六十五〈果部二·棗〉引郭璞〈棗讚〉曰：「赤心鯁直。」

王、嚴（全文）、錢、馬、黃、葉本引均同《初學記》。張、余、孫、嚴（註音）本均未輯錄。

「卿」，嚴（葉刻）本作「吉」，「吉士」猶賢人，義亦可通。

王、嚴（全文、葉刻）、錢本標題均作「棗」，今從之。馬本作「棗讚」。

嚴（葉刻）本出處標注有「《藝文類聚》八十九」，今檢《類聚》卷八十九未引此文。馬本出處標注誤作「《初學記》卷二十六」。

24. 梧桐 14-45〈釋木〉：「櫬，梧。」郭注：「今梧桐。」

桐寔嘉木，鳳凰所栖。爰伐琴瑟，八音克諧。歌以永言，嘽嘽喈喈。

案：本條佚文輯自《藝文類聚》卷八十八〈木部上·桐〉引郭璞〈梧桐讚〉。

「寔」，張、王、嚴（全文、葉刻）、錢、黃、葉本均作「實」。按《正字通》宀部：「寔，與實同。」又朱駿聲云：

> 寔，叚借為實。〔註14〕

「鳳凰」，嚴（葉刻）、錢、馬、葉本均作「鳳皇」。「栖」，張、王、嚴（葉刻）、錢、黃、葉本均作「棲」。「歌」，嚴（葉刻）本作「謌」。「以」，嚴（全文）本作「已」。「永」，馬本作「詠」。「言」，嚴（葉刻）本誤作「年」，《尚書·舜典》：「詩言志，

〔註13〕洪興祖《楚辭補注》，頁153，「后皇嘉樹，橘徠服兮」句注。
〔註14〕朱駿聲《說文通訓定聲》，解部弟十一，頁9下。

歌永言」，孔《傳》云：「謂詩言志以導之歌，詠其義以長其言。」

　　余、孫、嚴（註音）本均未輯錄。

　　盧文弨將本條輯入《山海經圖讚》，「寔」作「實」，次句作「鳳皇所棲」，餘同《類聚》。

　　張、盧、王、嚴（全文、葉刻）、錢本標題均作「梧桐」，今從之。馬本作「梧桐讚」。

25. 五果

果蓏之品，剖噬因宜。雖曰微肴，貴賤有差。

　　案：本條佚文輯自《太平御覽》卷九百六十四〈果部一・果〉引郭璞〈五果讚〉。

「剖噬」，王、嚴（葉刻）、黃、葉本均作「割噬」，嚴（全文）本作「割啞」。按「噬」字字書未見，應是「噬」字之譌。「剖噬」與「割噬」義近同。「肴」，王、嚴（葉刻）、葉本均作「質」。

　　張、余、孫、嚴（註音）、錢、馬本均未輯錄。

　　王、嚴（全文、葉刻）本標題作「五果」，今從之。黃本作「果」。

　　葉本出處標注作「藝文類聚」，今檢《類聚》未引此文。

〈釋蟲〉

26. 蟬 15-4〈釋蟲〉：「蜩，蜋蜩。螗蜩。」郭注：「〈夏小正〉傳曰：『螗蜩者蝘。』俗呼爲胡蟬。」

蟲之精絜，可貴惟蟬。潛蛻弃歲，飲露恒鮮。萬物皆化，人胡不然。

　　案：本條佚文輯自《藝文類聚》卷九十七〈蟲豸部・蟬〉引晉郭璞〈蟬贊〉；羅願《爾雅翼》卷二十七〈蜩〉引郭璞〈贊〉缺末四句。

「精絜」，王、馬本並作「精潔」，嚴（葉刻）本作「清絜」，葉本作「清潔」。「弃歲」，張本作「棄歲」，王、嚴（全文、葉刻）、錢、馬、黃、葉本均作「棄穢」。「恒」，嚴（全文、葉刻）本並作「恆」。

　　余、孫本並據《爾雅翼》輯錄首二句。余本「絜」作「潔」；孫本「精絜」作「清潔」，「惟」作「唯」。

　　盧文弨將本條輯入《山海經圖讚》，「弃歲」作「棄穢」，「恒」作「恆」，餘同《類聚》。

　　盧、王、嚴（全文、葉刻）、錢本標題均作「蟬」，今從之。張、馬本並作「蟬讚」。

27. 螳蜋　15-15〈釋蟲〉：「不過，蟷蠰。」郭注：「蟷蠰，螳蜋別名。」

　　螳蜋飛蟲，揮斧奮臂。當轍不迴，句踐不避。勇士致斃，厲之以義。

　　案：本條佚文輯自《藝文類聚》卷九十七〈蟲豸部・螳蜋〉引晉郭璞〈螳蜋讚〉，「句」原誤作「可」，今據《御覽》、《爾雅翼》改正。《太平御覽》卷九百四十六〈蟲豸部三・螳蜋〉（卷首作「蟷蠰」）引郭璞〈螳蜋讚〉「飛」作「氣」，「句」作「勾」，「不避」作「是避」，「厲」作「勵」；羅願《爾雅翼》卷二十五〈蟷蠰〉引郭璞〈讚〉「飛」亦作「氣」，「不避」亦作「是避」，「斃」作「死」，「厲」亦作「勵」。

　　馬本引同《類聚》，「飛」字下注云：「《御覽》作『氣』。」余、孫、嚴（註音）本均未輯錄。

　　「奮臂」，錢本作「當臂」。「不避」，嚴（全文、葉刻）、錢、黃、葉本均作「是避」，王本二字漫漶；張本「句踐不避」句誤作「可踐可避」。「厲」，嚴（全文）、黃本並作「勵」。「以」，嚴（全文）本作「已」。

　　盧文弨將本條輯入《山海經圖讚》，「螳蜋」作「螳螂」，第四句誤作「可踐可避」，餘同《類聚》。

　　王、嚴（全文、葉刻）、錢、馬本標題均作「螳蜋」，今從之。張、盧本並作「螳螂」。

28. 蚳蚅　15-22〈釋蟲〉：「蜸蚅，螿蚕。」郭注：「即蛬蟬也。江東呼寒蚅。」

　　蚳蚅土精，無心之蟲。交不以分，嫐於阜螽。觸而感物，無乃常雄。

　　案：本條佚文輯自《太平御覽》卷九百四十七〈蟲豸部四・蚳蚅〉引郭景純〈蚳蚅讚〉；羅願《爾雅翼》卷二十四〈蚅〉引郭璞〈讚〉「嫐」作「淫」，「無乃」二字互乙。《爾雅・釋蟲》邢昺《疏》引郭云：「蚳蚅土精，無心之蟲，與皇螽交」，當即據郭璞此〈讚〉以意改之。

　　王本引同《御覽》。張、余、孫本均未輯錄。

　　「無心」，嚴（全文）本作「无心」。「以」，嚴（全文）本作「已」，嚴（葉刻）、葉本並作「必」。「嫐」，嚴（註音、葉刻）、錢、馬、黃本均作「婬」，嚴（全文）本作「淫」。按《方言》卷十：「嫐，遊也。江沅之間謂戲爲嫐。」《廣雅・釋詁》：「嫐，婬也」，王念孫云：

　　　　《爾雅》云：「淫，大也」，「淫」與「婬」通。……「遙」與「嫐」通，

　　　　《方言》又云「江沅之間謂戲曰嫐」，「戲」與「婬」亦同義。〔註15〕

然則作「婬」、作「淫」並與「媱」通。「於」，嚴（全文、葉刻）本並作「于」。「觸」，嚴（葉刻）、葉本並作「解」。「無乃」，嚴（註音、葉刻）、黃、葉本均作「無有」，嚴（全文）本作「无乃」。

王、嚴（全文、葉刻）、錢本標題均作「蚯蚓」，今從之。馬本作「蚯蚓讚」。

29. 蚍蜉 15-36〈釋蟲〉：「蚍蜉，大螘。小者螘。」

蚍蜉瑣劣，蟲之不才。感陽而出，應雨講臺。物之蕪壞，自然知來。

案：本條佚文輯自《太平御覽》卷九百四十七〈蟲豸部四・蟻〉引郭璞〈蚍蜉讚〉。

「不才」，黃本作「不材」。「出」，嚴（葉刻）本作「生」。「臺」，嚴（全文）本作「台」。「蕪壞」，王、嚴（葉刻）、錢、馬、黃、葉本均作「無懷」，嚴（全文）本作「无懷」。

張、余、孫、嚴（註音）本均未輯錄。

王、嚴（全文、葉刻）、錢本標題均作「蚍蜉」，今從之。馬本作「蚍蜉讚」。

30. 尺蠖 15-44〈釋蟲〉：「蠖，尺蠖。」

貴有可賤，賤有可珍。嗟茲尺蠖，體此屈申。論配龍蚳，見歎聖人。

案：本條佚文輯自《藝文類聚》卷九十七〈蟲豸部・尺蠖〉引晉郭璞〈尺蠖贊〉；《太平御覽》卷九百四十八〈蟲豸部五・尺蠖〉引郭璞〈尺蠖讚〉「可珍」作「不珍」。

「可珍」，嚴（註音）本作「不珍」。「茲」，嚴（葉刻）本作「彼」。「申」，張、王、嚴（註音、全文、葉刻）、錢、馬、黃、葉本均作「伸」。「蚳」，張、王、嚴（註音、葉刻）、錢、黃、葉本均作「蛇」。

余、孫本並未輯錄。

盧文弨將本條輯入《山海經圖讚》，「申」作「伸」，「蚳」作「蛇」，餘同《類聚》。

張、盧、王、嚴（全文、葉刻）、錢本標題均作「尺蠖」，今從之。馬本作「尺蠖讚」。

馬本《御覽》出處標注作「卷九百四十九」，非。

31. 螢火 15-47〈釋蟲〉：「熒火，即炤。」郭注：「夜飛，腹下有火。」

熠燿宵行，蟲之微么。出自腐草，煙若散熛。物之相煦，孰知其陶。

案：本條佚文輯自《藝文類聚》卷九十七〈蟲豸部・螢火〉引晉郭璞〈螢火贊〉，「煦」原譌作「嗚」，今逕改正。嚴可均、陸心源校宋本《初學記》卷三十〈蟲部・螢第十四〉引晉郭璞〈螢火讚〉「燿」作「耀」，「么」作「幺」，「煙」作「烟」，「煦」

譌作「咆」，「孰」譌作「墩」（陸本作「燉」），「知」譌作「之」。

　　嚴（全文）本引同《類聚》（譌字已改正）。余本未輯錄。

　　「熠燿」，張、錢本並作「熠熠」。「行」，孫本作「火」。「蟲」，孫、嚴（註音）、葉本均作「物」。「么」，馬本作「幺」。「草」，嚴（葉刻）本作「艸」。「煙」，張、嚴（註音）、錢本均作「烟」。〔註16〕「熛」，張、王、孫、嚴（註音）、錢、馬、黃、葉本均作「漂」，按《說文》火部：「熛，火飛也」；《龍龕手鏡》火部：「熛，火星飛也」，螢火夜飛，狀如火星，然則郭璞此〈讚〉應以「熛」字為是。「煦」，王、錢、黃本均譌作「呴」，嚴（註音）本譌作「煦」。〔註17〕

　　盧文弨將本條輯入《山海經圖讚》，「燿」作「熠」，「么」作「幺」，「煙」作「烟」，「熛」譌作「漂」，「煦」譌作「呴」，餘同《類聚》。

　　盧、嚴（全文、葉刻）、錢本標題均作「螢火」，今從之。王本作「熒火」，張、馬本並作「螢火讚」。

32. 蠓　15-50〈釋蟲〉：「蠓，蠛蠓。」郭注：「小蟲，似蚋，喜亂飛。」
　　風春雨磑。

　　案：陸佃《埤雅》卷十一〈釋蟲・蠓〉云：「《爾雅》曰：『蠓，蠛蠓』，……郭璞亦曰：『蠓飛磑則天風，春則天雨。』此言蠛蠓，將風則旋飛如磑，一上一下，如春則雨矣。然其《圖贊》又曰『風春雨磑』，二說不同也。」是郭璞《爾雅圖讚》有「風春雨磑」句。玄應《一切經音義》卷八〈月光童子經〉「蠅蠓」注引「《爾雅》云：『蠛蠓』，郭璞曰：『小虫，似蚋，風春雨磑者也。』」首四字與今本郭注近同，末句當即《圖讚》語。

　　黃、葉本引並同。張、余、王、孫、嚴（全文、葉刻）、錢、馬本均未輯錄。嚴可均《爾雅一切註音》、王樹柟《爾雅郭注佚存補訂》並輯「風春雨磑者也」句於今本郭注「亂飛」之下，恐不可從。

　　又參見第二章第二節郭璞《爾雅音義》、《爾雅注》佚文 15-50「蠓，蠛蠓」條案語。

〈釋魚〉

33. 蚌　16-32〈釋魚〉：「蚌，含漿。」
　　萬物變蛻，其理無方。雀雉之化，含珠懷璫。與月盈虧，協氣晦望。

〔註16〕《木犀軒叢書》本嚴可均《爾雅一切註音》字仍作「煙」。
〔註17〕《木犀軒叢書》本嚴可均《爾雅一切註音》字亦譌作「呴」。

－437－

　　案：本條佚文輯自《藝文類聚》卷九十七〈鱗介部下・蚌〉引晉郭璞〈蚌贊〉；《初學記》卷二十七〈寶器部・珠第三〉引晉郭璞〈蚌讚〉「盈虧」作「虧盈」，「協氣」作「氣協」。

　　張、嚴（全文）、錢本引均同《類聚》；嚴（葉刻）本引同《初學記》。余、孫、嚴（註音）本均未輯錄。

　　王、黃、葉本「盈虧」均作「虧盈」，餘同《類聚》。馬本「晦望」作「朔望」，餘同《初學記》。

　　盧文弨將本條輯入《山海經圖讚》，引同《類聚》。

　　盧、王、嚴（全文、葉刻）、錢本標題均作「蚌」，今從之。張、馬本並作「蚌讚」。

34. 龜　16-37〈釋魚〉：「龜，俯者靈，仰者謝，前弇諸果，後弇諸獵，左倪不類，右倪不若。」

　　天生神物，十朋之龜。或游于火，或游于蓍。雖云類殊，象二一歸。黿黿致用，極數盡幾。

　　案：本條佚文輯自《藝文類聚》卷九十六〈鱗介部上・龜〉引晉郭璞〈爾雅龜贊〉；《初學記》卷三十〈鱗介部・龜第十一〉引晉郭璞〈爾雅龜讚〉「于火」作「於火」。

　　張、嚴（全文）、錢本引均同《類聚》；馬本引同《初學記》。余、孫、嚴（註音）本均未輯錄。

　　「于火」、「于蓍」，王、黃、葉本二「于」字均作「於」。「二」，黃本作「之」。「盡」，嚴（葉刻）、葉本並作「近」。

　　盧文弨將本條輯入《山海經圖讚》，引同《類聚》。

　　盧、王、嚴（全文、葉刻）、錢本標題均作「龜」，今從之。張、馬本並作「龜讚」。

　　嚴（葉刻）本《藝文類聚》出處標注作「九十七」，馬本同，並誤。

35. 貝　16-38〈釋魚〉：「貝，居陸𧏙，在水者蜬，大者魧，小者鰿。」

　　先民有作，龜貝為貨。貴以文采，賈以小大。簡則易資，犯而不過。

　　案：本條佚文輯自《藝文類聚》卷八十四〈寶玉部下・貝〉引晉郭璞〈貝贊〉。

　　王、馬、黃、葉本引均同。張、余、孫、嚴（註音）、錢本均未輯錄。

　　嚴（全文）本二「以」並作「㠯」。嚴（葉刻）本「資」作「從」。

　　王、嚴（全文、葉刻）本標題均作「貝」，今從之。馬本作「貝讚」。

36. **蟒蚺**　16-40〈釋魚〉：「蟒，王蛇。」郭注：「蟒蛇最大者，故曰王蛇。」
蠢蠢萬生，咸以類長。惟蚺之君，是謂巨蟒。小則數尋，大或百丈。

案：本條佚文輯自《藝文類聚》卷九十六〈鱗介部上‧蚺〉引晉郭璞〈蟒蚺讚〉。

馬本引同。余、孫、嚴（註音）本均未輯錄。

「咸」，王、葉本並作「或」。「以」，嚴（全文）本作「已」。「蚺」，張、王、嚴（全文、葉刻）、錢、黃、葉本均作「蛇」。「謂」，葉本作「爲」。「百」，王、葉本並作「言」。

沈士龍、盧文弨並將本條輯入《山海經圖讚》，「蚺」並作「蛇」。

嚴（全文）本標題作「蟒蚺」，今從之。沈、張、盧、王、嚴（葉刻）、錢本均作「蟒蛇」，馬本作「蟒蚺讚」。

37. **虺**　16-40〈釋魚〉：「蝮虺，博三寸，首大如擘。」郭注：「身廣三寸，頭大如人擘指，此自一種蛇，名爲蝮虺。」
蛇之殊狀，其名為虺。其尾似頭，其頭似尾。虎豹可踐，此難忌履。

案：本條佚文輯自《古今韻會舉要》尾韻「虺」字注引《爾雅讚》；慧琳《一切經音義》卷四十六〈音大智度論一百卷〉第四十二卷「蚖虺」下引《尒雅讚》「蛇」作「虵」，「忌」作「忘」。

馬、黃本引並同《韻會》。張、余、王、孫、嚴（全文、葉刻）本均未輯錄。

「難」，嚴（註音）、錢、葉本均作「蛇」。

錢本標題作「虺」，今從之。馬本作「虺蛇讚」。

錢本出處標注作「《一切經音義》九」，非。

〈釋鳥〉

38. **鴝鵒**　17-6〈釋鳥〉：「鶋，鵯鶋。」郭注：「今江東呼鵯鶋爲鵯鶋，亦謂之鴝鵒。音格。」
忌欺之鳥，其實鵯鶋。晝瞥其視，夜離其眸。

案：本條佚文輯自杜臺卿《玉燭寶典》卷十引郭璞〈鴝鵒圖讚〉，「鶋」應係「鵒」字之譌。今本郭注作「鴝鵒」，《玉燭寶典》同卷引犍爲舍人《尒雅注》云：「南陽謂鵯鶋爲鉤鵒。」字亦作「鵒」。

諸輯本均未輯錄。

39. **燕**　17-33〈釋鳥〉：「燕燕，鳦。」郭注：「《詩》云：『燕燕于飛。』」一

名玄鳥，齊人呼鳦。」

鷰鷰于飛，瑞娥以卵。玄玉爰發，聖敬日遠。商人是頌，詠之弦管。

案：本條佚文輯自《藝文類聚》卷九十二〈鳥部下·鷰〉引晉郭璞〈鷰贊〉。

「鷰鷰」，張、王、嚴（全文、葉刻）、錢、黃、葉本均作「燕燕」。「娥」，馬本作「娀」，按《史記·殷本紀》：「殷契，母曰簡狄，有娀氏之女，爲帝嚳次妃。三人行浴，見玄鳥墮其卵，簡狄取呑之，因孕生契。」馬氏應是據此改字。「以」，嚴（全文）本作「已」。「卵」，張本譌作「卯」。「玄玉」，錢、葉本並避諱作「元玉」，馬譌作「玄王」。「商」，張本譌作「啇」。「弦管」，嚴（葉刻）本作「弦筦」，馬、葉本並作「絃管」。

余、孫、嚴（註音）本均未輯錄。

盧文弨將本條輯入《山海經圖讚》，「鷰鷰」作「燕燕」，「玄」作「幺」，餘同《類聚》。

張、盧、王、嚴（全文、葉刻）、錢本標題均作「燕」，今本《爾雅》字亦作「燕」，今從之。馬本作「鷰贊」。

40. 翠 17-51〈釋鳥〉：「翠，鷸。」郭注：「似燕，紺色，生鬱林。」

翠雀糜鳥，越在南海。羽不供用，肉不足宰。懷璧其罪，賈害以采。

案：本條佚文輯自《藝文類聚》卷九十二〈鳥部下·翡翠〉引晉郭璞〈翠贊〉。

「糜」，張、王、嚴（全文、葉刻）、錢、馬、黃、葉本均作「麋」。「供」，錢本譌作「俱」，馬本譌作「洪」。「以」，嚴（全文）本作「已」。

余、孫、嚴（註音）本均未輯錄。

沈士龍、盧文弨並將本條輯入《山海經圖讚》，「糜」作「麋」，餘同《類聚》。

沈、張、盧、王、嚴（全文、葉刻）、錢本標題均作「翡翠」，馬本作「翡翠讚」，今從《類聚》。

41. 鼯鼠 17-59〈釋鳥〉：「鼯鼠，夷由。」郭注：「狀如小狐，似蝙蝠，肉翅，翅尾項脅毛紫赤色，背上蒼艾色，腹下黃，喙頷雜白，腳短爪，長尾，三尺許，飛且乳，亦謂之飛生。聲如人呼，食火煙。能從高赴下，不能從下上高。」

鼯之為鼠，食煙栖林。載飛載乳，乍獸乍禽。皮籍孕婦，人為大任。

案：本條佚文輯自《藝文類聚》卷九十五〈獸部下·鼠〉引晉郭璞〈鼯鼠贊〉。

「食」，嚴（葉刻）、葉本並譌作「含」。「煙」，張、錢本並作「烟」。「栖」，張、王、嚴（全文、葉刻）、錢、馬、黃、葉本均作「棲」。「籍」，王、嚴（葉刻）、馬、

葉本均作「藉」。「孕」，張本誤作「字」。「大」，錢本作「太」。

余、孫、嚴（註音）本均未輯錄。

沈士龍、盧文弨並將本條輯入《山海經圖讚》，「煙」作「烟」，「栖」作「棲」，餘同《類聚》。

沈、張、盧、王、嚴（全文、葉刻）、錢本標題均作「鼩鼠」，今從之。馬本作「鼩鼠讚」。

42. 鸛鶝　17-71〈釋鳥〉：「鸛鶝，鵅鶔，如鵲短尾，射之銜矢射人。」郭注：「或說曰鸛鶝，鵅鶔，一名墮羿。」

鸛鶝之鳥，一名墮羿。應弦銜鏑，矢不著地。逢蒙縮手，養由不睨。

案：本條佚文輯自《爾雅‧釋鳥》邢昺《疏》引郭《圖讚》。

「鏑」，嚴（註音）本作「矢」。「逢」，孫、錢、馬、黃、葉本均作「逢」。「養」，王本作「養」。

張、余、嚴（全文、葉刻）本均未輯錄。

王、錢本標題並作「鸛鶝」，今從之。馬本作「鸛鶝讚」。

〈釋獸〉

43. 貘　18-16〈釋獸〉：「貘，白狐，其子豰。」郭注：「一名執夷，虎豹之屬。」

書稱猛士，如虎如貘。貘蓋豹屬，亦曰執夷。白狐之云，自是而非。

案：本條佚文輯自《藝文類聚》卷九十五〈獸部下‧貘〉引晉郭璞〈貘贊〉；羅願《爾雅翼》卷十九〈貘〉引郭璞〈贊〉「自」作「似」。

馬本引同《類聚》。余、孫、嚴（註音）本均未輯錄。

「貘」，張、王、嚴（全文）、錢、黃、葉本均作「貘」。「蓋」，張、王、嚴（葉刻）、錢、黃、葉本均作「葢」。「自」，王、嚴（葉刻）、黃、葉本均作「似」；錢本「自」下注云：「疑『似』。」

盧文弨將本條輯入《山海經圖讚》，「貘」皆作「貘」，「蓋」作「葢」，餘同《類聚》。

張、盧、王、嚴（全文）、錢本標題均作「貘」，嚴（葉刻）本作「貘」，馬本作「貘讚」，今從《類聚》。

44. 麟　18-29〈釋獸〉：「麐，麕身牛尾，一角。」

麟惟靈獸，與麐同體。智在隱蹤，仁表不抵。孰為來哉，宣尼揮涕。

案：本條佚文輯自《藝文類聚》卷九十八〈祥瑞部上‧麟〉引晉郭璞〈麟贊〉。
張、王、嚴（全文）、錢、馬、葉本引均同。余、孫、嚴（註音）本均未輯錄。
嚴（葉刻）、黃本「惟」並作「爲」。
盧文弨將本條輯入《山海經圖讚》，引同《類聚》。
張、盧、王、嚴（全文、葉刻）、錢本標題均作「麟」，今從之。馬本作「麟讚」。

45. 犀 18-34〈釋獸〉：「犀，似豕。」郭注：「形似水牛，豬頭，大腹，庳腳，腳有三蹏，黑色。三角，一在頂上、一在額上、一在鼻上，鼻上者即食角也，小而不橢。好食棘。亦有一角者。」

犀之爲狀，形兼牛豕。力無不傾，吻無不靡。以賄嬰災，因乎角犄。

案：本條佚文輯自《藝文類聚》卷九十五〈獸部下‧犀〉引晉郭璞〈犀贊〉；《太平御覽》卷八百九十〈獸部二‧犀〉引晉郭璞〈犀贊〉「吻」作「呴」，「因」作「困」，「犄」作「掎」。

「吻」，馬本作「呴」。「以」，嚴（全文）本作「已」。「因」，錢本譌作「困」。「犄」，王、黃、葉本均作「犄」，嚴（全文）本作「猗」，錢、馬本並作「掎」。按《廣韻》支韻：「猗，長也，倚也，施也。……或作犄。」然則郭璞此〈讚〉字應作「猗」、「犄」，「椅」、「掎」二字當係「犄」形近之譌。

張、余、孫、嚴（註音）本均未輯錄。

嚴（葉刻）本將本條佚文輯入《山海經圖讚》，「以」作「已」，「犄」作「犄」；又將《道藏》本《山海經‧南山經‧犀贊》輯入《爾雅圖讚》。嚴氏於《山海經圖讚》（犀之爲狀）下注云：

> 《道藏》本〈南山經〉有〈犀贊〉，審爲《爾雅》文，今互易。

又《爾雅圖贊》（犀頭如豬）下注云：

> 可均按：郭注犀「形似水牛、豬頭、大腹、庳腳、腳有三蹏、黑色。三角，一在頂上、一在額上、一在鼻上，鼻上即食角也，小而不橢，好食棘，亦有一角者。」景純此〈贊〉與注文相應。今《藝文類聚》九十五、《太平御覽》八百九十引作「犀之爲狀，形兼牛豕。力無不傾，吻無不靡。以賄嬰災，因乎角犄」云云者，實《山海經‧南山經‧犀贊》與此互亂也，今據注文逐正，而以《類聚》、《御覽》所引入《山海經》。

今檢《爾雅》郭注與《山海經‧南山經》郭注，內容實大同小異，郭氏分撰兩條讚語，並與二書注文相應，因此今仍將《類聚》、《御覽》等書所引讚語輯入《爾雅圖讚》，《道藏》本《山海經》所引讚語仍視爲《山海經圖讚》。

王、嚴（全文、葉刻）、錢本標題均作「犀」，今從之。馬本作「犀讚」。

46. 贙　18-42〈釋獸〉：「贙，有力。」郭注：「出西海大秦國，有養者，似狗，多力，獷惡。」

爰有獷獸，厥狀似犬。飢則馴服，飽則反眼。出於西海，名之曰贙。

案：本條佚文輯自邵晉涵《爾雅正義》、郝懿行《爾雅義疏》引郭氏《讚》。

嚴（註音）、黃本引並同。張、余、王、孫、嚴（全文、葉刻）、錢、馬本均未輯錄。

葉本「服」作「伏」，「於」作「于」。

47. 狌狌　18-46〈釋獸〉：「猩猩，小而好啼。」

能言之獸，是謂猩猩。厥狀似猴，號音若嚶。自然知往，頗識物情。

案：本條佚文輯自《藝文類聚》卷九十五〈獸部下・狌狌〉引晉郭璞〈狌狌贊〉；《太平御覽》卷九百八〈獸部二十・猩猩〉引晉郭璞〈猩猩讚〉「猴」作「玃」，「嚶」作「嬰」，「往」作「徃」，「識」作「測」；羅願《爾雅翼》卷十九〈猩猩〉引郭氏〈贊〉曰：「厥狀似猴，號音若嚶。」

「似」，嚴（全文）本作「侶」。「猴」，嚴（全文、葉刻）、馬本均作「玃」。「嚶」，王、嚴（葉刻）、錢、馬、黃、葉本均作「嬰」。「往」，王、嚴（葉刻）本並作「徃」。「識」，張、嚴（葉刻）本並作「測」。

余、孫、嚴（註音）本均未輯錄。

沈士龍、盧文弨並將本條輯入《山海經圖讚》，「識」並作「測」，餘同《類聚》。

張、盧、王、嚴（全文、葉刻）、錢本標題均作「猩猩」，馬本作「猩猩讚」，今從《類聚》。

48. 鼨鼠　18-50〈釋獸〉：「鼨鼠。」郭注：「有螫毒者。」

小鼠曰鼨，實有螫毒。乃食郊牛，不恭是告。厥譴惟明，徵乎其覺。

案：本條佚文輯自《藝文類聚》卷九十五〈獸部下・鼠〉引晉郭璞〈鼨鼠贊〉。

張、王、嚴（全文）、錢、馬、葉本引均同。余、孫、嚴（註音）本均未輯錄。

嚴（葉刻）本「徵」作「微」。黃本「覺」作「角」。

盧文弨將本條輯入《山海經圖讚》，引同《類聚》，又「其覺」下注云：「疑『先覺』。」

張、盧、王、嚴（全文、葉刻）、錢本標題均作「鼨鼠」，今從之。馬本作「鼨鼠讚」。

49. 鼫鼠 18-56〈釋獸〉:「鼫鼠。」郭注:「形大如鼠,頭如兔,尾有毛,青黃色。好在田中食粟豆。」

五能之鼠,伎無所執。應氣而化,翻飛鴛集。詩人歌之,無食我粒。

案:本條佚文輯自《藝文類聚》卷九十五〈獸部下・鼠〉引晉郭璞〈鼫鼠贊〉。

嚴(全文)、馬本引並同。余、孫、嚴(註音)本均未輯錄。

「伎」,張、王、錢、黃、葉本均作「技」。「翻」,嚴(葉刻)本作「飜」。「歌」,嚴(葉刻)本作「謌」。

盧文弨將本條輯入《山海經圖讚》,「伎」作「技」,餘同《類聚》。

張、盧、王、嚴(全文、葉刻)、錢本標題均作「鼫鼠」,今從之。馬本作「鼫鼠讚」。

50. 鼶鼠 18-58〈釋獸〉:「豹文鼮鼠。」郭注:「鼠文彩如豹者,漢武帝時得此鼠,孝廉郎終軍知之,賜絹百匹。」

有鼠豹采,厥號為鼮。漢朝莫知,郎中能名。賞以束帛,雅業遂盛。

案:本條佚文輯自《藝文類聚》卷九十五〈獸部下・鼠〉引晉郭璞〈鼮鼠贊〉。

「采」,張、錢本並作「彩」。「為」,嚴(葉刻)、馬本並作「曰」。「賞以束帛」句,馬本誤作「常以束帛」。「以」,嚴(全文)本作「㠯」。「遂」,王、黃、葉本均作「是」。

余、孫、嚴(註音)本均未輯錄。

盧文弨將本條輯入《山海經圖讚》,「采」作「彩」,餘同《類聚》。

張、盧、王、嚴(全文、葉刻)、錢本標題均作「鼮鼠」,今從之。馬本作「鼮鼠讚」。

〈釋畜〉

51. 馬 〈釋畜〉:「馬屬。」

馬出明精,祖自天駟。十閑六種,各有名類。三才五御,駕駿異轡。

案:本條佚文輯自《藝文類聚》卷九十三〈獸部上・馬〉引晉郭璞〈馬贊〉。

嚴(全文、葉刻)、錢本引均同。余、孫、嚴(註音)本均未輯錄。

「出」,黃本作「自」。「祖」,馬本作「祀」。「閑」,張本作「閒」。「駿」,王本漫漶不識,葉本誤作「夥」。

盧文弨將本條輯入《山海經圖讚》,引同《類聚》。

張、盧、王、嚴(全文、葉刻)、錢本標題均作「馬」,今從之。馬本作「馬讚」。

第四節　各家輯錄郭璞《爾雅圖讚》而本書刪除之佚文

1. 烏蕦圖　13-105〈釋草〉：「澤，烏蕦。」

　　莖岐出，葉如蕙，華生葉閒，在水石側。

　　案：黃奭據郝懿行《爾雅義疏・釋草》引《爾雅圖》輯錄本條，末注云：「郝氏《義疏》『案《爾雅圖》作』云云，未注所出。」今檢郝氏云：

> 即上蘘烏蕦也，邢疏云蘘生於水澤者。按《爾雅圖》作莖岐出，葉如蕙，華生葉閒，在水石側。〔註18〕

郝氏此語係描述今傳《爾雅圖》所繪烏蕦之形（見圖），非郭璞《爾雅圖》佚文，黃氏所輯當刪去。

2. 鰒似蛤，有鱗無殼，一面附石，細孔雜雜，或七或八。

　　案：本條文字見《康熙字典》石部「石」字下引郭璞《爾雅贊》。各家輯本中，僅黃奭輯錄本條，注云：

> 案《御覽》九百三十八有小注云：「郭璞注《三蒼》云：『鰒似蛤，偏著石。《廣志》曰：「蝮無鱗有殼，一面附石，細孔雜雜，或七或九。」』則此語出《廣志》，非璞《贊》。」〔註19〕

今從黃奭之說刪除本條。

附表　各家輯錄郭璞《爾雅圖讚》與本書新定佚文編次比較表

　　本表詳列清儒輯本與本書所輯佚文編次之比較。專輯一書之輯本，其佚文均依原輯次序編上連續序號；如有本書輯為數條，舊輯本合為一條者，則按舊輯本之次序，在序號後加-1、-2 表示。合輯群書之輯本，因無法為各條佚文編號，表中僅以「ˇ」號表示。舊輯本所輯佚文有增衍者，加注「＋」號；有缺脫者，加注「－」號。但其差異僅只一二字，未能成句者，一般不予注記。

〔註18〕郝懿行《爾雅義疏》，《爾雅廣雅方言釋名清疏四種合刊》，頁 252 下。
〔註19〕《四部叢刊三編》本《御覽》引《廣志》語作「鰒無鱗，有一面附石決明，細孔雜雜，或七或九」，文與黃氏所引略異。

各家所輯，偶有失檢，亦難免誤輯。專輯本誤輯而爲本書刪去的佚文，在本表「刪除」欄中詳列佚文序號；合輯本誤輯者不注記。

§表一　《爾雅圖》

本文編次	張溥〔註20〕	余蕭客	王謨	孫志祖	嚴可均（註音）	嚴可均（全文）	嚴可均（葉刻）	錢熙祚	馬國翰	黃奭	葉蕙心	各家輯入山海經圖讚
1.		✓ 一			✓				13	13	✓	
2.					✓				14	14	✓	

§表二　《爾雅圖讚》

本文編次	張溥	余蕭客	王謨	孫志祖	嚴可均（註音）	嚴可均（全文）	嚴可均（葉刻）	錢熙祚	馬國翰	黃奭	葉蕙心	各家輯入山海經圖讚
1.	補35		10			1	1	1	1	1	✓	盧文弨補35
2.	補36		11		✓	2	2	2	2	2	✓	盧文弨補36
3.	補18		12			3	3	3	3	3	✓	盧文弨補18
4.	補27		13			4	4	4	4	4	✓	盧文弨補27
5.	補16		2			5	5	6	6	5	✓	盧文弨補16
6.	補15		1			6	6	5	5	6	✓	盧文弨補15
7.			4	9	✓	7	7	7	7	7	✓	
8.			5	10	✓	8	8	8	8	8	✓	
9.	補34		6			9	9	9	9	9	✓	盧文弨補34
10.	補11		7	11	✓	10	10	10	10	10	✓	沈士龍補11 盧文弨補11
11.	137					11 山147	11 山147					道藏137 沈士龍137 盧文弨137 郝懿行137
12.		✓	9	2	✓			12	11-2	15		
13.		✓	3	1	✓	12	12	11	12	12	✓	
14.	補24		14	✓		13	13	13	15	16	✓	盧文弨補24
15.	補25		15			14	14	14	16	17	✓	盧文弨補25
16.	補26		16			15	15	15	17	18	✓	盧文弨補26
17.	補30		17			16	16	16	18	19	✓	盧文弨補30
18.	補29	✓	18	3		17	17	17	19	21	✓	盧文弨補29
19.	補8		19	12		18	18	18	20	22	✓	沈士龍補8 盧文弨補8
20.	補23		21			19	19	19	21	24	✓	盧文弨補23
21.	補31	✓	22	4	✓	20	20	20	22	25	✓	盧文弨補31
22.	補37					21	21		23	26		盧文弨補37
23.			25			22	22	21	26	29		
24.	補38		27			23	23	22	27	30	✓	盧文弨補38
25.			26			24	24			31	✓	

〔註20〕張溥輯本編號與《山海經圖讚》接續。

本文編次	張溥	余蕭客	王謨	孫志祖	嚴可均（註音）	嚴可均（全文）	嚴可均（葉刻）	錢熙祚	馬國翰	黃奭	葉蕙心	各家輯入山海經圖讚
26.	補21	ˇ一	28	6一		25	25	23	28	32	ˇ	盧文弨補21
27.	補32		29			27	27	24	29	33	ˇ	盧文弨補32
28.			30		ˇ	26	26	25	30	34	ˇ	
29.			31			28	28	26	31	35	ˇ	
30.	補28		32		ˇ	29	29	27	32	36	ˇ	盧文弨補28
31.	補22		33	13	ˇ	30	30	28	33	37	ˇ	盧文弨補22
32.										38	ˇ	
33.	補20		34			31	31	29	34	39	ˇ	盧文弨補20
34.	補19		35			35	35	30	35	44	ˇ	盧文弨補19
35.			36			32	32		36	40	ˇ	
36.	補10		38			34	34	31	38	42	ˇ	沈士龍補10 盧文弨補10
37.					ˇ			32	39	43	ˇ	
38.												
39.	補39		39			36	36	33	41	46	ˇ	盧文弨補39
40.	補7		40			37	37	34	42	47	ˇ	沈士龍補7 盧文弨補7
41.	補2		41			38	38	35	43	48	ˇ	沈士龍補2 盧文弨補2
42.			55	7	ˇ			36	44	49	ˇ	
43.	補41		42			39	39	37	45	50	ˇ	盧文弨補41
44.	補33		43			40	40	38	46	51	ˇ	盧文弨補33
45.			45			41	山18	39	47	53	ˇ	
46.					ˇ					55	ˇ	
47.	補5		47			42	42	40	49	57	ˇ	沈士龍補5 盧文弨補5
48.	補43		48			43	43	41	51	58	ˇ	盧文弨補43
49.	補44		49			44	44	42	52	59	ˇ	盧文弨補44
50.	補42		50			45	45	43	53	60	ˇ	盧文弨補42
51.	補40		53			47	47	44	54	63	ˇ	盧文弨補40
改輯入山海經圖讚	1～136 138～259 補1 補3 補4 補6 補9 補12 補13 補14 補17		8 20 23 24 37 44 46 51 52 54	5 8 14		33 46 48	33 41 46 48			11-1 24 25 37 40 48 50 55	11 23 27 28 41 52 54 56 61 62 64 65 66		
刪除											20 45	

下編　梁陳四家《爾雅》著述佚籍輯考

第四章　梁陳時期的《爾雅》學家及與《爾雅》有關之著述

陸德明《經典釋文・序錄・註解傳述人・爾雅》記載郭璞之後的《爾雅》著述云：

> 梁有沈旋約之子。集眾家之《注》，陳博士施乾、國子祭酒謝嶠、舍人顧野
> 王並撰《音》，既是名家，今亦采之，附於先儒之末。

參照陸氏《經典釋文・爾雅音義》所引諸家音義，可知陸氏當時所採用郭璞之後的《爾雅》著述，有沈旋、施乾、謝嶠、顧野王四家。《隋書・經籍志・經・論語》著錄郭璞之後的《爾雅》著述二種：

> 《集注爾雅》十卷。梁黃門郎沈琁注。
>
> 《爾雅音》八卷。祕書學士江灌撰。

又《唐書・經籍志・經錄・小學》著錄四種：

> 《集注爾雅》十卷。沈琁注。
>
> 《爾雅音義》二卷。曹憲撰。
>
> 《爾雅圖贊》二卷。江灌注。
>
> 《爾雅音》六卷。江灌注。

又《新唐書・藝文志・經錄・小學類》著錄與《唐書》近同：

> 沈琁《集注》十卷。
>
> 江灌《圖贊》一卷，又《音》六卷。
>
> 曹憲《爾雅音義》二卷。

按《隋》、兩《唐志》所著錄者，未見施乾、謝嶠、顧野王三家《爾雅音》，又較陸氏《釋文》多江灌、曹憲、江灌諸書。今考兩《唐志》所見「江灌」，實即《隋志》「江灌」之譌，﹝註1﹞與曹憲並爲隋以後人，﹝註2﹞然則在郭璞之後的南北朝

﹝註1﹞朱彝尊《經義考》、謝啓昆《小學考》亦譌作「江灌」，《經義考》又誤爲晉之江灌，而

時期《爾雅》著述於今可考者，僅沈旋《集注爾雅》、施乾《爾雅音》、謝嶠《爾雅音》、顧野王《爾雅音》四種而已。後世著錄，亦不脫此一範圍，如謝啓昆《小學考》所載南北朝時期《爾雅》著述，即僅沈、施、謝、顧四書；〔註3〕胡元玉《雅學攷》所載群書，可確知作者且其時代介於晉、隋之間者，除四家之外，尚有江灌《爾雅音》、《爾雅圖讚》二書；〔註4〕黃侃〈爾雅略說·論爾雅注家〉在郭璞與陸德明之間，除四家之外，亦僅有唐代裴瑜《爾雅注》一家而已。〔註5〕

────

將《爾雅音》、《爾雅圖讚》二書列於郭璞、沈旋之間。今檢《晉書·江逌傳》附載江灌傳，未云其有《爾雅》相關著作。翁方綱《經義考補正》引丁杰云：「晉江灌即江逌從弟，本傳不言其曾注《爾雅》。此作《圖讚》者，乃陳之江灌，唐初尚存，下引《名畫記》所稱是也。此合爲一人，列於梁沈旋之前，似誤。」（《經義考補正》，卷10，頁3下～4上。）丁氏以爲二書非晉之江灌所著，其說甚是，張彥遠《歷代名畫記》云：「《爾雅圖》上下兩卷，陳尚書令江灌，字德源。至武德中，爲隋州司馬。并著《爾雅贊》二卷、《音》六卷」（《歷代名畫記》，卷3，〈述古之秘畫珍圖〉，頁30下。）可證。惟《名畫記》與丁杰仍誤作者之名爲「江灌」。按《陳書·江總傳》：「江總，字總持，濟陽考城人也。……開皇十四年（594）卒於江都，時年七十六。……長子溢，字深源，……歷官著作佐郎、太子舍人、洗馬、中書黃門侍郎、太子中庶子；入隋，爲秦王文學。第七子灌，駙馬都尉祕書郎，隋給事郎，直祕書省學士。」姚振宗云：「按本志作江灌不誤，《經義考》及翁氏方綱《補正》引丁杰說，皆據《名畫記》駁文作江灌，非是，由未得《陳書·江總傳》之一證故也。」（《隋書經籍志考證》，頁139。）胡元玉云：「此書自《隋志》而外，皆題江灌。攷江灌乃江逌從弟，曾爲祕書監，後遷尚書中護軍，出爲吳郡太守，未拜卒，與陳之江灌判然兩人，與《名畫記》所云亦不合。據總之長子名溢字深源，〔原注：見總傳。〕則第七子名灌字德源，正無可疑。《陳書》失載其字，《名畫記》誤題其名，不有《隋志》，孰得而訂其訛哉？其書至宋已佚，『灌』之誤『灌』，蓋始于宋以後，徒知晉有江灌曾爲祕書監，而不攷總傳故也。《舊唐志》、《名畫記》之作『江灌』，皆後人校改，決非本題。張彥遠言其入唐，而《隋志》錄其書者，蓋成于爲祕書學士時，故《隋志》錄之，猶陸德明、曹憲諸人皆入唐，而所作《周易大義》、《廣雅音》，《隋志》皆著于錄也。」（《雅學攷》，頁19下。）姚、胡二氏之說皆可從。又按《隋志》著錄《爾雅音》八卷，云是「祕書學士江灌撰」，與《陳書·江總傳》載江灌官爲「直祕書省學士」相合，益可證二書之作者爲隋之江灌無疑。

〔註2〕江灌生卒年不詳。按江灌之父江總生於魏孝明帝神龜二年（519），卒於隋高祖開皇十四年（594），推測江灌之生活年代約當陳末唐初之間。張彥遠《名畫記》作「陳尚書令江灌」，恐誤，姚振宗云：「按此云尚書令者，或因其父官而傳譌，或『江』下敓『總子』二字。」（《隋書經籍志考證》，頁139。）又《唐書·儒學列傳》：「曹憲，楊州江都人也。仕隋爲秘書學士。……貞觀中，楊州長史李襲譽表薦之，太宗徵爲弘文館學士，以年老不仕，乃遣使就家拜朝散大夫，學者榮之。……年一百五歲卒。」《新唐書·儒學列傳》亦有曹憲傳。

〔註3〕謝啓昆《小學考》，卷3，頁17下～21上。

〔註4〕胡元玉《雅學攷》，頁19上～20上，22上。

〔註5〕黃侃〈爾雅略說〉，《黃侃論學雜著》，頁375～377。

第一節　沈旋《集注爾雅》

　　沈旋，字士規，吳興武康（今浙江省德清縣武康鎮）人。生卒年不詳，生活年代約當南朝梁（502～557）時期。其家世頗爲顯赫，曾祖沈林子，字敬士，生於東晉孝武帝太元二年（377），卒於宋武帝永初三年（422），仕宋，官至輔國將軍，卒後追贈征虜將軍。祖沈璞，字道眞，林子少子，生於東晉安帝義熙十年（414），卒於宋文帝元嘉三十年（453），官至淮南太守。〔註6〕父沈約，字休文，生於宋文帝元嘉十八年（441），卒於梁武帝天監十二年（513），歷仕宋、齊二代，後助梁武帝即位，官至尚書令，《梁書》、《南史》並有傳。

　　沈旋生平事蹟，在《梁書》、《南史》中均有簡要記載。《梁書·沈約傳》云：

> 子旋，及約時已歷中書侍郎、永嘉太守、司徒從事中郎、司徒右長史。免約喪，爲太子僕，復以母憂去官，而蔬食辟穀。服除，猶絕粳粱。爲給事黃門侍郎、中撫軍長史，出爲招遠將軍、南康內史，在部以清治稱。卒官，諡曰恭侯。子寔嗣。

又《南史·沈約傳》云：

> 子旋，字士規，襲爵，位司徒右長史、太子僕，以母憂去官，因蔬食辟穀，服除，猶絕粳粱。終于南康內史，諡曰恭。集注《邇言》行於世。旋弟趨，字孝鯉，亦知名，位黃門郎。旋卒，子寔嗣。

按《南史·沈約傳》「邇言」應係「爾雅」之譌。〔註7〕謝啓昆《小學考》在沈氏旋《集注爾雅》下引《梁書·沈旋傳》（實爲綜合《梁書》與《南史》二篇傳文）即改作「有《集注爾雅》行世」。〔註8〕黃奭〈爾雅沈旋集注序〉曾駁謝氏改字非是，云：

> 謝蘊山中丞《小學考》誤以《南史》爲《梁書》，並誤以《邇言》爲《爾雅》，《經義考》作《邇言》不誤。自必謂「雅」、「言」兩字傳訛，當由「爾」與「邇」筆畫相近，似《邇言》無可集之注。殊不思其父隱侯著《邇言》十卷，《梁書》、《南史》兩傳皆載之，子注父書，情理之常。然雖《南史》不言注《雅》，而陸德明《釋文敘錄》則云「右《爾雅》，梁有沈旋約之子。集眾家之注」，惟不言卷數，《隋志》乃作十卷。

細審黃說，實不可從。胡元玉云：

> 《南史》「集注《邇言》」之文，正是因隱侯曾作《邇言》而誤。蓋校者未讀《釋文》及《隋》、《唐志》，因據本傳改之，非《南史》本作「集注《邇

〔註6〕沈旋之父沈約及其先祖事蹟，可參看沈約《宋書》卷一百〈自序〉。
〔註7〕《邇言》十卷係沈約所著。
〔註8〕謝啓昆《小學考》，卷3，頁17下。

－453－

言》」也。子注父書，固情理之常，獨不思父作之，子注之，有何舊注可集，而以「集注」名哉？黃說謬甚。〔註9〕

吳承仕復申之云：

> 《南史》「邇言」二字當爲「爾雅」之譌，蓋舊來所稱集注不出二途：一集眾家之義，如何注《論語》；一坿合經傳，如杜解《春秋左氏》。使沈旋爲《邇言》作解，子贊父業，固情理之常；若爲作集注，則事所無有。蓋隱侯非姬、孔之聖，《邇言》無經藝之尊，本是筆語，何待訓說？既不立學，何有徒眾？其子又安所得眾家之義而集之也？況旋注《爾雅》明見著錄，諸書所引文義甚顯，則「邇言」爲「爾雅」之誤，事在不疑。此誤殆非始於近世。黃氏曲爲之說而猶不可通也。〔註10〕

胡、吳二氏，論辨甚詳，說皆可從；且今檢諸史傳目錄，亦未見有爲《邇言》作注者，然則《南史》「邇言」係「爾雅」之譌，當無可疑。惟究係《南史》作者誤合二書之名爲一，或係傳寫致譌，《南史》本不誤，則不可考。

　　沈旋著述於今可考者，亦僅《集注爾雅》一書，十卷，今佚，《隋》、兩《唐志》均有著錄。從其書名卷帙及佚文，可推知本書確如陸德明所言，係「集眾家之注」而成書，其體例或與何晏《論語集解》近似，故謝啓昆評此書云：

> 按士規之書，久已亡佚，不得與范甯之《穀梁傳》、何晏之《論語》並傳，良可惜也。〔註11〕

黃侃亦云：

> 士規之書，殆亦如何晏之《論語集解》之例，且駁正舊說處必多；觀其疑樊光注非眞，後來引用，遂但稱某氏；則沈說必有可從也。《釋文》多引沈音，蓋集注又兼音矣。〔註12〕

第二節　施乾《爾雅音》

　　施乾，字、里不詳。陸德明《經典釋文·序錄》載其曾爲「陳博士」，其餘事狀均不可考。

　　施乾著述於今可考者，僅《爾雅音》一書，今佚，卷數亦不詳。除陸德明《釋文·序錄》提及此書外，《隋》、兩《唐志》均未著錄。

〔註 9〕胡元玉《雅學攷》，頁 16 下～17 上。
〔註10〕吳承仕《經典釋文序錄疏證》，頁 170。
〔註11〕謝啓昆《小學考》，卷 3，頁 18 上。
〔註12〕黃侃〈爾雅略說〉，《黃侃論學雜著》，頁 375。

第三節　謝嶠《爾雅音》

　　謝嶠，字不詳，會稽山陰（今浙江省紹興縣）人。生卒年不詳，生活年代約當南朝梁、陳二朝之際。仕陳，陸德明《經典釋文·序錄》載其曾爲「國子祭酒」；《隋書·經籍志》經部著錄「《喪服義》十卷」，注亦云「陳國子祭酒謝嶠撰」。又《陳書·謝岐傳》云：

　　　　岐弟嶠篤學，爲世通儒。〔註13〕

其餘事狀均不可考。父謝達，梁太學博士。兄謝岐，生年不詳，卒於陳文帝天嘉二年（561），歷仕梁、陳二代，曾任尚書右丞、給事黃門侍郎、中書舍人兼右丞等職，卒贈通直散騎常侍。

　　謝嶠著述於今可考者，有《爾雅音》、《喪服義》二書。《爾雅音》今佚，卷數亦不詳，除陸德明《釋文·序錄》提及此書外，《隋》、兩《唐志》均未著錄。《喪服義》十卷，僅《隋志》著錄，今佚。

第四節　顧野王《爾雅音》

　　顧野王，字希馮，吳郡吳（今江蘇省蘇州市）人。生於梁武帝天監十八年（519），卒於陳宣帝太建十三年（581）。《陳書》有傳云：

　　　　顧野王，字希馮，吳郡吳人也。祖子喬，梁東中郎武陵王府參軍事。父烜，信威臨賀王記室，兼本郡五官掾，以儒術知名。野王幼好學，七歲讀《五經》，略知大旨；九歲能屬文，嘗製〈日賦〉，領軍朱异見而奇之。年十二，隨父之建安，撰〈建安地記〉二篇。長而遍觀經史，精記嘿識，天文地理、蓍龜占候、蟲篆奇字，無所不通。梁大同四年（538），除太學博士，遷中領軍臨賀王府記室參軍。……高祖作宰，爲金威將軍、安東臨川王府記室參軍，尋轉府諮議參軍。天嘉元年（560），勅補撰史學士，尋加招遠將軍。光大元年（567），除鎮東鄱陽王諮議參軍。太建二年（570），遷國子博士。後主在東宮，野王兼東宮管記，本官如故。六年（574），除太子率更令，尋領大著作，掌國史，知梁史事，兼東宮通事舍人。時宮僚有濟陽江摠、吳國陸瓊、北地傅縡、吳興姚察，並以才學顯著，論者推重焉。遷黃門侍郎，光祿卿，知五禮事，餘官並如故。十三年（581）卒，時年六十三，詔贈祕書監；至德二年（584），又贈右衛將軍。野王少以篤學至性知名，

〔註13〕《南史·謝岐傳》亦云：「弟嶠篤學，爲通儒。」

在物無過辭失色，觀其容貌，似不能言，及其勵精力行，皆人所莫及。……
其所撰著《玉篇》三十卷、《輿地志》三十卷、《符瑞圖》十卷、《顧氏譜
傳》十卷、《分野樞要》一卷、《續洞冥紀》一卷、《玄象表》一卷，並行
於世。又撰《通史要略》一百卷、《國史紀傳》二百卷，未就而卒。有《文
集》二十卷。〔註14〕

顧野王《爾雅音》今佚，卷數亦不詳，除陸德明《釋文·序錄》提及此書外，《隋》、
兩《唐志》均未著錄。又顧氏著述見於史志者，小學之書有《玉篇》，《隋志》著錄
三十一卷，云「陳左將軍顧野王撰」；兩《唐志》並作三十卷，與《陳書》本傳同。
《玉篇》在唐宋間曾經多次修訂、增補，今所見已非顧氏原貌；惟清末黎庶昌、羅
振玉先後在日本發現原本《玉篇》殘卷，雖非全帙，仍得一窺其舊貌。正史之書，
有《陳書》三卷，兩《唐志》著錄（《新唐志》作「二卷」），今佚；姚思廉撰成《陳
書》三十卷，即采顧氏此書增補而成。〔註15〕按《陳書》本傳有《國史紀傳》二百
卷，係陸氏未成之書，路廣正云：

所謂「《陳書》三卷」，疑即《國史紀傳》之殘。〔註16〕

此說亦無的證。地理之書，有《輿地志》三十卷，《隋》、兩《唐志》均著錄，今佚，
《隋志·史·地理》序云：

陳時，顧野王抄撰眾家之言，作《輿地志》。

可知本書體例大抵為綴集眾說而成者。又有《十國都城記》十卷，《新唐志》著錄，
今佚。雜家之書，有《祥瑞圖》十卷、《符瑞圖》十卷，兩《唐志》並有著錄，今均
佚。又《隋志》著錄「陳左衛將軍《顧野王集》十九卷」，《陳書》本傳作「二十卷」。

第五節　梁陳時期與《爾雅》有關之著述述評

南北朝時期的《爾雅》著述，今已無全本傳世；而沈、施、謝、顧四家《爾雅》
著述，其可考求之遺文又以陸德明《經典釋文》為大宗，因此陸氏《釋文》所引《爾
雅》各家音義，可說是探索南北朝時期《爾雅》學概況的最佳門徑。陸氏自序其書

〔註14〕《南史》亦有顧野王傳，所載顧氏事蹟相同，惟文句較簡略。
〔註15〕《唐書·姚思廉傳》云：「三年，又受詔與秘書監魏徵同撰梁、陳二史，思廉又採謝炅
　　　等諸家《梁史》續成父書，并推究陳事，刪益博綜顧野王所修舊史，撰成《梁書》五十
　　　卷、《陳書》三十卷。魏徵雖裁其摁論，其編次筆削，皆思廉之功也。」《新唐書·姚思
　　　廉傳》亦云：「詔與魏徵共撰《梁》、《陳書》，思廉采謝炅、顧野王等諸家言，推究綜括，
　　　為梁、陳二家史，以卒父業。」
〔註16〕吉常宏、王佩增編《中國古代語言學家評傳》，頁103。

「研精六籍，采摭九流，搜訪異同，校之蒼雅」，是一部匯集眾家訓釋，詳加分析的著作。然而陸氏此書，卻多偏重南學而忽略北學。章權才先生云：

> 從《經典釋文》中透露出來的蛛絲馬跡，可知陸德明側重南學，而對北學的某些方面卻是不甚了解，不甚熟悉的。《經典釋文》序錄於王曉《周禮音》，注云：「江南無此書，不詳何人。」可見他接觸到的此類著作，局限於江南而已。對於當時北方大儒如徐遵明等，釋文中未置一詞，考其緣故恐怕也在於沒有見到北方大儒的著作。《經典釋文》中，《易》主王弼，《書》主孔安國傳，《左傳》則主杜預。這些都是南學。〔註17〕

按《釋文》所引南北朝四家《爾雅》著述之作者——沈旋、施乾、謝嶠、顧野王，其生活年代集中在梁陳二朝，且均係江浙一帶人士，〔註18〕其中顧野王更與陸氏同里，可知陸氏《釋文》所採用的南北朝《爾雅》著述，亦僅南朝與其時代、里籍相近者。以當時社會紛亂、南北分立的局勢，以及學術上重南輕北的偏見，可以推測南北朝時期的《爾雅》著述應不止前述四家而已，只是陸氏可能所見不全，也可能見而不取。

今僅就本文所輯得的梁陳時期與《爾雅》有關四家著述佚文分析其特色：

一、補充郭注

郭璞〈爾雅序〉云：「雖注者十餘，然猶未詳備，並多紛謬，有所漏略。」據此可知郭璞所經眼的《爾雅》舊注，約有十餘種之譜。郭璞為學廣博多聞，尤精於注釋，因此自郭璞《爾雅注》行世，即為歷代學者所推重，並導致其餘舊注率皆亡佚。

梁陳時期的《爾雅》學發展，顯然也是以郭璞為主軸。從現存的佚文看，沈旋《集注爾雅》與顧野王《爾雅音》，均曾就郭璞《爾雅注》的文字進行音訓，可見沈、顧二氏的著作係採用郭璞《爾雅注》為底本。然而郭璞《注》雖為世所重，其內容仍不免有所疏陋，黃侃曾評其書之失者有二：一曰「襲舊而不明舉」，二曰「不得其義，而望文作訓」；〔註19〕管錫華也提出郭注的不足有三：「未詳」或可說解、說義或有訛誤、引證或有未當。〔註20〕今檢梁陳四家注，除施乾《爾雅音》外，其餘三家均兼有釋義，且其內容不乏訂補郭《注》者。僅以〈釋言〉為例，如 2-62「邕，

〔註17〕章權才《魏晉南北朝隋唐經學史》，頁246。
〔註18〕施乾里籍雖不可考，但根據《爾雅音》佚文所反映的語音現象，可推測其或為江淮一帶人士。參見第六章第二節 2-49「啜，茹也」條案語。
〔註19〕詳見黃侃〈爾雅略說〉，《黃侃論學雜著》，頁375。
〔註20〕詳見管錫華《爾雅研究》，頁182～183。

支,載也」,郭璞注:「皆方俗語,亦未詳」,謝嶠云:「邑,字又作擁。擁者護之載。」又 2-137「繚,介也」,郭璞注:「繚者繫,介猶閡」,顧野王云:「繚,羅也;介,別也。」又 2-217「懈,怠也」,郭璞無注,沈旋云:「懈者極也,怠者嬾也。」凡此皆可補充郭璞《注》之未備。

二、稽考聲韻

　　從目前所輯得的佚文來看,梁陳四家注的主要價值是爲《爾雅》注音。由於郭璞《注》已受當時學人推重,其內容雖有尙待補苴之處,然而時代稍後的南北朝時期的《爾雅》學者,似乎沒有條件在短時間內產生足以超越郭《注》的著作。另一方面,在魏晉以後,受佛學聲明論的影響,反切注音法取代了漢儒使用的譬況注音或直音法,學者對於聲韻的研究也逐漸深入。郭璞《爾雅注》及《爾雅音義》已有不少音注,與釋義互爲表裏;梁陳時期更承繼此一學風,特重音義之學,並具體反映在幾種《爾雅音》著作中。這些語音材料不僅反映當時《爾雅》訓釋方法與內容,同時也爲六朝語音的研究提供線索,有助釐清上古音至中古音的演變歷程。

三、博通旨趣

　　「集解」是魏晉六朝時期新興的訓詁形式,一般可分爲二種類型:一是廣採舊注,匯集各家說解之善者於一書,如何晏《論語集解》;一是通釋經傳,另立新注,如杜預《春秋經傳集解》。沈旋《集注爾雅》可說是兼備上述二種類型的著作。該書釋義結合了眾家之說與沈旋己見,另又兼釋音讀,是目前已知最早的一部匯集《爾雅》眾家注的著作。

四、校訂文字

　　梁陳四家注的《爾雅》文字與唐石經、宋本《爾雅》文字均有不同,其差異可能是傳抄所致,也可能是師說或版本不同,當然也不乏作者有意的改訂。在四家注之中,顧野王《爾雅音》對於《爾雅》文字的改訂最多,其中有從《說文解字》校改者,如:

（1）〈釋詁〉1-138「迓,迎也」,顧本「迓」作「訝」,《說文》「迓」爲「訝」之或體。

（2）〈釋言〉2-177「虹,潰也」,顧本「虹」作「訌」,與《說文》同。《說文》言部:「訌,潰也。」

（3）〈釋器〉6-10「衿謂之袸」,顧本「衿」作「紟」,與《說文》同。《說文》糸部:

「紟，衣系也。」

（4）〈釋樂〉7-7「大簜謂之沂」，顧本「簜」作「鼗」，《說文》「簜」爲「鼗」之或
　　　體，顧本省作「鼗」。

（5）〈釋山〉11-16「多小石，磝」，顧本「磝」作「磛」，與《說文》同。

（6）〈釋水〉12-10「水醮曰厬」，顧本「醮」作「潐」，與《說文》同。《說文》水
　　　部：「潐，盡也。」

（7）〈釋水〉12-17「繇帶以上爲厲」，顧本「厲」作「砅」，與《說文》同。《說文》
　　　水部：「砅，履石渡水也。」

《說文》未見者，則從其正字，或從古字不取今字，如：

（1）〈釋樂〉7-7「大簜謂之沂」，顧本「沂」作「斬」，依意應以「斬」爲正字。

（2）〈釋地〉9-20「南陵息慎」，顧本「慎」作「昚」，「昚」爲「慎」之古文。

（3）〈釋魚〉16-8「鮋，黑鰦」，顧本「鰦」作「茲」，應係「茲」字之譌。《說文》
　　　無「鰦」字，「鰦」從魚旁應係後人據義所加。

（4）〈釋鳥〉17-62「鷹，鶆鳩」，顧本「鶆」作「來」。《說文》無「鶆」字，「鶆」
　　　從鳥旁應係後人據義所加。（沈旋、施乾、謝嶠本均同。）

（5）〈釋鳥〉17-63「鶼鶼，比翼」，顧本「鶼鶼」作「兼兼」。《說文》無「鶼」字。
　　　《釋文》引李巡注云：「鳥有一目一翅，相得乃飛，故曰兼兼也。」是
　　　「鶼」從鳥旁應係後人據義所加。（沈旋、施乾、謝嶠本均同。）

據以上諸例可知，顧野王於撰述《爾雅音》時，顯然是有意從事《爾雅》文字的校
訂，而其校訂工作有出於己見者，也有承襲前人者。單就這點來說，顧野王的《爾
雅音》顯然優於其他三家的著述。

第五章　沈旋《集注爾雅》輯考

第一節　輯　本

歷來輯有沈旋《集注爾雅》之輯本，計有專輯二種、合輯三種：

一、專　輯

（一）馬國翰《玉函山房輯佚書・集注爾雅》

馬國翰《玉函山房輯佚書》（本章以下簡稱「馬本」）據陸德明《經典釋文》、玄應《一切經音義》、邢昺《爾雅疏》、丁度《集韻》等書，輯錄沈旋《集注爾雅》佚文計共 57 條。經重新排比後，馬氏所輯折合本書所輯 57 條，其中脫漏佚文者 2 條，衍增佚文者 2 條。對勘本書所輯 71 條（含佚文及沈本《爾雅》異文，下同），馬本所輯約佔 80.28%。

（二）黃奭《黃氏逸書考・爾雅沈旋集注》

黃奭《黃氏逸書考》（本章以下簡稱「黃本」）據陸德明《經典釋文》、邢昺《爾雅疏》二書，輯錄沈旋《爾雅集注》佚文計共 53 條，其中誤輯 3 條（詳見本章第三節），另有 1 條輯入《眾家注》。扣除誤輯者並經重新排比後，黃氏所輯折合本書所輯 53 條，其中脫漏佚文者 2 條，衍增佚文者 1 條。對勘本書所輯 71 條，黃本所輯約佔 74.65%。

二、合　輯

（一）余蕭客《古經解鉤沉・爾雅》

余蕭客《古經解鉤沉》（本章以下簡稱「余本」）據陸德明《經典釋文》輯錄沈

旋音 1 條，據邢昺《爾雅疏》輯錄沈旋《集注》1 條，計共 2 條。對勘本書所輯 71
條，余本所輯約佔 2.82%。

（二）嚴可均《爾雅一切註音》

　　嚴可均《爾雅一切註音》（本章以下簡稱「嚴本」）據陸德明《經典釋文》、玄應
《一切經音義》、邢昺《爾雅疏》三書輯錄沈氏佚文計共 7 條，其中脫漏佚文者 1
條。對勘本書所輯 71 條，嚴本所輯約佔 9.86%。

（三）葉蕙心《爾雅古注斠》

　　葉蕙心《爾雅古注斠》（本章以下簡稱「葉本」）據陸德明《經典釋文》輯錄沈
旋《爾雅》異文 1 條，據邢昺《爾雅疏》輯錄沈旋注 1 條，計共 2 條。對勘本書所
輯 71 條，葉本所輯約佔 2.82%。

第二節　佚　文

〈釋詁〉

1. 1-3 昄，大也。

　　昄，蒲板反。

　　案：本條佚文輯自陸德明《經典釋文・爾雅音義》。

　　馬、黃本引並同。余本「反」作「翻」。嚴、葉本並未輯錄。

　　《釋文》云：「沈旋蒲板反，此依《詩》讀也。」沈音「蒲板反」，是讀「昄」
為「反」。郝懿行云：

　　　　昄者，……通作「反」，《詩》「威儀反反」，《釋文》引《韓詩》作「昄昄」，
　　　　云「善貌」，善與美同意，美、大義近。〔註1〕

此即沈音之旨。《集韻》「昄」、「反」二字同音「部版切」（並紐潸韻），「反」下釋云：
「難也，《詩》『威儀反反』沈重讀。」「沈重」疑係「沈旋」之譌。又參見第二章第
二節郭璞《爾雅音義》、《爾雅注》佚文「昄，大也」條案語。

2. 1-8 鮮，善也。

　　誓，古斯字。

　　案：本條佚文輯自陸德明《經典釋文・爾雅音義》。

　　馬本引同。黃本在《爾雅》義訓下注引「《釋文》：『鮮，本或作誓，沈云古斯

〔註 1〕郝懿行《爾雅義疏》，《爾雅廣雅方言釋名清疏四種合刊》，頁 6 上。

字。』」余、嚴、葉本均未輯錄。

　　《釋文》出「鮮」，注云：「本或作『誓』，沈云『古斯字』。郭《音義》云：『本或作勦』，非古斯字。按字書誓先奚反，亦訓善。」據陸氏語可知沈旋本《爾雅》字作「誓」。郝懿行云：

> 按陸引字書誓訓善，今無可攷。以意求之，誓與斯音義同，斯、鮮古字通，故《詩》「有兔斯首」，鄭《箋》讀斯爲鮮，而云：「鮮，齊魯之閒聲近斯」，是斯、鮮音轉字通。沈施〔案：應作「旋」。〕以誓爲斯而訓善，正得其義與其音，陸德明非之，謬矣。〔註2〕

嚴元照云：

> 鮮與斯通，其从言者，係經師增益。〔註3〕

董瑞椿云：

> 案《說文》魚部：「鮮，魚名，出貉國。」言部：「誓，悲聲也。」皆無善義。沈旋作「斯」得之。斤部：「斯，析也。」善有解義，《禮·學記》：「相觀而善之謂摩」，孔《疏》：「善猶解也。」解亦析也。《禮·經解》孔《疏》引皇氏云：「解者，分析之名。」故斯可訓善。……《說文》雨部：「霹，从雨、鮮聲，讀若斯。」《詩·小雅·瓠葉》篇：「有兔斯首」，鄭《箋》：「斯，白也，今俗斯白之字作鮮，齊魯之閒聲近斯。」然則斯之即鮮，古有的證。〔註4〕

諸說皆可從。又參見第二章第二節郭璞《爾雅音義》、《爾雅注》佚文「鮮，善也」條案語。

3. 1-22 頠，靜也。

　　　頠，五罪反。

　　案：本條佚文輯自陸德明《經典釋文·爾雅音義》，宋本、《通志堂經解》本《釋文》「五」原並譌作「王」，今逕改正。〔註5〕

　　馬、黃本並輯作「五罪反」。余、嚴、葉本均未輯錄。

　　《廣韻》「頠」字凡二見：一音「魚毀切」（疑紐紙韻）；一音「五罪切」（疑紐賄韻）。沈旋此音與賄韻切語全同。

4. 1-24 諱，告也。

〔註2〕郝懿行《爾雅義疏》，《爾雅廣雅方言釋名清疏四種合刊》，頁8下。
〔註3〕嚴元照《爾雅匡名》，卷1，《皇清經解續編》，卷496，頁6下。
〔註4〕董瑞椿《讀爾雅補記》，頁16。
〔註5〕黃焯云：「『王』字宋本已誤，盧〔文弨〕本改作『五』。」（《經典釋文彙校》，頁247。）

誶，音粹。

案：本條佚文輯自陸德明《經典釋文·爾雅音義》。

馬本「粹」誤作「碎」。余、嚴、黃、葉本均未輯錄。

《釋文》出「誶」，注云：「沈音粹，郭音碎，告也。本作『訊』，音信。」可知陸氏所見沈、郭本《爾雅》字並作「誶」，作「訊」者當是音近通假。《廣韻》「誶」、「粹」二字同音「雖遂切」（心紐至韻）。又參見第二章第二節郭璞《爾雅音義》、《爾雅注》佚文「誶，告也」條案語。

5. 1-36 餤，進也。

餤，大甘反。

案：本條佚文輯自陸德明《經典釋文·爾雅音義》；又《毛詩音義·小雅·巧言》「用餤」注云：「沈旋音談。」「談」音與「大甘反」同。

馬、黃本引並同。余、嚴、葉本均未輯錄。

《廣韻》「餤」字凡二見：一音「徒甘切」（定紐談韻），一音「徒濫切」（定紐闞韻，談闞二韻平去相承）。沈旋音「大甘反」，與「徒甘」音同。

6. 1-83 謟，疑也。

謟，勑檢反。

案：本條佚文輯自陸德明《經典釋文·爾雅音義》。

馬本「謟」作「謟」，「勑」作「勅」；黃本在《爾雅》義訓下注引「《釋文》：謟，或作惂，沈勑檢反。」余、嚴、葉本均未輯錄。

《釋文》出「謟」，注云：「字或作惂，沈勑檢反。」按「勑檢反」係「諂」字之音，[註6]疑沈旋本《爾雅》字作「諂」，《釋文》誤作「惂」。[註7]惟「諂」無疑義，當係「謟」字形近之誤。[註8]

[註6]《廣韻》「謟」音「土刀切」（透紐豪韻），「諂」音「丑琰切」（徹紐琰韻）。沈旋此音與「丑琰」音同。

[註7]盧文弨即以為《釋文》「字或作惂」句「當云『又或作諂』，方與沈音合。」（《經典釋文攷證·爾雅音義上攷證》，頁3上。）

[註8]周春云：「沈勑檢翻，音諂，此沈氏之誤，《釋文》取之，非也。……諂之與謟，字形音義迥別，陸氏存勑檢一翻，但取其音之備，而未加辨正也。」（《十三經音略》，卷9，〈爾雅上〉，頁11。）郝懿行云：「按『勑檢』乃『諂』字之音，諂从臽聲，與謟从舀聲迥別，沈旋音誤矣。」（《爾雅義疏》，《爾雅廣雅方言釋名清疏四種合刊》，頁61下。）嚴元照云：「盧學士曰：『《釋文》：「謟，沈勑檢反」，是沈本作諂，从臽則不得讀勑檢反矣。』元照案：諂無疑義，魏晉人不辨舀臽之分，故誤音勑檢反。陸氏不為之申明異同，殊失之疏。」（《爾雅匡名》，卷1，《皇清經解續編》，卷496，頁35下。）黃焯云：「沈音勑檢，乃諂字之音，沈旋蓋作諂也，然經傳諂無疑義，鄭樵從之，其注本作諂，云『諂謂

7. 1-91 串，習也。

串，古患反。

案：本條佚文輯自陸德明《經典釋文・爾雅音義》引沈、謝。

馬、黃本引並同。余、嚴、葉本均未輯錄。

《玉篇》丨部：「串，古患切，《爾雅》云『習也』，或爲慣、遺。」又《廣韻》「串」亦音「古患切」（見紐諫韻），與沈、謝此音切語全同。郝懿行云：

> 串者，患與毌之叚音也。《玉篇》、《廣韵》串俱古患切，則與貫同，《釋文》
> 引沈、謝音亦同；郭音五患反，則與毌同。〔註9〕

黃侃云：

> 串爲母字之變體，是串貫亦同文，皆當作摜遺。〔註10〕

說皆可參。

8. 1-141 賡，續也。

賡，音庚。

案：本條佚文輯自陸德明《經典釋文・爾雅音義》引沈、孫。

馬、黃本引並同。余、嚴、葉本均未輯錄。

「賡」字音讀，歷來主要說解有三：

一、「續」之古文。此說以《說文》之重文爲依據。《說文》糸部：「賡，古文續，從庚貝。」段玉裁云：

> 〈咎繇謨〉：「乃賡載歌」。《釋文》加孟、皆行二反。賈氏昌朝云：「《唐
> 韵》以爲《說文》誤。」徐鉉曰：「今俗作古行切。」按《說文》非誤也。
> 許謂會意字，故從庚貝會意。庚貝者，貝更迭相聯屬也。《唐韵》以下皆
> 謂形聲字，從貝、庚聲，故當皆行反也。不知此字果從貝庚聲，許必入
> 之貝部或庚部矣。其誤起於孔《傳》以續釋賡，故遂不用許說。抑知以
> 今字釋古文，古人自有此例。……《毛詩》：「西有長庚」，《傳》曰：「庚，
> 續也。」此正謂庚與賡同義，庚有續義，故古文續字取以會意也。仞會
> 意爲形聲，其瞀亂有如此者。〔註11〕

朱駿聲亦云：

> 讘詍，詍、貳心不一也』，恐非。」（《經典釋文彙校》，頁250。）諸說均以沈本爲非。
> 〔註9〕郝懿行《爾雅義疏》，《爾雅廣雅方言釋名清疏四種合刊》，頁66上。
> 〔註10〕黃侃《爾雅音訓》，頁47。
> 〔註11〕段玉裁《說文解字注》，第13篇上，頁6上。

庚、賡二字，義略同而聲則異，後人音讀誤耳。〔註12〕

二、「賡」从庚聲。此說以毛《傳》之訓解爲依據。《詩·小雅·大東》：「西有長庚」，毛《傳》云：「庚，續也」，孔穎達《正義》云：「『庚，續』，〈釋詁〉文。」是孔氏讀「賡」爲「庚」，或《爾雅》古有作「庚」一本。郝懿行云：

> 賡者，庚之叚音也。……賡字从庚，因借爲庚。……《爾雅》之賡亦借爲庚，因讀爲庚。〔註13〕

王筠云：

> 〈檀弓〉：「請庚之」，鄭注：「庚，償也。」案償當用貝，庚或賡之省文。《爾雅》「賡，續也」，爲《尚書》「賡歌」作注耳。許君以爲一字，蓋誤。字當從貝、庚聲。〔註14〕

葉蕙心云：

> 《詩·大東》：「西有長庚」，《正義》引〈釋詁〉「庚，續」，是《爾雅》之賡亦假作庚。《書·正義》又引作「西有長庚」，是庚、賡可互假。〔註15〕

諸家均讀「賡」爲「庚」。又徐灝更直指段說爲非：

> 段說非也。毛《傳》庚訓爲續而讀如更，則賡亦用庚爲聲，可知孔《傳》以續釋賡，豈讀賡爲續乎？《釋名》云：「賡猶更也」，蓋賡从庚聲，有更端之義，歌者更唱迭和，故賡歌訓爲續，此古義也。賡至以爲續字，斯繆矣。此由後人因傳記有以賡代續者，遂誤仞爲續字，而妄改許書耳。
>
> 〔註16〕

三、調和二說，以爲「庚」、「續」二音古通。鈕樹玉云：

> 《書·益稷》及《釋詁·釋文》並引爲古文續；楊齊宣《晉書音義》五十八卷引亦同。《玉篇》闕；《廣韻》收庚韻，訓「續也」，蓋本〈釋詁〉「賡，揚，續也」。賡當同庚。《詩·大東》：「西有長庚」，毛《傳》：「庚，續也。」《說文》以賡爲續者，竊疑古讀聲或相近。如《論語》「申棖」，《釋文》引鄭云：「蓋孔子弟子申續。」《史記》云「申棠字周」，《家語》云「申續

〔註12〕朱駿聲《說文通訓定聲》，需部弟8，頁52上。
〔註13〕郝懿行《爾雅義疏》，《爾雅廣雅方言釋名清疏四種合刊》，頁86上。
〔註14〕王筠《說文釋例》，卷6，頁44。
〔註15〕葉蕙心《爾雅古注斠》，卷上，頁19下～20上。孔穎達《尚書·益稷·正義》云：「《詩》云『西有長賡』，毛《傳》亦以賡爲續，是相傳有此訓也。」是《尚書正義》所引字作「賡」，葉氏引文有誤。
〔註16〕徐灝《說文解字注箋》，卷13上，頁9下～10上。

字周也」。根、棠、庚聲並相近，而根或作續，疑亦可通矣。〔註17〕

今按黃侃云：

《說文》以賡爲續字，而《爾雅》注家音庚，此師說不同。〔註18〕

黃氏之說，固無可疑。惟據《詩・大東》毛《傳》與《正義》所引，則「賡」之讀「庚」，既無疑義；段玉裁以「貝更迭相聯屬」解釋「賡」字會意之理，說亦牽強。張舜徽云：

賡當从貝庚聲。賡之爲言更也，《尚書》「乃賡載歌」，謂此唱彼和，更迭而起不絕也。故賡字引申有續義。《爾雅・釋詁》：「賡、續也。」亦實爲《尚書》「賡歌」作解耳。古人訓賡爲續，明其但有續義，非謂即讀賡爲續也。此處〔案：指《說文》。〕以爲一字，且定賡爲古文，竊所未喻。考《玉篇》敘字，多據許書。糸部亦續、纘二字相次，與許書合。而續下不錄賡爲重文，蓋許書原本無之。今本「賡、古文續从庚貝」一語，乃後人所附益也。〔註19〕

其說確然可從。「庚」、「賡」二字，均有續義，《爾雅》字當本作「賡」，「庚」爲「賡」之省體。《廣韻》「庚」、「賡」二字同音「古行切」（見紐庚韻）。

9. 1-144 妥，安坐也。

妥，他果反。

案：本條佚文輯自陸德明《經典釋文・爾雅音義》。

馬、黃本引並同。余、嚴、葉本均未輯錄。

《廣韻》「妥」音「他果切」（透紐果韻），與沈旋此音切語全同。又參見第二章第二節郭璞《爾雅音義》、《爾雅注》佚文 1-71「妥，止也」條案語。

〈釋言〉

10. 2-19 敖，憮，傲也。

憮，亡甫反。

案：本條佚文輯自陸德明《經典釋文・爾雅音義》。《釋文》出「憮」，沈音「亡甫反」，是沈旋本《爾雅》字作「憮」，《廣韻》「憮」音「文甫切」（微紐虞韻），與「亡甫」音同。嚴元照云：

〔註17〕鈕樹玉《說文解字校錄》，卷13上，頁4上。
〔註18〕黃焯《經典釋文彙校》，頁252。
〔註19〕張舜徽《說文解字約注》，卷25，頁3385～3386。

－467－

幠，石經初刻从心，後摩改从巾。〔註20〕

是《爾雅》古有作「幠」一本。嚴氏又云：

> 案《詩‧小雅‧巧言》：「亂如此幠」，《箋》訓傲，《釋文》从巾；《禮‧投
> 壺》：「毋幠毋傲」，《釋文》从心，兩通。〔註21〕

郝懿行亦云：

> 幠者……通作憮。〔註22〕

郝、嚴二氏均以爲「幠」、「憮」二字可通，其說恐非。按《說文》巾部：「幠，覆也。」
段玉裁云：

> 〈釋詁〉「幠，大也」，「幠，有也」，皆覆義之引伸也。〈投壺〉曰：「無幠
> 無敖」，注曰：「幠敖皆慢也」，又其引伸也。〔註23〕

郝懿行亦云：

> 〈釋詁〉云「大也」、「有也」，皆與傲慢義近，故又訓傲。〔註24〕

《爾雅》此訓「傲也」，則字當从巾作「幠」，作「憮」者應係形音皆近而譌。《說文》
心部：「憮，愛也，韓、鄭曰憮。一曰不動。」又〈釋言〉2-31：「憮，撫也」，郭璞
注云：「憮，愛撫也。」義均與「大也」、「有也」、「傲也」無涉。阮元云：

> 閩本、監本、毛本作「憮」，皆誤。〔註25〕

周春云：

> 幠，郭火孤翻，音呼；沈亡甫翻，音武。案从巾者訓大訓傲，並音呼；从
> 心者同悵及憮然之憮，並音武。此从巾訓傲，沈音武，非。〔註26〕

說皆可從。

> 黃本引同。馬本「憮」譌作「幠」。余、嚴、葉本均未輯錄。

11. 2-82 俾，職也。

俾，方寐反。

案：本條佚文輯自陸德明《經典釋文‧爾雅音義》。

馬、黃本引並同。余、嚴、葉本均未輯錄。

《廣韻》「俾」音「并弭切」（幫紐紙韻），與《釋文》陸德明音「必爾反」同。

〔註20〕嚴元照《爾雅匡名》，卷2，《皇清經解續編》，卷497，頁3上。
〔註21〕同前註。
〔註22〕郝懿行《爾雅義疏》，《爾雅廣雅方言釋名清疏四種合刊》，頁94下。
〔註23〕段玉裁《說文解字注》，第7篇下，頁51下。
〔註24〕郝懿行《爾雅義疏》，《爾雅廣雅方言釋名清疏四種合刊》，頁94下。
〔註25〕阮元《爾雅校勘記》，《皇清經解》，卷1032，頁3上。
〔註26〕周春《十三經音略》，卷9，頁16。

沈音「方寐反」（非紐至韻），疑是沈旋本《爾雅》字作「㽙」。《集韻》至韻「㽙」與「仳」音義同，音「必至切」（幫紐至韻），釋云：「及也。」「必至」與沈音「方寐」同。「俾」字作「㽙」當係形音俱近而譌。〔註27〕

12. 2-101 烘，燎也。

烘，火公反。

案：本條佚文輯自陸德明《經典釋文・爾雅音義》引沈、顧。

馬、黃本引並同。余、嚴、葉本均未輯錄。

《廣韻》東韻「烘」音「呼東切」（曉紐東韻），與沈旋此音同。又參見第二章第二節郭璞《爾雅音義》、《爾雅注》佚文「烘，燎也」條案語。

13. 2-109 奘，駔也。

罾，在魯反，又子朗反。

案：本條佚文輯自陸德明《經典釋文・爾雅音義》。

馬本僅輯錄「子朗反」三字。嚴本在《爾雅》義訓下注云：「《釋文》二十九卷『奘駔』，樊光、孫炎本作『將且』也，沈旋集眾家本合為一字作『罾』，音子朗反。」黃本則僅在《爾雅》義訓下引《釋文》云云，未輯音。余、葉本並未輯錄。

《釋文》出「駔」，注云：「在魯反，又子朗反。沈《集注》本作『罾』，音同。孫、樊二本並作『將且』，而無『奘駔』。沈集眾本合為一字。」是沈旋《集注爾雅》本條作「奘，罾也」，「罾」字即合孫、樊本「將且」二字而得。郝懿行云：

> 此有二本。郭本作「奘，駔也」。《說文》：「奘，駔大也」，奘與壯同，〈釋詁〉云：「壯，大也」，此皆郭義所本。樊光、孫炎本並作「將，且也」。將且皆未定之詞，……且既訓將，將亦訓且，……此皆樊、孫所本，郭氏不從，據「奘駔」別本為之作注，但「奘駔」理新而於經典無會，「將且」習見而為經典常行。……唯沈旋《集注》作「奘，罾也」，合「將且」為一字，猶依郭本「奘」字，意在兩存，則誤甚矣。〔註28〕

臧鏞堂云：

> 按《釋文》則郭本作「奘駔」，樊、孫本作「將且」。將音奘有大義，即奘字之異文；駔字從且得音，故可省作且，如麠、駔、粗字皆有麤音，而並從且可証也。……沈不識字，以「將且」合一作「奘，罾也」，既違樊、

〔註27〕古書「卑」、「畀」二形常互譌，可參見王書輝〈《左氏・襄公二十三年經》「畀我」本作「卑我」辨證〉（未刊稿）。

〔註28〕郝懿行《爾雅義疏》，《爾雅廣雅方言釋名清疏四種合刊》，頁113。

孫之本，又背郭氏之義。〔註29〕

嚴元照云：

> 沈本「駔」作「瞥」，「瞥」不成字。〔註30〕

說皆可信。按「瞥」字《廣韻》未見；《集韻》「瞥」、「駔」二字同音，一音「坐五切」（從紐姥韻），一音「子朗切」（精紐蕩韻），當即本沈旋二音。

14. 2-111 舫，泭也。

泭，音附。

案：本條佚文輯自陸德明《經典釋文·爾雅音義》；又《毛詩音義·周南·漢廣》出「泭」，注引沈旋音同。

馬、黃本引並同。余、嚴、葉本均未輯錄。

《廣韻》「泭」字凡二見：一音「防無切」（奉紐虞韻），一音「芳無切」（敷紐虞韻）。沈旋音「附」，（奉紐遇韻，《廣韻》音「符遇切」），與「防無」僅聲調不同（虞遇二韻平去相承）。

15. 2-162 戎，相也。

捄，如升反。

案：本條佚文輯自陸德明《經典釋文·爾雅音義》。《釋文》出「戎」，注云：「如字，本或作捄，顧如勇反，沈如升反。」疑顧、沈二本《爾雅》字並作「捄」。《廣雅·釋詁》：「捄，推也。」推亦有佐助之義。今本《爾雅》字作「戎」，「捄」應係「戎」之分別字。《集韻》蒸韻「扔」、「捄」、「戎」三字同列，釋云：「《說文》『因也』，一曰引也。或作捄，亦省。」

馬本經注字並作「捄」；黃本仍作「戎」。余、嚴、葉本均未輯錄。

沈音「如升反」，是讀「捄」為「扔」。胡承珙云：

> 《玉篇》：「捄，如勇切，推車也。」《廣雅》：「捄，推也。」《說文》作「軵」，云：「推車令有所付也，讀若茸。」《集韻》引《爾雅》作「捄」。沈旋音如升反者，當讀作扔。《廣韻》：「扔，引也。」《老子》：「攘臂而扔之」，《釋文》：「扔，引也。」《類篇》以扔、捄、戎三字並如蒸切。推與引皆有佐助義。〔註31〕

其說可從。《廣韻》「扔」音「如乘切」（日紐蒸韻），與沈旋此音同。《集韻》蒸韻「捄」

〔註29〕臧鏞堂《爾雅漢注》，卷上，頁25。
〔註30〕嚴元照《爾雅匡名》，卷2，《皇清經解續編》，卷497，頁13下。
〔註31〕胡承珙《爾雅古義》，卷上，頁10下～11上。

音「如蒸切」，當即本沈氏此音。

16. 2-217 懈，怠也。

懈者極也，怠者嬾也。

案：本條佚文輯自玄應《一切經音義》卷十八〈雜阿毗曇心論第二卷〉「懈怠」注引《集注》；慧琳《一切經音義》卷二十七〈妙法蓮花經・序品第一〉「懈怠」注引《集注》無二「者」字；又卷七十二引玄應〈雜阿毗曇心論第二卷〉《音義》「嬾」作「怠」。

馬、黃本引並同玄應《音義》，惟黃氏係輯入《眾家注》中。嚴本「嬾」作「懶」，餘同玄應《音義》。臧鏞堂《爾雅漢注》引亦與玄應《音義》同，未云是誰氏之注。余、葉本並未輯錄。

「極」有疲困、倦怠之義。《漢書・王褒傳》：「匈喘膚汗，人極馬倦。」《三國志・華佗傳》：「人體欲得勞動，但不當使極爾。」《世說新語・言語》：「丞相小極，對之疲睡。」又〈文學〉：「值王昨已語多，小極，不復相酬答。」諸「極」字均取此義。郝懿行云：

「極」謂疲劇也。〔註32〕

〈釋訓〉

17. 3-2 絛絛，秩秩，智也。

攸，音條。

案：本條佚文輯自陸德明《經典釋文・爾雅音義》。《釋文》出「絛絛」，注云：「舍人本作攸攸，沈亦音條。」是沈旋本《爾雅》字亦作「攸攸」。

馬本引同。嚴、黃本並在《爾雅》義訓下注引《釋文》語。余、葉本並未輯錄。

沈旋音「條」，是讀「攸」為「條」。《說文》木部：「條，小枝也。從木、攸聲。」是「攸」、「條」二字古音相近。〔註33〕「攸攸」應係「悠悠」之借字，黃侃云：

攸攸即悠悠，下云「悠悠，思也」，又「儵儵，罹禍毒也」，樊本亦作攸，聲義並與此條近。〔註34〕

其說可參。

〔註32〕郝懿行《爾雅義疏》，《爾雅廣雅方言釋名清疏四種合刊》，頁 127 上。

〔註33〕郝懿行云：「按條從攸聲，古音相近。」（《爾雅義疏》，《爾雅廣雅方言釋名清疏四種合刊》，頁 135 上。）

〔註34〕黃侃《爾雅音訓》，頁 99。黃焯亦云：「攸攸即悠悠，下文『儵儵』云，樊本作攸，引《詩》『攸攸我里』，今《詩》作『悠悠我里』，可證。」（《經典釋文彙校》，頁 256。）

18. 3-20 委委，佗佗，美也。

案：陸德明《經典釋文・爾雅音義》出「委委」，注云：「於危反。《詩》云『委委佗佗，如山如河』是也。諸儒本並作褘，於宜反。」音「於宜反」則字當作「褘」，依陸氏之意，是諸本《爾雅》「委委」皆作「褘褘」。參見第二章第二節郭璞《爾雅音義》、《爾雅注》佚文「委委，佗佗，美也」條案語。

19. 3-35 夢夢，訰訰，亂也。

夢，亡增反。

案：本條佚文輯自陸德明《經典釋文・爾雅音義》引沈、施。

馬、黃本引並同。余、嚴、葉本均未輯錄。

《廣韻》「增」字凡二讀：一音「作滕切」（登韻），一音「子鄧切」（嶝韻，登嶝二韻平去相承）。沈、施音「亡增反」（微紐登韻），是讀「夢」爲「薨」；音「亡增反」（微紐嶝韻），則是讀「夢」爲「懜」。《說文》夕部：「夢，不明也。」段玉裁云：

> 〈釋訓〉曰：「夢夢，亂也」，按故訓釋爲亂，許云不明者，由不明而亂也。
> 以其字从夕，故釋爲不明也。〔註35〕

又苜部：「薨，目不明也。」段玉裁云：

> 按〈小雅〉「視天夢夢」，夢與薨音義同也。〔註36〕

又心部：「懜，不明也。」段玉裁云：

> 夕部：「夢，不明也。」此舉形聲包會意。〔註37〕

是「夢」、「薨」、「懜」三字義皆可通。

《廣韻》「夢」字凡二見：一音「莫中切」（明紐東韻），一音「莫鳳切」（明紐送韻，東送二韻平去相承）。《釋文》陸德明音「亡工」（微紐東韻）、「亡棟」（微紐送韻）二反，與《廣韻》二音同。又《廣韻》「薨」音「武登切」（微紐登韻），「懜」音「武亙切」（微紐嶝韻），並與「亡增」二讀音同。

20. 3-37 儚儚，洄洄，惛也。

洄，音回。

案：本條佚文輯自陸德明《經典釋文・爾雅音義》。

馬、黃本引並同。余、嚴、葉本均未輯錄。

〔註35〕段玉裁《說文解字注》，第 7 篇上，頁 27 下。
〔註36〕同前注，第 4 篇上，頁 32 上。
〔註37〕同前注，第 10 篇下，頁 41 下。

《廣韻》「洄」、「回」二字同音「戶恢切」（匣紐灰韻）。

21. 3-46 畇畇，田也。

畇，居賓反。

案：本條佚文輯自陸德明《經典釋文・爾雅音義》。

馬、黃本引並同。余、嚴、葉本均未輯錄。

沈音「居賓反」，是讀「畇」爲「均」。參見第二章第二節郭璞《爾雅音義》、《爾雅注》佚文「畇畇，田也」條案語。

22. 3-72 讉讉，謞謞，崇讒慝也。

匿，女陟反。

案：陸德明《經典釋文・爾雅音義》出「慝」，注云：「謝切得反，諸儒並女陟反，言隱匿其情以飾非。」是除謝嶠本《爾雅》字作「慝」外，其餘各本均作「匿」，音「女陟反」。參見第二章第二節郭璞《爾雅音義》、《爾雅注》佚文「讉讉，謞謞，崇讒慝也」條案語。

〈釋宮〉

23. 5-4 樞謂之椳。

椳，一罪反。

案：本條佚文輯自陸德明《經典釋文・爾雅音義》引呂、沈。

馬本引同。余、嚴、黃、葉本均未輯錄。

《廣韻》「椳」音「烏恢切」（影紐灰韻）。沈旋音「一罪反」（影紐賄韻），與「烏恢」僅聲調不同（灰賄二韻平上相承）。

24. 5-11 桷謂之榱。

齊魯名桷，周人名榱。

案：本條佚文輯自邢昺《爾雅疏》引呂、沈。阮元云：

「沈」當作「忱」，《釋文》引《字林》云：「周人名椽曰榱，齊魯名榱曰桷」，即此文。〔註38〕

阮氏以「沈」爲誤字，亦無的證，今仍以本條爲沈旋《集注爾雅》佚文。邵晉涵亦以本條佚文爲沈旋《集註》語。〔註39〕

〔註38〕阮元《爾雅校勘記》，《皇清經解》，卷1033，頁3下。

〔註39〕邵晉涵云：「舊疏引沈旋《集註》云：『齊魯名桷，周人名榱』，本於《說文》也。」（《爾雅正義》，《皇清經解》，卷509，頁8上。）

余、嚴、黃、葉本引均同。馬本「榱」下有「《易》曰『鴻漸于木，或得其桷』，《左傳》子產曰『棟折榱崩，僑將壓焉』是也」等語，當係邢昺語，馬氏誤輯。

《說文》木部：「榱，秦名爲屋椽，周謂之榱，齊魯謂之桷。从木、衰聲。」許慎此說當即沈旋注所本。〔註 40〕

25. 5-27 石杠謂之徛。　郭注：聚石水中以為步渡彴也。

徛，徒的反。

案：本條佚文輯自陸德明《經典釋文·爾雅音義》。

馬本引同。余、嚴、黃、葉本均未輯錄。

沈音「徒的反」，疑是讀「彴」爲「迪」。《說文》辵部、《爾雅·釋詁》並云：「迪，道也。」段玉裁云：

道兼道路、引導二訓。〔註 41〕

郝懿行云：

迪者，《說文》云「道也」，道、導同。上文云「迪，進也」，是迪爲進之道也。〔註 42〕

然則沈旋係將郭注解釋爲「聚石水中以爲步渡之道」，遂讀「彴」爲「迪」。《廣韻》錫韻「迪」音「徒歷切」（定紐錫韻），與沈旋音「徒的反」正同。

〈釋器〉

26. 6-3 麻謂之緆。

緆，千結切。

案：本條佚文輯自丁度《集韻》屑韻「緆」字注引《爾雅》「麻謂之緆」沈旋讀；司馬光《類篇》糸部「緆」字注引《爾雅》「庶謂之緆」沈施讀同。「沈施」應爲「沈旋」之誤。

馬本引同。余、嚴、黃、葉本均未輯錄。

《廣韻》「緆」音「楚洽切」（初紐洽韻）。沈旋音「千結切」（清紐屑韻），不詳所據。吳承仕云：

〔註 40〕段玉裁改《說文》「榱」訓作「椽也，秦名屋椽也，周謂之榱，齊魯謂之桷」，注云：「上二句各本作『秦名爲屋椽，周謂之榱』，大誤，今依《左傳·桓十四年·音義》、《周易·漸卦·音義》正，謂屋椽，秦名之曰榱，周曰榱，齊魯曰桷也。各本妄改，乃或疑《釋文》有誤矣。」（《說文解字注》，第 6 篇上，頁 34 下。）說亦可參。馬宗霍《說文解字引方言攷》辨之甚詳，文繁不備錄。（參見該書頁 24 下～26 上。）

〔註 41〕段玉裁《說文解字注》，第 2 篇下，頁 5 下，辵部「迪」字注。

〔註 42〕郝懿行《爾雅義疏》，《爾雅廣雅方言釋名清疏四種合刊》，頁 76 上。

《類篇》、《集韻》「齜」字注云「千結切，《爾雅》『斢謂之齜』沈旋讀」。據此，則北宋本《釋文》此條當有沈旋音，今本或傳寫誤奪，或後人妄刪去之。丁度、司馬光等亦不得見沈旋《爾雅集注》，「千結」一音，疑其采自《釋文》或別有所本，今已不能質言矣。〔註43〕

27. 6-4 翼謂之汕。　郭注：今之撩罟。

撩，力到反。

案：本條佚文輯自陸德明《經典釋文・爾雅音義》。

黃本引同。馬本引郭注「罟」作「網」。余、嚴、葉本均未輯錄。

《廣韻》「撩」字凡二見：一音「落蕭切」（來紐蕭韻），一音「盧鳥切」（來紐篠韻）。又郭璞「撩」音「力堯反」（與「落蕭」同），又音「力弔反」（來紐嘯韻，蕭篠嘯三韻平上去相承）。沈旋音「力到反」（來紐号韻），疑是「力弔」一音之轉。按号韻（豪韻去聲）與嘯韻（蕭韻去聲）在魏晉宋時期同屬宵部，至齊梁陳隋時期豪部獨立，與宵部音讀不同。〔註44〕然則沈旋此音可能係記錄某地方音，也可能是採用了較早的音切。

28. 6-4 㨗謂之㳀。

㨗，桑感反。

案：本條佚文輯自陸德明《經典釋文・爾雅音義》。

馬、黃本引並同。余、嚴、葉本均未輯錄。

《廣韻》感韻「㨗」音「桑感切」（心紐感韻），與沈旋此音切語全同。又參見第二章第二節郭璞《爾雅音義》、《爾雅注》佚文「㨗謂之㳀」條案語。

29. 6-11 環謂之捐。

捐，囚絹反。

案：本條佚文輯自陸德明《經典釋文・爾雅音義》引呂、沈。《通志堂經解》本《釋文》「囚」誤作「因」。黃焯云：

> 宋本葉鈔朱鈔「因」皆作「囚」。案《集韻》《類篇》皆不收「囚絹」一音，惟亦無作影紐讀者。觀顧歡作辭玄反，又《御覽》七七六引《爾雅》

〔註43〕吳承仕《經籍舊音辨證》，頁 169。

〔註44〕周祖謨云：「《廣韻》豪肴宵蕭四韻，在魏晉宋一個時期內大多數的作家都是通用不分的，但到齊梁陳隋時期，豪韻為一部，肴韻為一部，宵蕭兩韻為一部，共分三部。這三部分別較嚴，通用的情形極少。」（《魏晉南北朝韻部之演變》，頁 721。）然則在沈旋的時代，号韻（豪韻去聲）與嘯韻（蕭韻去聲）已有區別。《廣韻》與「撩」同从尞聲的「潦」字音「郎到切」（來紐号韻），正與沈旋音「力到反」同，是沈旋此音亦非無據。

游環謂之捐，徐員切，囚與辭徐皆邪紐字，以此互證，則知作「囚」是也。〔註45〕

馬、黃本「囚」並譌作「因」。余、嚴、葉本均未輯錄。

沈音「囚絹反」，是讀「捐」爲「旋」。《考工記·鳧氏》：「鍾縣謂之旋」，鄭玄注：「旋屬鍾柄，所以縣之也。」王引之云：

鍾縣謂之旋者，縣鍾之環也。環形旋轉，故謂之旋。旋、環古同聲。環之爲旋，猶還之爲旋也。〔註46〕

唐蘭云：

旋義爲環，今目驗古鐘甬中間均突起似帶，周環甬圍，其位置正與《考工記》合，是所謂旋也。〔註47〕

說均可信。《廣韻》「旋」一音「似宣切」（邪紐仙韻），一音「辝戀切」（邪紐線韻）。沈旋音「囚絹反」，正與「辝戀」音同。

30. 6-11 鑢謂之鑯。

鑯，魚桀反。

案：本條佚文輯自陸德明《經典釋文·爾雅音義》。

馬、黃本引並同。余、嚴、葉本均未輯錄。

《廣韻》「鑯」字凡二見：一音「語訐切」（疑紐月韻），一音「魚列切」（疑紐薛韻）。沈旋音「魚桀反」，與「魚列」音同。

31. 6-12 搏者謂之欄。

欄，力旦反。

案：本條佚文輯自陸德明《經典釋文·爾雅音義》。

黃本引同。馬本「旦」譌作「且」。余、嚴、葉本均未輯錄。

《廣韻》「欄」音「郎旰切」（來紐翰韻），與沈旋此音同。

32. 6-16 鼎絕大謂之鼐。

鼐，奴戴反。

案：本條佚文輯自陸德明《經典釋文·爾雅音義》。

馬、黃本引並同。余、嚴、葉本均未輯錄。

《廣韻》「鼐」字凡二見：一音「奴亥切」（泥紐海韻），一音「奴代切」（泥紐

〔註45〕黃焯《經典釋文彙校》，頁263。
〔註46〕王引之《經義述聞》，《皇清經解》，卷1188，頁28下。
〔註47〕唐蘭〈古樂器小記〉，《唐蘭先生金文論集》，頁352。

代韻，海代二韻上去相承）。沈旋音「奴戴反」，與「奴代」音同。

33. 6-24 角謂之觷。

觷，音學。

案：本條佚文輯自陸德明《經典釋文・爾雅音義》。

馬、黃本引並同。余、嚴、葉本均未輯錄。

《廣韻》「觷」字凡三見：一音「烏酷切」（影紐沃韻），一音「五角切」（疑紐覺韻），一音「胡覺切」（匣紐覺韻）。沈旋音「學」，與「胡覺」音同。

34. 6-29 骨鏃不翦羽謂之志。　郭注：今之骨骲是也。

骲，五爪反。

案：本條佚文輯自陸德明《經典釋文・爾雅音義》。

馬、黃本引並同。余、嚴、葉本均未輯錄。

《廣韻》「骲」字凡四見：一音「薄巧切」（並紐巧韻），一音「防教切」（奉紐效韻），一音「普木切」（滂紐屋韻），一音「蒲角切」（並紐覺韻）。沈旋音「五爪反」（疑紐巧韻），其聲紐屬舌根鼻音，與《廣韻》「骲」聲紐均屬唇音不合，疑《釋文》所載此音切語有誤。

〈釋樂〉

35. 7-5 大磬謂之馨。　郭注：馨形似犁錧，以玉石為之。

錧，古亂反。

案：本條佚文輯自陸德明《經典釋文・爾雅音義》。

馬、黃本引並同。余、嚴、葉本均未輯錄。

《廣韻》「錧」字凡二見：一音「古滿切」（見紐緩韻），一音「古玩切」（見紐換韻，緩換二韻上去相承）。沈旋音「古亂反」，與「古玩」音同。

〈釋山〉

36. 11-2 一成，坯。

坯，五窟反。

案：本條佚文輯自陸德明《經典釋文・爾雅音義》；《集韻》沒韻「坯」字注引《爾雅》「山一成坯」沈旋讀作「五忽切」，「五忽」與「五窟」音同。

馬本兼據《釋文》、《集韻》輯錄二音。黃本引同《釋文》。余、嚴、葉本均未輯錄。

沈音「五窟反」，是讀「坯」爲「兀」。段注本《說文》儿部：「兀，高而上平也。從一在儿上。」段玉裁云：

> 一在儿上，高而平之意也。凡从兀聲之字，多取孤高之意。〔註48〕

是「兀」有高聳特出之義，與《爾雅》此訓相合。吳承仕云：

> 陳壽祺曰：「『五窟反』與坯音絕遠，《尚書釋文》『伾，徐扶眉反，又敷眉反』，『窟』蓋『眉』字之誤。……」承仕按：陳說……謂沈「五窟反」，「窟」應作「眉」，形既不近，無緣相亂；且「五」字聲類絕殊，亦與坯音不相比附。今謂不、弗同字，《廣韻》收入物部，是坯字亦與屈聲爲韻，然則沈旋反語「窟」字不誤，唯「五」字誤耳。其反語上字當在滂、並、敷、奉間，究爲何形之譌，則莫能輒斷矣。而《類篇》、《集韻》「坯」、「伾」字並有「五忽」一切，云「《爾雅》沈旋讀」，是北宋本誤與今本同。〔註49〕

陳、吳二氏均以爲「五窟」一音字有譌誤，惜無明證。黃侃云：

> 不聲之字有喉音，嚭從否聲，而與喜通，其明證也。坯讀「五窟反」，則與兀、阢音同。兀，高而上平也，阢，石山戴土也，皆與「一成坯」義近。
>
> 〔註50〕

說較可信。

《廣韻》「兀」音「五忽切」（疑紐沒韻），與沈旋此音正同。

〈釋水〉

37. 12-11 汝爲濆。

案：陸德明《經典釋文・爾雅音義》出「濆」，注云：「符云反，下同。《字林》作涓，工玄反。眾《爾雅》本亦作涓。」是沈旋本《爾雅》字作「涓」。參見第二章第二節郭璞《爾雅音義》、《爾雅注》佚文「汝爲濆」條案語。

葉本照引《釋文》「濆，眾《爾雅》亦作涓」句。其餘各本均未提及。

〈釋草〉

38. 13-4 楊，枹薊。

枹，音孚，又音浮，又音包。

〔註48〕段玉裁《說文解字注》，第8篇下，頁8上。

〔註49〕吳承仕《經籍舊音辨證》，頁172。

〔註50〕黃侃《經籍舊音辨證箋識》，吳承仕《經籍舊音辨證》，頁280。

案：本條佚文輯自陸德明《經典釋文・爾雅音義》。

馬、黃本引並同。余、嚴、葉本均未輯錄。

《廣韻》「枹」字凡三見：一音「防無切」（奉紐虞韻），一音「布交切」（幫紐肴韻），一音「縛謀切」（奉紐尤韻）。沈旋音「孚」（敷紐虞韻，《廣韻》音「芳無切」），與「防無」聲紐略異；又音「浮」，與「縛謀」音同；又音「包」，與「布交」音同。

39. 13-9 薦黍蓬。

蘆，平兆反。

案：本條佚文輯自陸德明《經典釋文・爾雅音義》。

「蘆」，嚴、馬本並作「薦」，黃本作「虆」。余、葉本並未輯錄。

沈音「平兆反」，是沈本《爾雅》字作「蘆」。《釋文》出「薦」，注云：「作見反。孫李本作虆〔宋本「虆」誤作「薦」。〕。沈平兆反。」按《廣韻》「薦」、「虆」二字同音「作甸切」（精紐霰韻），與沈音「平兆反」（並紐小韻）相隔絕遠。盧文弨云：

沈音當本作「蘆」字，「蘆」亦草也，形相近。《釋文》內「蘆」音皮兆反

或平表反。〔註51〕

黃焯云：

《釋文》中有異讀而不出其所讀之異字者，其例非一。此條沈旋作「蘆」，

孫、李本自作「虆」，二者固不相涉也。〔註52〕

說均可從。

《廣韻》「蘆」字凡三見：一音「甫嬌切」（非紐宵韻），一音「普袍切」（滂紐豪韻），一音「平表切」（並紐小韻）。沈旋音「平兆反」，與「平表」音同，《廣韻》釋云：「草名，可為席。」

40. 13-33 茵，芝。

茵，祥由反。

案：本條佚文輯自陸德明《經典釋文・爾雅音義》引沈、顧。

黃本引同。馬本「茵」下有「音」字。余、嚴、葉本均未輯錄。

《釋文》出「茵」，注云：「沈、顧音祥由反，謝音由。」按《廣韻》「茵」音「似由切」（邪紐尤韻），釋云：「茵芝，瑞草，一歲三華。又音由。」「似由切」即與沈旋、顧野王音「祥由反」同；又音「由」（喻紐尤韻，《廣韻》音「以周切」）則與謝嶠音同。

〔註51〕盧文弨《經典釋文攷證・爾雅音義下攷證》，頁1上。
〔註52〕黃焯《經典釋文彙校》，頁273。

又案：劉玉麞、郝懿行、洪頤煊、嚴元照、胡承珙等均以「茵」爲「菌」字之誤，而以郝、洪二氏之說較詳。郝懿行云：

> 茵字不見它書，孫氏星衍嘗致疑問。余按《類聚》九十八引《爾雅》作「菌芝」，葢「菌」字破壞作「茵」耳。證以《列子‧湯問》篇云：「朽壤之上有菌芝者，生於朝，死於晦。」殷敬順《釋文》引諸家說即今糞土所生之菌也。《莊子‧逍遙游》篇《釋文》引司馬彪、崔譔並以菌爲芝，然則《爾雅》古本正作「菌芝」，故莊、列諸家並見援摭。〔註53〕

洪頤煊云：

> 《說文》無「茵」字。《莊子‧逍遙遊》：「朝菌不知晦朔」，《釋文》：「司馬云：菌，大芝也。」《文選‧思玄賦》：「咀石菌之流英」，李善注：「菌，芝也。」「茵」當是「菌」字之誤。〔註54〕

諸家之說亦可存參。

41. 13-50 芍，鳧茈。

芡茈，**徂斯反**。

案：本條佚文輯自陸德明《經典釋文‧爾雅音義》引沈、顧。

馬、黃本引並同。余、嚴、葉本均未輯錄。

《廣韻》「茈」字凡三見：一音「疾移切」（從紐支韻），一音「士佳切」（牀紐佳韻），一音「將此切」（精紐紙韻）。沈旋、顧野王音「徂斯反」，與「疾移」音同。

42. 13-69 菽，蓚蓚。

蓚蓚，**所留反**。

案：本條佚文輯自陸德明《經典釋文‧爾雅音義》引沈、施。

馬、黃本引並同。余、嚴、葉本均未輯錄。

《廣韻》「蓚」字凡二見：一音「所鳩切」（疏紐尤韻），一音「蘇老切」（心紐皓韻）。沈旋、施乾音「所留反」，與「所鳩」音同；謝嶠音「先老反」，與「蘇老」音同。

〔註53〕郝懿行《爾雅義疏》，《爾雅廣雅方言釋名清疏四種合刊》，頁240。
〔註54〕洪頤煊《讀書叢錄》，卷8，頁12下～13上。劉玉麞云：「《御覽》卷九百八十五引《爾雅》云：『菌，芝。』今本『茵』或爲『菌』之誤。」（《爾雅校議》，卷下，頁3上。）嚴元照云：「《說文》艸部無『茵』字，《藝文類聚》九十八引作『菌』。《文選注》十五引作『菌』，『茵』乃『菌』之誤。」（《爾雅匡名》，卷13，《皇清經解續編》，卷508，頁6上。）胡承珙云：「《說文》無『茵』字，『茵』即『菌』字之誤。《爾雅》『菌芝』連文，非以『芝』釋『菌』，《列子‧湯問》『有菌芝者』是已。」（《爾雅古義》，卷下，頁9上。）

43. 13-81 蘿芄，蘭。

蘿，音丸。

案：本條佚文輯自陸德明《經典釋文・爾雅音義》引沈、施。

馬、黃本引並同。余、嚴、葉本均未輯錄。

沈、施音「丸」，是讀「蘿」為「莞」。《說文》艸部：「芄，芄蘭，莞也。」邵晉涵云：

> 《說文》蘿作莞。〔註55〕

又或讀作「萑」，《廣韻》桓韻「萑」字釋云：「萑葦，《易》亦作萑，俗作萑。蘿本自音灌。」嚴元照云：

> 案石經於經中「萑」字初刻皆作「蘿」，後皆磨改作「萑」，則此「蘿」亦
> 當作「萑」歟？又案《說文》艸部：「萑，薍也。从艸、隹聲。」隸省作
> 「萑」，與萑萑之「萑」相混。〔註56〕

今按《廣韻》桓韻「莞」、「萑」、「蘿」、「丸」等字均同音「胡官切」（匣紐桓韻）；又「蘿」音「古玩切」（見紐換韻），與「胡官」聲紐相通，聲調不同（桓換二韻平去相承）。

44. 13-84 薗，鹿藿。

薗，巨轉反。

案：本條佚文輯自陸德明《經典釋文・爾雅音義》。

馬、黃本引並同。余、嚴、葉本均未輯錄。

《廣韻》「薗」字凡二見：一音「渠殞切」（群紐軫韻），一音「渠篆切」（群紐獮韻）。沈旋音「巨轉反」，與「渠篆」音同。

45. 13-87 荷，芙渠。其莖茄，其葉蕸，其本蔤，其華菡萏，其實蓮，其根藕，其中的，的中薏。

案：陸德明《經典釋文・爾雅音義》出「其葉蕸」，注云：「眾家並無此句，唯郭有，然就郭本中或復脫此一句，亦並闕讀。」是除郭本以外，各本均無「其葉蕸」句；且陸氏所見郭本亦有缺此句者。按《淮南子・說山訓》：「譬若樹荷山上」，高誘注云：「荷，水菜，夫渠也。其莖曰茄，其本曰蔤，其根曰藕，其花曰夫容，其秀曰菡萏，其實曰蓮。」又《文選》卷十一何晏〈景福殿賦〉：「茄蔤倒植，吐被芙蕖」，

〔註55〕邵晉涵《爾雅正義》，《皇清經解》，卷517，頁20上。郝懿行亦云：「『蘿』，《說文》作『莞』，云『芄蘭，莞也』。」（《爾雅義疏》，《爾雅廣雅方言釋名清疏四種合刊》，頁248上。）

〔註56〕嚴元照《爾雅匡名》，卷13，《皇清經解續編》，卷508，頁12下。

李善注引《爾雅》曰：「荷，芙蕖；其莖茄，其本蔤。」高誘注與《爾雅》近同，其文句與李善引《爾雅》均無「其葉蕸」三字，是《爾雅》古本當如此。臧琳云：

案《說文》艸部：「蕅，蕅蘭也。」「蘭，蕅蘭，芙蓉華。未發爲蕅蘭，已發爲芙蓉。」「蓮，芙蕖之實也。」「茄，芙蕖莖。」「荷，芙蕖葉。」「蔤，芙蕖本。」「藕，芙蕖根。」據《說文》亦無「其葉蕸」句。「荷」字注云「芙蕖葉」，則其葉即名荷，已見首句。《詩·澤陂》：「有蒲與荷」，《傳》：「荷，芙蕖也」，《正義》曰：「荷之爲葉極美好。」孔氏以荷爲芙蕖之葉，與《說文》同。《初學記》廿七〈寶器部〉引作「其葉荷」，雖亦妄增，較之「蕸」字，尚爲近是。是可知眾家本皆無此句，郭注本亦無矣。《詩正義》引《爾雅》與今本同有，非古義也。〔註57〕

段玉裁云：

今《爾雅》曰「其葉蕸」，《音義》云：「眾家無此句，惟郭有。就郭本中或復無此句，亦並闕讀。」玉裁按：無者是也。高注《淮南》云：「荷，夫渠也。其莖曰茄，其本曰蔤，其根曰藕，其華曰夫容，其秀曰蕅菡，其實蓮。蓮之藏者菂，菂之中心曰薏。」大致與《爾雅》同，亦無「其葉蕸」三字。蓋大葉駭人，故謂之荷；大葉扶搖而起，渠央寬大，故曰夫渠。《爾雅》假葉名其通體，故分別莖華實根各名，而冠以「荷夫渠」三字，則不必更言其葉也。荷夫渠之華爲蕅菡，蕅菡之葉爲荷夫渠，省文互見之法也。或疑闕葉而補之，亦必當曰「其葉荷」，不嫌重複，無庸肊造「蕸」字。

〔註58〕

臧、段二氏之說，論證甚詳。又錢坫云：

按古無「蕸」字，《說文解字》曰：「荷，夫渠葉。」以荷爲夫渠之葉，是蕸即荷。《解字》遍引《爾雅》，獨無此句，然則眾本無之者是矣。〔註59〕

阮元云：

眾家本及郭本並無此句，其有者直係俗人妄加。〔註60〕

葉蕙心云：

《初學記》引《爾雅》作「其葉荷」。……今案荷茄蕸皆音同字通。〔註61〕

〔註57〕臧琳《經義雜記·荷芙蕖葉》，《皇清經解》，卷195，頁33下。

〔註58〕段玉裁《說文解字注》，第1篇下，頁27上，艸部「荷」字注。

〔註59〕錢坫《爾雅古義》，卷2，《皇清經解續編》，卷214，頁7下。

〔註60〕阮元《爾雅挍勘記》，《皇清經解》，卷1035，頁14下。

〔註61〕葉蕙心《爾雅古注斠》，卷下，頁6下。

諸說皆可信。

46. 13-94 蘠蘼，虋冬。

案：陸德明《經典釋文‧爾雅音義》出「虋」，注云：「音門，本皆作門，郭云門俗字。亦作虋字。」是各本《爾雅》字均作「門」，惟郭本作「虋」。參見第二章第二節郭璞《爾雅音義》、《爾雅注》佚文「蘠蘼，虋冬」條案語。

47. 13-129 藒車，芞輿。

芞，去訖反，又虛訖反。

案：本條佚文輯自陸德明《經典釋文‧爾雅音義》。《釋文》出「芞」，注云：「謝去訖反，沈又虛訖反。」是「去訖」一音亦爲沈旋所注。

馬、黃本並未輯「去訖反又」四字。余、嚴、葉本均未輯錄。

《廣韻》無「芞」字，按《正字通》艸部：「芖，同芞，省」，是「芖」與「芞」同。《廣韻》「芖」一音「許訖切」（曉紐迄韻），一音「去訖切」（溪紐迄韻）。沈旋、謝嶠音「去訖反」，與溪紐音切語全同；沈旋又音「虛訖反」，與「許訖」音同。

48. 13-129 藒車，芞輿。

案：陸德明《經典釋文‧爾雅音義》出「輿」，注云：「字或作蒢，音餘。唯郭、謝及舍人本同，眾家並作蒢。」是沈旋本《爾雅》字作「蒢」。參見第二章第二節郭璞《爾雅音義》、《爾雅注》佚文「藒車，芞輿」條案語。

49. 13-139 攫，烏階。

攫，居縛反。

案：本條佚文輯自陸德明《經典釋文‧爾雅音義》。《通志堂經解》本《釋文》「攫」作「欔」。唐石經、宋本《爾雅》字均作「攫」。阮元云：

> 閩本、監本、毛本作「欔」，訛。《釋文》……《通志堂》本誤作「欔」。

〔註62〕

嚴元照亦云：

> 「欔」，石經作「攫」。案字書無「欔」字，當依石經从扌。〔註63〕

今檢《廣韻》無「欔」字；「攫」音「居縛切」（見紐藥韻），與沈旋此音切語全同，是沈旋本《爾雅》字亦作「攫」。

馬、黃本「攫」皆作「欔」。余、嚴、葉本均未輯錄。

〔註62〕阮元《爾雅釋文校勘記》，《皇清經解》，卷1035，頁22下。
〔註63〕嚴元照《爾雅匡名》，卷13，《皇清經解續編》，卷508，頁21上。

50. 13-145 中馗，菌。　　郭注：地蕈也，似蓋。今江東名為土菌，亦曰馗廚，可啖之。

　　蕈，徒感反。

　　案：本條佚文輯自陸德明《經典釋文‧爾雅音義》。

　　馬、黃本引並同。余、嚴、葉本均未輯錄。

　　《廣韻》「蕈」音「慈荏切」（從紐寢韻）。沈旋音「徒感反」（定紐感韻），疑是從聲母讀。《廣韻》「覃」音「徒含切」（定紐覃韻），覃感二韻平上相承。

51. 13-170 茢，勃茢。

　　茢，上音例，下音列。

　　案：本條佚文輯自陸德明《經典釋文‧爾雅音義》。

　　黃本引同。馬本輯作「茢音例，勃茢音列」。余、嚴、葉本均未輯錄。

　　《釋文》云：「施、謝二茢皆音列；沈上音例，下音列。」按《本草綱目》卷二十一引《名醫別錄》云：「石芸，……一名螫烈，一名顧啄。」郝懿行云：

　　　　「螫烈」蓋即「勃烈」之異文。〔註64〕

是「勃茢」之「茢」讀作「列」，殆無可疑。《廣韻》「茢」、「列」二字同音「良薛切」（來紐薛韻）。沈旋讀上「茢」字作「例」，按从列聲之字可讀「例」音，《廣韻》「洌」、「栵」、「捩」等字均兼有「例」、「列」二音。又《禮記‧服問》：「上附下附列也」，《釋文》出「列也」，注云：「本亦作例。」《莊子‧達生》：「非知巧果敢之列」，《釋文》出「之列」，注云：「音例，本或作例。」亦可證「例」、「列」二音可通。《集韻》祭韻「茢」、「例」同音「力制切」。

52. 13-184 芙，薊。

　　芙，烏老反。

　　案：本條佚文輯自陸德明《經典釋文‧爾雅音義》引沈、顧。

　　馬、黃本引並同。余、嚴、葉本均未輯錄。

　　《廣韻》「芙」字凡二見：一音「於兆切」（影紐小韻），一音「烏皓切」（影紐皓韻）。沈旋、顧野王音「烏老反」，與「烏皓」音同；謝嶠音「烏兆反」，與「於兆」音同。

53. 13-194 不榮而實者謂之秀。

　　案：陸德明《經典釋文‧爾雅音義》出「不榮而實者謂之秀」，注云：「眾家並

〔註64〕郝懿行《爾雅義疏》，《爾雅廣雅方言釋名清疏四種合刊》，頁 262 上。

無『不』字，郭雖不注，而《音義》引不榮之物證之，則郭本有『不』字。」是陸氏所見各本《爾雅》均無「不」字。參見第二章第二節郭璞《爾雅音義》、《爾雅注》佚文「不榮而實者謂之秀，榮而不實者謂之英」條案語。

〈釋蟲〉

54. 15-3 蝏蜥，入耳。　郭注：蚰蜒。

李巡曰：青而大者曰蝏蚭，黃而小者謂之入耳。齊人謂之距窮，趙人謂之蚨虶。亦或曰長曬，皆蚰蜒之異名也。

案：本條佚文輯自慧琳《一切經音義》卷三十八〈金剛光燄止風雨陀羅尼經〉「蚰蜒」注引《集注爾雅》，此係沈旋引李巡注語。「蚨」原譌作「蚨」，今逕改正。《方言》卷十一、《廣雅·釋蟲》均作「蚨虶」，《本草綱目》卷四十二〈蟲之四·蚰蜒〉引揚雄《方言》同。

《方言》卷十一：「蚰蜒，自關而東謂之蝏蚭，或謂之入耳，或謂之蜭蠾；趙魏之間或謂之蚨虶；北燕謂之蚭蚭。」郭璞注云：「江東呼蚟。」與李巡注互可參證。陸德明《經典釋文·爾雅音義》出「蜥」，注云：「以善反，本又作蚭。」《方言》亦作「蚭」。沈旋引李巡注作「蚭」，同。又郭璞《方言注》云「江東呼蚟」，「蚟」即「距窮」之合聲。〔註65〕「長曬」，《方言》並从虫旁。

55. 15-4 蜓蚞，蟪蛄。　郭注：即蛣螬也。一名蟪蛄，齊人呼蟪蛄。

蜓，音殄。

案：本條佚文輯自陸德明《經典釋文·爾雅音義》。

馬、黃本引並同。余、嚴、葉本均未輯錄。

《廣韻》「蜓」字凡三見：一音「特丁切」（定紐青韻），釋云：「蜻蜓，亦蟪蛄別名。」一音「徒典切」（定紐銑韻），釋云：「蝘蜓，一名守宮。」一音「徒鼎切」（定紐迥韻，青迥二韻平上相承），釋云：「蟲名。」沈旋音「殄」，與「徒典」音同；施乾音「亭」，與「特丁」音同；謝嶠音「徒頂反」，與「徒鼎」音同。按《廣韻》釋義，疑《爾雅》此訓應以施乾音為正；謝嶠音與施乾音僅聲調不同。沈旋音「殄」，則係〈釋魚〉16-39「蜥蜴，蝘蜓。蝘蜓，守宮也」之「蜓」，《釋文》陸德明「蝘蜓」之「蜓」亦音「徒典反」。

〔註65〕《廣韻》「距」音「其呂切」（群紐語韻），「窮」音「渠弓切」（群紐東韻），二字聲紐相同；「蚟」音「渠容切」（群紐鍾韻）。上古音弓聲入蒸部，工聲入東部，（參見陳新雄《古韻研究》，頁357，365。）二部互可旁轉。（同前書，頁472。）

56. 15-10 蛂，蟥蛢。

蛂，苻結反。

案：本條佚文輯自陸德明《經典釋文・爾雅音義》。《通志堂經解》本《釋文》「苻」作「符」。「符」與「苻」聲紐同屬奉紐。

馬、黃本「苻」並作「符」。余、嚴、葉本均未輯錄。

《廣韻》「蛂」音「蒲結切」（並紐屑韻），與沈旋此音（奉紐屑韻）同。

〈釋魚〉

57. 16-16 鮥，鮛鮪。

江淮間曰叔，伊洛曰鮪，海濱曰鮥。

案：本條佚文輯自陸德明《經典釋文・毛詩音義・衛風・碩人》「鮪」注引沈云。

嚴本引同。黃本「鮥」下有「一物三名」四字，不知所據。余、馬、葉本均未輯錄。

今據本條佚文可知沈旋本《爾雅》「鮛」作「叔」。《說文》魚部：「鮥，叔鮪也」，字即作「叔」。陸德明《爾雅音義》亦出「叔」，注云：「《字林》作鮛，同。」阮元云：

> 按《釋文》云「叔，《字林》作鮛」，是《爾雅》不作「鮛」也。《詩・潛・釋文》引《爾雅》云「鮥叔鮪」可證。然則《五經文字》、唐石經作「鮛」，
> 非。〔註66〕

58. 16-19 鱊鮥，鱯鰝。

鱊，音述，又音聿。

案：本條佚文輯自陸德明《經典釋文・爾雅音義》。

馬、黃本引並同。余、嚴、葉本均未輯錄。

《廣韻》「鱊」字凡三見：一音「食聿切」（神紐術韻），一音「餘律切」（喻紐術韻），一音「古滑切」（見紐黠韻）。沈旋音「述」與「食聿」同；又音「聿」與「餘律」同。

59. 16-26 蛭，蟣。

蛭，豬秩反。

案：本條佚文輯自陸德明《經典釋文・爾雅音義》引沈、呂。

馬、黃本引並同。余、嚴、葉本均未輯錄。

〔註66〕阮元《爾雅校勘記》，《皇清經解》，卷1036，頁2下。

《廣韻》「蛭」字凡三見：一音「之日切」（照紐質韻），一音「丁悉切」（端紐質韻），一音「丁結切」（端紐屑韻）。沈旋音「豬秩反」（知紐質韻），與「丁悉」聲紐略異。參見第二章第二節郭璞《爾雅音義》、《爾雅注》佚文 3-39「爞爞，炎炎，薰也」條案語。

60. 16-31 蛭，蟣。

　　蟣，父幸反。

　　案：本條佚文輯自陸德明《經典釋文・爾雅音義》。《釋文》出「蟣」，注云：「謝步佳反，郭毗支反，《字林》作𧎢，沈父幸反，施蒲鯁反。」又舊校云：「本今作蟣。」是謝、郭、沈、施本《爾雅》字皆作「蟣」。《說文》作「蟣」，唐石經、宋本《爾雅》同。《玉篇》蚰部：「𧎢，或作蟣。」

　　馬本引同。黃本「蟣」作「蟣」。余、嚴、葉本均未輯錄。

　　參見第二章第二節郭璞《爾雅音義》、《爾雅注》佚五「蛭，蟣」條案語。

61. 16-36 蜎，小者珧。

　　案：陸德明《經典釋文・爾雅音義》出「珧」，注云：「眾家本皆作濯。」是陸氏所見沈旋本《爾雅》字作「濯」。參見第二章第二節郭璞《爾雅音義》、《爾雅注》佚文「蜎，小者珧」條案語。

62. 16-37 龜，俯者靈，仰者謝。前弇諸果，後弇諸獵。

　　案：陸德明《經典釋文・爾雅音義》出「謝」，注云：「如字，眾家本作射。」又出「果」，注云：「眾家作裹，唯郭作此字。」是陸氏所見沈旋本《爾雅》作「仰者射」、「前弇諸裹」。參見第二章第二節郭璞《爾雅音義》、《爾雅注》佚文「龜，俯者靈，仰者謝。前弇諸果，後弇諸獵」條案語。

63. 16-38 蟦，小而橢。

　　蟦，音積。

　　案：本條佚文輯自陸德明《經典釋文・爾雅音義》。

　　黃本引同。馬本「蟦」作「蟖」，並將本條輯為「小者蟖」條佚文，說不可從。按《釋文》次序應輯入本條。又《釋文》出「蟦」，注云：「……沈音積。本或作蟖。」可知沈本《爾雅》字作「蟦」，馬本非。余、嚴、葉本均未輯錄。

　　《廣韻》「蟦」字凡二見：一音「側革切」（莊紐麥韻），一音「資昔切」（精紐昔韻）。沈旋音「積」，與「資昔」音同。又參見第二章第二節郭璞《爾雅音義》、《爾雅注》佚文「蟦，小而橢」條案語。

〈釋鳥〉

64. 17-62 **鷹，鶆鳩。**　　郭注：鶆當爲鶆字之誤耳。《左傳》作「鶆鳩」是也。

案：陸德明《經典釋文·爾雅音義》出「來鳩」，注云：「來字或作鶆，郭讀作爽，所丈反。眾家並依字。」是陸氏所見沈旋本《爾雅》字作「來」。

65. 17-63 **鶼鶼，比翼。**

案：陸德明《經典釋文·爾雅音義》出「鶼鶼」，注云：「眾家作兼兼。」是陸氏所見沈旋本《爾雅》字作「兼兼」。參見第二章第二節郭璞《爾雅音義》、《爾雅注》佚文「鶼鶼，比翼」條案語。

〈釋獸〉

66. 18-7 **虎竊毛謂之虦貓。**

虦，才班反。

案：本條佚文輯自陸德明《經典釋文·爾雅音義》。

馬、黃本引並同。余、嚴、葉本均未輯錄。

《廣韻》「虦」字凡四見：一音「士山切」（牀紐山韻），一音「昨閑切」（從紐山韻），一音「士限切」（牀紐產韻），一音「士諫切」（牀紐諫韻）。沈旋音「才班反」（從紐刪韻），疑係「昨閑」一音之轉；施乾音「士孏反」（牀紐旱（寒上）韻），謝嶠音「士版反」（牀紐潸（刪上）韻），並疑係「士限」一音之轉。周祖謨云：

> 兩漢音元部包括的字類很多，有《廣韻》寒桓刪先仙山元七韻字。……爲便於稱述起見，現在改稱之爲寒部。三國時期的寒部……可以推想寒桓刪雖與先仙山元同部，在聲音上洪細弇侈仍有不同。
>
> 到了晉宋時期，先仙山元四韻開始和寒桓刪三韻分用，現在稱之爲先部。〔註67〕
>
> 《廣韻》寒桓刪三韻，在劉宋以前是混用不分的，到齊梁以後，除江淹、吳均照舊外，其他作家都把寒桓作爲一類用，把刪韻作爲一類用，直到陳隋都是如此，只有庾信偶爾把這兩類相押，那是特殊的現象。〔註68〕

據周氏之說，則「虦」字沈旋、施乾、謝嶠三家音讀，在梁陳時期雖已分化爲不同韻部，但若追溯至三國時期則均同屬寒部，兩漢時期同屬元部。然則三家音讀可能係記錄某地方音，也可能是採用了較早的音切。

〔註67〕周祖謨《魏晉南北朝韻部之演變》，頁23～24。

〔註68〕同前注，頁715。

67. 18-12 熊虎醜，其子狗。

狗，火候反。

案：本條佚文輯自陸德明《經典釋文・爾雅音義》引沈、施。

馬、黃本引並同。余、嚴、葉本均未輯錄。

《廣韻》「狗」音「古厚切」（見紐厚韻）。沈旋、施乾音「火候反」（曉紐候韻），與「古厚」聲紐相通，聲調不同（厚候二韻上去相承）。

68. 18-13 貍子隸。

隸，音四。

案：本條佚文輯自陸德明《經典釋文・爾雅音義》。《釋文》出「隸」，注云：「以世反，施餘棄反。眾家作肆，又作隸。沈音四。舍人本作隸。」（宋本《釋文》「隸」譌作「肆」。）是陸氏所見除舍人本《爾雅》字作「隸」外，其餘各本或作「肆」，或作「隸」。沈本不能遽定，今仍暫從《釋文》作「隸」。又參見第二章第二節郭璞《爾雅音義》、《爾雅注》佚文「貍子隸」條案語。

馬、黃本引並同。余、嚴、葉本均未輯錄。

《廣韻》「隸」字凡二見：一音「息利切」（心紐至韻），一音「渠記切」（群紐志韻）。沈旋音「四」，與「息利」音同。

69. 18-36 狒狒，如人。

狒，音沸。

案：本條佚文輯自陸德明《經典釋文・爾雅音義》。

馬本引同。余、嚴、黃、葉本均未輯錄。

《廣韻》「狒」音「扶沸切」（奉紐未韻）。沈旋音「沸」（非紐未韻，《廣韻》音「方味切」），與「扶沸」聲紐略異。

70. 18-56 鼨鼠。　郭注：形大如鼠，頭似兔，尾有毛，青黃色，好在田中食粟豆。關西呼為鼩鼠，見《廣雅》。音雀。

郭以為鼩鼠，音求于反。

案：本條佚文輯自陸德明《經典釋文・爾雅音義》。《釋文》出「鼨」，注云：「郭音雀，將略反。《字林》音灼，云鼨鼠出胡地。郭注本雀字或誤為瞿字，沈旋因云：『郭以為鼩鼠，音求于反』，非也。」是沈旋所見郭注「鼨鼠」已譌為「鼩鼠」，「音雀」已譌為「音瞿」。沈音「求于反」，與「瞿」音同，實非「鼨」字之音。參見第二章第二節郭璞《爾雅音義》、《爾雅注》佚文「鼨鼠」條案語。

嚴本引同。馬本「郭」上有「鼨」字，「反」下有「非也」二字。黃本僅以小

字注引《釋文》語。余、葉本並未輯錄。按「非也」二字係陸氏語，非沈旋注文，《釋文》引郭音「將略反」，「求于反」實爲沈注「鼩」字之音，故陸氏以沈音爲非。

《廣韻》「鼩」音「其俱切」（群紐虞韻），與沈旋音「求于反」同。

〈釋畜〉

71. **19-17 犦牛。　郭注：即犎牛也。領上肉犦胅起高二尺許，狀如橐駝，肉鞍一邊。健行者日三百餘里。今交州合浦徐聞縣出此牛。**

今交趾所獻丞相牛是也。

案：本條佚文輯自希麟《續一切經音義》卷一〈大乘理趣六波羅蜜多經卷第一〉「犎牛」注引《集註尒雅》；慧琳《一切經音義》卷四十一〈大乘理趣六波羅蜜多經卷第一〉「犎牛」注引《集注尒雅》「丞」譌作「亟」。

余、嚴、馬、黃、葉本均未輯錄。

第三節　各家輯錄沈旋《集注爾雅》而本書刪除之佚文

〈釋詁〉

1. **1-23 湮，蘦，落也。　郭注：湮，沈落也。**

蘦，直今反。

案：黃奭據陸德明《經典釋文・爾雅音義》輯錄本條。《釋文》出「蘦」，注云：「力丁反，字或作苓，《說文》云：『草曰苓，木曰落。』」又出「沈」，音「直今反」，此即釋郭注「沈」字之音。今檢《釋文》注「沈」字音，如《尚書・盤庚》：「惟胥以沈」、《毛詩・賓之初筵・序》：「君臣上下沈湎淫液」，並音「直林反」；〔註69〕《周禮・夏官・校人》鄭注：「有殺駒以祈沈禮與」、郭璞〈爾雅序〉：「沈研鑽極二九載矣」，並音「直金反」；〔註70〕《爾雅・釋天》：「祭川曰浮沈」、〈釋鳥〉：「鸍沈鳧」，並音「直今反」。〔註71〕「直林」、「直金」、「直今」所切音値全同。黃奭誤解「沈」爲沈旋，遂將「直今反」視爲「蘦」字注音，誤輯入沈旋《集注》，今當刪去。

〔註69〕陸德明《經典釋文》，卷3，〈尚書音義〉上，頁15下；卷6，〈毛詩音義〉中，頁32下。
〔註70〕同前注，卷9，〈周禮音義〉下，頁9上；卷29，〈爾雅音義〉上，頁1上。
〔註71〕同前注，卷29，〈爾雅音義〉上，頁27上；卷30，〈爾雅音義〉下，頁21下。

〈釋魚〉

2. 16-19 鱊鮬，鱦鰝。

鮬，貧悲切，魚名。

案：黃奭據司馬光《類篇》輯錄本條。《類篇》魚部「鮬」字注云：「貧悲切，魚名，《爾雅》『鱊鮬鱦鮬』施乾讀。」是本條應爲施乾《爾雅音》佚文，黃氏誤植入沈旋《集注》，今當刪去。

〈釋鳥〉

3. 17-44 鶰，沈鳧。

鶰，直今反。

案：黃奭據陸德明《經典釋文・爾雅音義》輯錄本條。《釋文》出「鶰」，注云：「郭音施，尸支反，《字林》亡支反。」又出「沈」，音「直今反」，此即釋《爾雅》「沈」字之音。黃奭誤解「沈」爲沈旋，遂將「直今反」視爲「鶰」字注音，誤輯入沈旋《爾雅集注》，今當刪去。又參見本節 1-23「湮，蘦，落也」條案語。

第四節　考　辨

一、沈旋《集注爾雅》體例初探

本章第二節所輯佚文，雖不能復原沈旋《集注爾雅》之原貌，但亦足以一窺其要。今據所輯佚文歸納此書體例如下：

（一）注《爾雅》文字之音

在本章第二節所輯佚文中，當以單純注出《爾雅》文字音讀者爲最多，計有 39 例。這類音釋絕大多數與《廣韻》音系相合，即僅注出被音字之音讀，相當於漢儒訓經「讀如」「讀若」之例。今僅從《爾雅》各篇各舉一例以見其梗概：

（1）〈釋詁〉1-22「頠，靜也」，沈旋「頠」音「五罪反」，與《廣韻》「頠」音「五罪切」同。（〈釋詁〉計 7 例。）

（2）〈釋言〉2-101「烘，燎也」，沈旋「烘」音「火公反」，與《廣韻》「烘」音「呼東切」同。（〈釋言〉計 4 例。）

（3）〈釋訓〉3-37「儚儚，洄洄，惛也」，沈旋「洄」音「回」，與《廣韻》「洄」音「戶恢切」同。（〈釋訓〉計 2 例。）

（4）〈釋宮〉5-4「樞謂之椳」，沈旋「椳」音「一罪反」，與《廣韻》「椳」音「烏

恢切」聲調不同（灰賄二韻平上相承）。（〈釋宮〉僅此 1 例。）

(5)〈釋器〉6-4「糝謂之涔」，沈旋「糝」音「桑感反」，與《廣韻》「糝」音「桑感切」同。（〈釋器〉計 5 例。）

(6)〈釋草〉13-33「茜，芝」，沈旋「茜」音「祥由反」，與《廣韻》「茜」音「似由切」同。（〈釋草〉計 10 例。）

(7)〈釋蟲〉15-4「蜓蚞，螇蝷」，沈旋「蜓」音「殄」，與《廣韻》「蜓」音「徒典切」同。（〈釋蟲〉計 2 例。）

(8)〈釋魚〉16-19「鱊鮬，鱖鯞」，沈旋「鱊」音「述」又音「聿」，分別與《廣韻》「鱊」音「食聿切」、「餘律切」同。（〈釋魚〉計 4 例。）

(9)〈釋獸〉18-7「虎竊毛謂之虦貓」，沈旋「虦」音「才班反」，與《廣韻》「虦」音「昨閑切」韻部略異。（〈釋獸〉計 4 例。）

（二）注郭璞注文之音

沈旋《集注爾雅》除注出《爾雅》文字音讀，同時也訓釋郭璞《爾雅注》之音讀，可證沈旋編著《集注爾雅》一書，係采郭璞注本爲底本。在本章第二節所輯佚文中，計有 6 例：

(1)〈釋宮〉5-27「石杠謂之徛」，郭璞注：「聚石水中以爲步渡彴也」，沈旋「彴」音「徒的反」，疑是讀「彴」爲「迪」。

(2)〈釋器〉6-4「罬謂之罦」，郭璞注：「今之撩罟」，沈旋「撩」音「力到反」，疑是郭璞音「力弔反」一音之轉。

(3)〈釋器〉6-29「骨鏃不翦羽謂之志」，郭璞注：「今之骨鲍是也」，沈旋「鲍」音「五爪反」，不詳所據。

(4)〈釋樂〉7-5「大磬謂之馨」，郭璞注：「馨形似犂錧，以玉石爲之」，沈旋「錧」音「古亂反」，與《廣韻》「錧」音「古玩切」同。

(5)〈釋草〉13-145「中馗，菌」，郭璞注：「地蕈也，似蓋。今江東名爲土菌，亦曰馗廚，可啖之」，沈旋「蕈」音「徒感反」，疑是從聲母讀。

(6)〈釋獸〉18-56「鼮鼠」，郭璞注：「形大如鼠，頭似兔，尾有毛，青黃色，好在田中食粟豆。關西呼爲鼩鼠」，沈旋所見郭注「鼩鼠」譌爲「鼰鼠」，音「求于反」，與《廣韻》「鼩」音「其俱切」同。

（三）以音讀訓釋被音字

沈旋《集注爾雅》不僅單純注出《爾雅》文字與郭注音讀，也常以音讀訓釋被音字。這類音釋是藉由音切闡釋或改訂被音字的意義，其音讀往往與《廣韻》所見

被音字之音讀不合，相當於漢儒訓經「讀爲」「當爲」之例。在本章第二節所輯佚文中，計有 9 例：

（1）〈釋詁〉1-3「眅，大也」，沈旋「眅」音「蒲板反」，是讀「眅」爲「反」。

（2）〈釋言〉2-162「戎，相也」，沈本作「扔」，音「如升反」，是讀「扔」爲「扔」。

（3）〈釋訓〉3-2「條條，秩秩，智也」，沈本作「攸」，音「條」，是讀「攸」爲「條」。

（4）〈釋訓〉3-35「夢夢，訰訰，亂也」，沈旋「夢」音「亡增反」，是讀「夢」爲「薨」、「懜」。

（5）〈釋訓〉3-46「畇畇，田也」，沈旋「畇」音「居賓反」，是讀「畇」爲「均」。

（6）〈釋宮〉5-27「石杠謂之徛」郭璞注：「聚石水中以爲步渡彴也」，沈旋「彴」音「徒的反」，疑是讀「彴」爲「迪」。

（7）〈釋器〉6-11「環謂之捐」，沈旋「捐」音「囚絹反」，是讀「捐」爲「旋」。

（8）〈釋山〉11-2「一成，坯」，沈旋「坯」音「五窟反」，是讀「坯」爲「兀」。

（9）〈釋草〉13-81「虇芛，蘭」，沈旋「虇」音「丸」，是讀「虇」爲「莞」。

（四）釋義

沈旋《集注爾雅》除釋音外，亦偶有釋義之文爲後人所引述。在本章第二節所輯佚文中，計有 5 例：

（1）〈釋詁〉1-8「鮮，善也」，沈本「鮮」作「誓」，云：「古斯字。」（郭璞注：「皆常語。」）

（2）〈釋言〉2-217「憪，怠也」，沈旋云：「憪者極也，怠者嬾也。」（郭璞無注。）

（3）〈釋宮〉5-11「桷謂之榱」，沈旋云：「齊魯名桷，周人名榱。」（郭璞注：「屋椽。」）

（4）〈釋魚〉16-16「鮥，鮛鮪」，沈旋云：「江淮間曰叔，伊洛曰鮪，海濱曰鮥。」（郭璞注：「鮪，鱣屬也。大者名王鮪，小者名鮛鮪。今宜都郡自京門以上江中通出鱏鱣之魚。有一魚狀似鱣而小，建平人呼鮥子，即此魚也。音洛。」）

（5）〈釋畜〉19-17「犦牛」，沈旋云：「今交趾所獻丞相牛是也。」（郭璞注：「即犎牛也。領上肉犦胅起高二尺許，狀如橐駝，肉鞍一邊。健行者日三百餘里。今交州合浦徐聞縣出此牛。」）

按沈注除申說字義外，亦保存當時方言異同，且以時驗爲證。又與郭璞注相較，沈注顯與郭注不同，可補郭注之未備。然則沈旋注雖輯存不多，其隻字片語亦彌足

珍貴。

（五）徵引前人釋義

　　沈旋此書名曰「集注」，顯係匯集眾家之注而成，其體例或與何晏《論語集解》近似。其所徵引眾家之說，爲數理當不少，惟後人引述舊說往往稱引原著者名氏，因此可輯入沈旋《集注爾雅》者極少，在本章第二節所輯佚文中，僅得 2 例：

    （1）〈釋蟲〉15-3「蠕衝，入耳」，沈旋引李巡曰：「青而大者曰蠕蜥，黃而小者謂之入耳。齊人謂之距窮，趙人謂之蛷蚼。亦或曰長嚙，皆蚰蜒之異名也。」

    （2）〈釋獸〉18-56「鼬鼠」，郭璞注：「關西呼爲鼩鼠」，沈旋云：「郭以爲鼩鼠。」

　　綜合而言，沈旋《集注爾雅》是一部兼釋音義的《爾雅》注本。不僅釋音兼括《爾雅》文字及郭璞注，釋義也匯集了沈旋己見與眾家之說。沈旋此書是目前已知最早的一部匯集《爾雅》眾家注之著作。

二、沈旋《集注爾雅》異文分析

　　從本章第二節所輯佚文中，可以發現沈旋《集注爾雅》文字與今通行本《爾雅》略有不同。今依其性質分類討論：

（一）異體字

沈本文字與今本互爲異體者，僅見 1 例：

    （1）〈釋魚〉16-31「蛭，蟧」，沈本「蟧」作「𧊄」。《說文》作「蟧」，《玉篇》螽部：「𧊄，或作蟧。」

（二）分別字

1. 今本文字爲沈本之分別字，計 3 例：

    （1）〈釋訓〉3-72「謔謔，謞謞，崇讒慝也」，沈本「慝」作「匿」。「匿」之本義爲逃亡，引申而有藏匿、邪惡等義，是「慝」爲「匿」之分別字。

    （2）〈釋鳥〉17-62「鷹，鶆鳩」，沈本「鶆」作「來」。《說文》無「鶆」字，「鶆」從鳥旁應係後人據義所加。

    （3）〈釋鳥〉17-63「鶼鶼，比翼」，沈本「鶼鶼」作「兼兼」。《說文》無「鶼」字。《釋文》引李巡注云：「鳥有一目一翅，相得乃飛，故曰兼兼也。」是「鶼」從鳥旁應係後人據義所加。

2. 沈本文字爲今本之分別字，計 1 例：

    （1）〈釋言〉2-162「戎，相也」，沈本「戎」疑作「扰」。《廣雅·釋詁》：「扰，

推也。」「捄」應係「戎」之分別字。

（三）通假

沈本文字與今本互為通假者，計 8 例：

(1)〈釋詁〉1-8「鮮，善也」，沈本「鮮」作「䚣」。

(2)〈釋訓〉3-2「條條，秩秩，智也」，沈本「條條」作「攸攸」。

(3)〈釋訓〉3-20「委委，佗佗，美也」，沈本「委委」作「禕禕」。

(4)〈釋草〉13-94「蘠蘼，虋冬」，沈本「虋」作「門」。

(5)〈釋草〉13-129「藚車，乞輿」，沈本「輿」作「蒢」。

(6)〈釋魚〉16-16「鮥，鮛鮪」，沈本「鮛」作「叔」。

(7)〈釋魚〉16-36「蜃，小者珧」，沈本「珧」作「濯」。

(8)〈釋魚〉16-37「龜，俯者靈，仰者謝。前弇諸果，後弇諸獵」，沈本「謝」作「射」，「果」作「裹」。

（四）異文

沈本文字與今本互為異文者，計 2 例：

(1)〈釋水〉12-11「汝為濆」，沈本「濆」作「涓」。

(2)〈釋草〉13-9「薦黍蓬」，沈本「薦」作「蔍」。

（五）異句

沈本文字與今本文句有異者，計 2 例：

(1)〈釋草〉13-87「荷，芙渠。其莖茄，其葉蕸，其本蔤，其華菡萏，其實蓮，其根藕，其中的，的中薏」，沈本無「其葉蕸」句。《爾雅》本應無此句，當係後人添入。

(2)〈釋草〉13-194「不榮而實者謂之秀」，沈本無「不」字。

（六）譌字

沈本文字係譌字者，計有 4 例。若再詳細分析，又可分為以下三種類型：

1. 因形近而譌，計 1 例：

(1)〈釋詁〉1-83「諂，疑也」，沈本「諂」疑作「謟」。「諂」無疑義，當係「謟」字形近之譌。

2. 因形音皆近而譌，計 2 例：

(1)〈釋言〉2-19「敖，憮，傲也」，沈本「憮」作「憮」。「憮」無傲義，又與「憮」俱从無聲，是形音皆近而譌。

（2）〈釋言〉2-82「俾，職也」，沈本「俾」疑作「偁」。古書「卑」、「畀」二形常互譌，音又相近，是形音皆近而譌。

3. 誤合二字為一，計 1 例：

（1）〈釋言〉2-109「奘，駔也」，樊光、孫炎本作「將且」，沈旋誤合「將且」二字為「聟」。

三、沈旋《集注爾雅》音讀特色

在本章第二節所輯沈旋《集注爾雅》各條佚文中，凡有音切者，均已在其案語中詳述其音讀與《廣韻》之比較。以下就諸音與《廣韻》不合者進行歸納分析：
〔註72〕

（一）聲類

1. 牙音互通，計 1 例：

（1）〈釋獸〉18-12 狗，火候反（曉紐候韻）；《廣韻》「狗」音「古厚切」（見紐厚韻，厚候二韻上去相承）。曉見二紐上古音相通。

2. 舌音互通，計 1 例（舌頭音）：

（1）〈釋魚〉16-26 蛭，豬秩反（知紐質韻）；《廣韻》「蛭」音「丁悉切」（端紐質韻）。端知二系在魏晉時期即已逐漸分化。

3. 脣音互通，計 2 例：

（1）〈釋獸〉18-36 狒，音沸（非紐未韻）；《廣韻》「狒」音「扶沸切」（奉紐未韻）。

（2）〈釋草〉13-4 枹，音孚（敷紐虞韻）；《廣韻》「枹」音「防無切」（奉紐虞韻）。
以上二例，聲紐均係輕脣音，僅發音方法略異而已。

（二）聲調

1. 以上音平，計 1 例：

（1）〈釋宮〉5-4 椳，一罪反（影紐賄韻）；《廣韻》「椳」音「烏恢切」（影紐灰

〔註72〕蔣希文撰《徐邈音切研究》時，曾就「特殊音切」問題進行綜合討論。蔣氏云：「所謂『特殊音切』是指與常例不合的音切，其內容概括起來大致有以下三點：一、依師儒故訓或依據別本、古本，以反切改訂經籍中的被音字。這種情況相當于漢儒注經，所謂某字『當為』或『讀為』另一字。二、根據經籍的今、古文傳本的不同，以反切改訂被音字。……三、以反切對被音字的意義加以闡釋。」（《徐邈音切研究》，頁 218。）對於沈旋音中所見這類「特殊音切」，均已在各條案語中進行說明，此處不再贅述。又沈氏音讀之韻類偶有不屬前述「特殊音切」，又與《廣韻》略異者，由於這類例子均可從周祖謨《魏晉南北朝韻部之演變》所擬構的魏晉六朝音系獲得解釋，此處亦不列舉。

韻），灰賄二韻平上相承。

2. 以去音平，計 1 例：

（1）〈釋言〉2-111 泭，音附（奉紐遇韻）；《廣韻》「泭」音「防無切」（奉紐虞
韻），虞遇二韻平去相承。

3. 以去音上，計 1 例：

（1）〈釋獸〉18-12 狗，火候反（曉紐候韻）；《廣韻》「狗」音「古厚切」（見紐
厚韻），厚候二韻上去相承。

（三）沈旋音反映某地方音或較早音讀

沈旋在訓讀《爾雅》字音時，不僅是記錄當時經師訓釋之實際語音，可能也保
存了一些方音或時代較早的音讀。除以下所舉 2 例外，前述聲類、聲調之略異者，
可能也有屬於此類者。

（1）〈釋器〉6-4 撩，力到反（來紐号韻）；《廣韻》「撩」有「落蕭」（來紐蕭韻）、
「盧鳥」（來紐篠韻）二切；又郭璞「撩」音「力堯反」（與「落蕭」
同），又音「力弔反」（來紐嘯韻，蕭篠嘯三韻平上去相承）。沈旋
音疑是郭璞「力弔」一音之轉。按号韻（豪韻去聲）與嘯韻（蕭韻
去聲）在魏晉宋時期同屬宵部，至齊梁陳隋時期豪部獨立，與宵部
音讀不同，可知沈旋此音或係晉宋以前的音讀。

（2）〈釋獸〉18-7 貀，才班反（從紐刪韻）；《廣韻》「貀」音「昨閑切」（從紐山
韻）。沈旋音疑係「昨閑」一音之轉。「貀」字沈旋、施乾、謝嶠
三家音讀，在梁陳時期雖已分化爲不同韻部，但若追溯至三國時
期則均同屬寒部，兩漢時期同屬元部。然則三家音讀可能係記錄
某地方音，也可能是採用了較早的音切。

（四）從聲母音讀

今所見沈旋《集注爾雅》音讀，有雖與《廣韻》不合，但與被音字之聲符音讀
相合者，計 1 例：

（1）〈釋草〉13-145 蕈，徒感反（定紐感韻）；《廣韻》「蕈」音「慈荏切」（從紐
寢韻），又「蕈」之聲母「覃」音「徒含切」（定紐覃韻），與沈旋
音僅聲調略異（覃感二韻平上相承）。

（五）不詳所據

今所見沈旋《集注爾雅》音讀，有與《廣韻》不合，且無理可說者，計有 2 例。
這類音讀，可能是切語有譌字，也可能是沈旋所特有的讀音。

（1）〈釋器〉6-3 鑈，千結切（清紐屑韻）;《廣韻》「鑈」音「楚洽切」（初紐洽韻）。二音聲紐韻類均不合。

（2）〈釋器〉6-29 觓，五爪反（疑紐巧韻）;《廣韻》「觓」有「薄巧」（並紐巧韻）、「防敎」（奉紐效韻）、「普木」（滂紐屋韻）、「蒲角」（並紐覺韻）四切。沈旋音聲紐屬舌根鼻音，與《廣韻》「觓」聲紐均屬唇音不合。

四、《經典釋文》引沈旋《爾雅》音讀體例分析

陸德明《經典釋文》引沈旋音凡 55 例，其體例大抵可歸納如下：

（一）直音例

《釋文》引沈旋音，以直音方式標示音讀者，計有 13 例，佔《釋文》引沈音總數之 23.64%。若再詳細分析，又可分爲以下四種類型：

1. 以同聲符之字注音，計 5 例：

諈，音粹。（1-24）　　　洔，音附。（2-111）　　　荔，音例。（13-170）

蟦，音積。（16-38）　　　狒，音沸。（18-36）

2. 以所得音之聲符注音，計 4 例：

賡，音庚。（1-141）　　　泂，音回。（3-37）　　　觷，音學。（6-24）〔註73〕

荔，音列。（13-170）

3. 以衍生孳乳之聲子注聲母之音，計 1 例：

攸，音條。（3-2）

4. 以不同聲符之同音字注音，計 3 例：

藼，音丸。（13-81）　　　蜓，音殄。（15-4）　　　豵，音四。（18-13）

（二）切音例

《釋文》引沈旋音，以切音方式標示音讀者，計有 38 例，佔《釋文》引沈音總數之 69.09%。今依序條列如下：

眅，蒲板反。（1-3）　　　顡，五罪反。（1-22）　　　餤，大甘反。（1-36）

諂，敕檢反。（1-83）　　　串，古患反。（1-91）　　　妥，他果反。（1-144）

憮，亡甫反。（2-19）　　　俾，方寐反。（2-82）　　　烘，火公反。（2-101）

〔註73〕《說文》角部：「觷，治角也。從角、學省聲。」

捒，如升反。（2-162） 　夢，亡增反。（3-35） 　昀，居賓反。（3-46）

匿，女陝反。（3-72） 　椹，一罪反。（5-4） 　彴，徒的反。（5-27）

撩，力到反。（6-4） 　槮，桑感反。（6-4） 　捐，囚絹反。（6-11）

鱲，魚桀反。（6-11） 　欄，力旦反。（6-12） 　鼐，奴戴反。（6-16）

骲，五爪反。（6-29） 　錧，古亂反。（7-5） 　坏，五窟反。（11-2）

藨，平兆反。（13-9） 　茵，祥由反。（13-33） 　茈，徂斯反。（13-50）

蔟，所留反。（13-69） 　蘦，巨轉反。（13-84） 　攫，居縛反。（13-139）

蕈，徒感反。（13-145） 　芺，烏老反。（13-184） 　蛈，苻結反。（15-10）

蛭，豬秩反。（16-26） 　廲，父幸反。（16-31） 　虥，才班反。（18-7）

狗，火候反。（18-12） 　貖，求于反。（18-56）

（三）又音例

一字有數音並存者，則出又音之例。《釋文》引沈旋音，其有又音者計 4 例，佔《釋文》引沈音總數之 7.27%。若再詳細分析，又可分為以下二種類型：

1. 諸音皆為直音，計 2 例：

枹，音孚，又音浮，又音包。（13-4）　　　鱊，音述，又音聿。（16-19）

2. 諸音皆為反切，計 2 例：

瞾，在魯反，又子朗反。（2-109）　　　苧，去訖反，又虛訖反。（13-129）

附表 各家輯錄沈旋《集注爾雅》與本書新定佚文編次比較表

　　本表詳列清儒輯本與本書所輯佚文編次之比較。專輯一書之輯本，其佚文均依原輯次序編上連續序號；如有本書輯爲數條，舊輯本合爲一條者，則按舊輯本之次序，在序號後加-1、-2 表示。合輯群書之輯本，因無法爲各條佚文編號，表中僅以「ｖ」號表示。舊輯本所輯佚文有增衍者，加注「＋」號；有缺脫者，加注「－」號。但其差異僅只一二字，未能成句者，一般不予注記。

　　各家所輯，偶有失檢，亦難免誤輯。專輯本誤輯而爲本書刪去的佚文，在本表「刪除」欄中詳列佚文序號；合輯本誤輯者不注記。

本文編次	余蕭客	嚴可均	馬國翰	黃奭	葉蕙心	其他
1.	ｖ		1	1		
2.			2	2		
3.			3	3		
4.			4			
5.			5	5		
6.			6	6		
7.			7	7		
8.			8	8		
9.			9	9		
10.			10	10		
11.			11	11		
12.			12	12		
13.		ｖ －	13 －	13 －		
14.			14	14		
15.			15	15		
16.		ｖ	16	眾家注		
17.		ｖ	17	16		
18.						
19.			18	17		

本文編次	余蕭客	嚴可均	馬國翰	黃奭	葉蕙心	其他
20.			19	18		
21.			20	19		
22.						
23.			21			
24.	∨	∨	22＋	20	∨	
25.			23			
26.			24			
27.			25	21		
28.			26	22		
29.			27	23-1		
30.			28	23-2		
31.			29	24		
32.			30	25		
33.			31	26		
34.			32	27		
35.			33	28		
36.			34	29		
37.					∨	
38.			35	30		
39.		∨	36	31		
40.			37	32		
41.			38	33		
42.			39	34		
43.			40	35		
44.			41	36		
45.						
46.						
47.			42－	37－		
48.						
49.			43	38		
50.			44	39		

本文編次	余蕭客	嚴可均	馬國翰	黃奭	葉蕙心	其他
51.			45	40		
52.			46	41		
53.						
54.						
55.			47	42		
56.			48	43		
57.		∨		53＋		
58.			49	44-1		
59.			50	45		
60.			51	46		
61.						
62.						
63.			52	47		
64.						
65.						
66.			53	49		
67.			54	50		
68.			55	51		
69.			56			
70.		∨	57＋	52		
71.						
刪除				4 44-2 48